W0400468

Le Cercle Secret

1

« Le Feu », pensa Cassie. Tout autour d'elle, les couleurs de l'automne s'enflammaient. Le jaune orangé des érables à sucre, l'écarlate des sassafras, le fouillis cramoisi des sumacs. À croire que le monde entier brûlait, embrasé par l'élément de Faye.

« Et moi, prise au piège au milieu. »

Ses crampes d'estomac se resserraient à chaque pas.

La belle demeure victorienne ocre jaune se dressait toujours aussi majestueusement au bout de Crowhaven Road. En ricochant sur les petits prismes suspendus à la fenêtre, les rayons du soleil projetaient des étincelles multicolores au sommet de la plus haute tourelle. Une fille aux longs cheveux bruns l'apostropha du perron :

— Grouille-toi Cassie ! T'es en r'tard !

— Désolée, s'époumona Cassie, en s'efforçant de se dépêcher.

Et pourtant ! qu'est-ce qu'elle n'aurait pas donné pour faire demi-tour et partir en courant ! Tout à coup et de façon totalement irrationnelle, elle eut la certitude que la moindre de ses pensées se voyait sur son visage comme le nez au milieu de la figure. Au premier coup d'œil, Laurel comprendrait ce qui s'était passé la nuit précédente avec Adam et saurait tout de son immonde marché avec Faye.

Mais Laurel se contenta de l'attraper par la taille pour l'entraîner à l'intérieur vers l'escalier qui menait à la chambre de Diana. Campée devant la petite armoire de noyer, Diana présidait l'assemblée. Mélanie était assise sur le lit. Sean s'était perché sur la banquette, dans l'embrasure de la fenêtre, et se frottait nerveusement les genoux du plat de la main.

Debout, à côté de lui, se tenait Adam.

Il leva les yeux vers elle quand elle entra dans la pièce.

Cassie croisa son regard. Oh ! à peine une seconde. Une seconde de trop. Ses yeux étaient de la couleur de la mer quand elle se drape de mystère, cachant sous sa surface, miroitant au soleil, d'insondables profondeurs. Le reste demeurait inchangé : son visage retenait toujours autant l'attention avec ses pommettes hautes pleines de noblesse et sa bouche affirmée qui, outre une indéniable fierté, dénotait un certain sens de l'humour et une évidente sensibilité. Il ne lui semblait différent que parce que, la nuit précédente, elle avait vu ces yeux-là noirs de passion et avait senti cette bouche…

« "Ni en parole, ni en acte", se rappela-t-elle avec force, en s'abîmant dans la contemplation de ses chaussures. Pas même en pensée… » Elle n'osait plus relever la tête. Son cœur cognait dans sa poitrine avec une telle violence qu'elle avait peur de voir son pull palpiter. Oh Seigneur ! comment pourrait-elle jamais être fidèle à son serment et continuer à faire semblant ? Ça lui coûtait déjà tellement de rester bien sagement assise à côté de Mélanie sans le regarder, de résister à cette chaleur charismatique qu'il dégageait, à sa présence, là, tout près…

« Il va pourtant bien falloir que tu t'y fasses, se sermonna-t-elle, parce que tu vas passer ton temps à ça, à partir de maintenant. »

— Bon. On est tous là, dit alors Diana, en allant refermer la porte. J'ai voulu une réunion à huis clos, poursuivit-elle, en se retournant vers le groupe, parce que je ne suis pas sûre que les autres aient à cœur de défendre les mêmes intérêts que nous.

— C'est peu d'le dire, marmonna Laurel entre haut et bas.

— Si jamais ils l'apprennent, ils vont faire la gueule, les avertit Sean, ses yeux noirs passant de Diana à Adam et réciproquement.

— Eh bien, qu'ils la fassent, lui rétorqua Mélanie, nullement impressionnée, en rivant le regard froid de ses prunelles gris acier au sien.

Sean prit soudain des couleurs.

— Ce qui va se passer maintenant est autrement important que toutes les scènes que Faye pourra bien faire, renchérit-elle. Il faut qu'on découvre où est passée cette énergie maléfique. Et tout de suite.

— Je crois savoir comment, annonça Diana.

Et, d'une petite aumônière de velours blanc, elle sortit alors une jolie pierre verte pendue à une chaîne d'argent.

— Un pendule ? s'étonna Mélanie.

— Oui. C'est du péridot, expliqua Diana, en se tournant vers Cassie. Une pierre divinatoire. Hein, Mélanie ?

D'habitude, on utilise du quartz pur comme pendule, mais, cette fois, je crois que le péridot s'impose – il est plus indiqué pour retrouver la trace de l'énergie négative. On va l'emporter à l'endroit où l'énergie s'est échappée et, en se balançant, il nous indiquera la direction qu'elle a prise.

— Enfin, on espère, murmura Laurel.

— En théorie, concéda Mélanie.

Diana consulta Adam – qui s'était montré singulièrement discret jusqu'à présent.

— Qu'est-ce que tu en penses ?

— Je crois que ça vaut l'coup d'essayer, affirma-t-il. Mais ça va demander un max d'énergie psychique pour le soutenir. Il va falloir qu'on se concentre tous à fond, surtout que le Cercle n'est pas au complet.

Sa voix était calme, égale. Cassie admira son sang-froid. Elle gardait la tête obstinément tournée vers Diana, quoique son regard soit, en réalité, rivé à la petite armoire de noyer…

— Et toi ? l'interrogea alors Diana.

— Moi ? sursauta Cassie, en s'arrachant brusquement à la contemplation de la porte de bois.

Elle ne s'attendait pas à ce qu'on lui demande son avis. Elle n'y connaissait rien aux pendules et elle n'avait jamais entendu parler du péridot. Et voilà, en plus, qu'elle piquait un fard. L'hor-reur.

— Oui, toi. Même si nos méthodes ne te sont pas familières, il t'arrive souvent de sentir les choses.

— Oh ! Euh… (Elle tenta d'analyser ce qu'elle ressentait, en s'efforçant de dépasser cette culpabilité et cette terreur qui la rongeaient.) Je crois que… que c'est une bonne idée, dit-elle finalement, atterrée par la nullité de sa réponse. Ça m'paraît bien.

Mélanie leva les yeux au ciel, mais Diana hocha la tête le plus sérieusement du monde, tout comme elle l'avait fait pour Adam.

— O.K. Dans ce cas, il ne nous reste plus qu'à tenter l'expérience, conclut-elle, en laissant tomber la petite pierre verte et sa chaîne dans la paume de sa main gauche pour l'enfermer dans son poing. Allons-y.

Cassie ne pouvait plus respirer. Elle était encore sous le choc de ce fulgurant regard vert, un vert un peu plus foncé que le péridot, mais avec cette même délicate transparence, comme s'il y avait une lumière, derrière ces prunelles, qui l'animait : le regard de Diana.

« Je ne peux pas », songea-t-elle. C'était fou comme tout lui paraissait simple et évident, maintenant qu'elle avait regardé Diana dans les yeux. Elle s'en étonnait, même. « Je NE PEUX PAS. Je vais être obligée de le dire à Faye… Non, je vais le dire à Diana. C'est ça. Je vais court-circuiter Faye et l'avouer moi-même à Diana. Et je ferai tout pour qu'elle me croie. Elle comprendra. Diana est un ange : elle comprendra forcément. »

Tout le monde s'était levé. Cassie suivit le mouvement. « Est-ce qu'il ne vaudrait pas mieux que je lui dise tout de suite ? Que je la retienne une minute pour lui parler ? » Elle se dirigeait déjà vers la porte pour cacher son agitation, quand le battant s'ouvrit à la volée juste devant elle.

Sur le seuil, apparut… Faye.

Derrière la sculpturale brune, se trouvaient Suzan et Deborah. La rousse avait l'air mauvais et la motarde arborait une moue encore plus renfrognée que d'habitude. Et, derrière ces deux-là, se trouvaient les frères Henderson, Chris fronçant les sourcils et Doug avec un rictus sardonique pour le moins perturbant.

— Alors, on va se promener sans nous ? lança Faye.

Elle s'adressait à Diana, mais ses yeux étaient braqués sur Cassie.

— Oh non ! pas maintenant, souffla Laurel.

Diana poussa un profond soupir.

— Je pensais que ça ne vous intéresserait pas, déclara-t-elle. On va essayer de repérer l'énergie négative.

— Que ça ne nous intéresserait pas ! s'exclama Faye. Alors que vous êtes tous en pleine action ? Oh ! naturellement, je ne peux parler que pour moi, mais tout ce que fait le Cercle m'intéresse. Pas toi, Deborah ?

La moue renfrognée de la motarde fut fugitivement chassée par un rictus plein de malice.

— Si, ça m'intéresse, confirma-t-elle.

— Et toi, Suzan ?

— Ça m'intéresse, répéta Suzan.

— Et toi, Chris ?

— Ça m'int…

— O.K., O.K., abrégea Diana. (Elle s'était empourprée et Adam était venu se poster à côté d'elle pour l'épauler.) On a compris. Ce sera encore mieux avec le Cercle au grand complet, de toute façon. Mais… où est Nick ?

— J'en sais rien, lui répondit Faye d'une voix glaciale. Pas chez lui, en tout cas.

Diana hésita. Et puis elle haussa les épaules.

— On fera sans, se résigna-t-elle finalement. Allez, on descend dans le garage.

Elle fit signe à Laurel et à Mélanie qui passèrent devant, jouant des coudes pour franchir le seuil que bloquaient toujours Faye et sa bande, comme s'ils voulaient tous prolonger la confrontation. Adam se chargea de Sean qu'il aida à franchir le barrage, avant d'entraîner les frères Henderson à sa suite. Deborah et Suzan interrogèrent Faye du regard et leur emboîtèrent le pas.

Cassie était restée en arrière dans l'espoir de retenir Diana pour parler avec elle en privé. Mais Diana semblait l'avoir complètement oubliée. Elle s'était engagée dans un face-à-face avec Faye – à qui baisserait les yeux en premier. En fin de compte, relevant le menton, elle franchit le seuil, tête haute, passant sans s'arrêter à côté de la brune incendiaire qui bloquait toujours à moitié l'entrée.

— Diana ! la héla Faye.

Diana ne se retourna pas. Cependant, la tension de ses épaules prouvait qu'elle écoutait.

— Continue comme ça : tu travailles pour moi, acheva la grande brune, avant de partir de ce petit rire de gorge, à la fois grave et nonchalant, qui avait quelque chose de si horripilant.

Elle suivit Diana des yeux jusqu'à ce qu'elle disparaisse dans l'escalier.

Pendant tout ce temps, Cassie n'avait cessé de se mordiller les lèvres. « Un bon coup de coude dans les côtes et le tour sera joué », se dit-elle pour se donner du courage. Et elle fonça droit sur la porte. Mais Faye n'eut qu'un pas de côté à faire pour l'empêcher de passer.

— Oh ! mais tu n'vas pas te sauver comme ça, ricana-t-elle. J'ai deux mots à t'dire.

— Oui, eh bien, moi, je n'ai plus rien à te dire.

Faye ne l'entendit même pas.

— Il est ici ? (Elle s'était ruée vers l'armoire de noyer pour tirer sur la poignée. Sans succès.) Merde ! Mais tu te débrouilleras bien pour trouver où elle cache la clef, hein, Cassie ? Je le veux, tu entends ? Et le plus tôt sera le mieux. C'est clair ?

— Faye, tu n'as pas écouté ce que je t'ai dit. J'ai changé d'avis. Je n'le ferai pas, finalement.

Profitant de l'occasion pour fureter dans les affaires de Diana, Faye s'était mise à rôder dans la pièce comme une panthère. À ces mots, elle se figea. Et puis elle se tourna lentement vers Cassie et sourit.

— Oh ! Cassie, ironisa-t-elle, tu sais qu'tu m'éclates, toi, hein ?

— Je suis sérieuse, Faye. Très sérieuse. J'ai changé d'avis.

Faye se contenta de la regarder avec ce même petit sourire indulgent. Elle s'adossa au mur et secoua la tête, comme un adulte qui tolère avec philosophie les caprices d'un enfant. Ses yeux d'or aux paupières toujours mi-closes pétillaient d'amusement et sa superbe crinière noir corbeau tomba sur son décolleté d'albâtre, ramenée par-dessus ses épaules dans le mouvement. Jamais elle n'avait semblé aussi belle – ni aussi dangereuse.

— Viens ici, Cassie, lui dit-elle, d'une voix à peine teintée d'impatience. Laisse-moi te montrer quelque chose. (Elle lui prit le bras pour la tirer vers la fenêtre.) Maintenant, regarde en bas. Qu'est-ce que tu vois ?

Cassie cessa de se débattre et regarda. Elle vit le Club : les élèves les plus branchés du lycée de La Nouvelle-Salem, le top du top, la bande qui en imposait à tous les autres élèves et même aux profs – qui les terrorisait, à la vérité. Ils étaient tous là, dans l'allée de Diana, leur chevelure accrochant les premiers rayons du couchant : le blond vénitien de Suzan virant au rouge vif ; les boucles brunes de Deborah sculptées de mèches couleur de sang ; les longs cheveux brun clair de Laurel, le carré auburn de Mélanie et la tignasse blonde des frères Henderson accrochant tous des reflets flamboyants sous le ciel embrasé.

Elle vit aussi Adam et Diana, marchant enlacés, la tête de Diana posée sur l'épaule d'Adam, ses cheveux de lumière ruisselant dans son dos. Adam avait passé un bras protecteur autour d'elle, le fauve de sa crinière en bataille virant au pourpre et au grenat.

La voix de Faye s'éleva derrière elle.

— Si tu lui dis, tu la tues. Tu détruis tout ce en quoi elle a toujours cru. Et tu la prives de la seule chose en laquelle elle a placé toute sa confiance, la seule chose qui la soutient. C'est ce que tu veux ?

— Faye…, grinça Cassie, les mâchoires soudées.

Elle bouillait de rage.

— Et, par-dessus l'marché, tu te feras virer du Club. Tu le sais ça, non ? Comment tu crois que Mélanie et Laurel vont réagir quand elles apprendront que tu as batifolé avec le petit copain de Diana ? Personne ne voudra plus te parler, Cassie. Jamais. Pas même pour que le Cercle soit au complet. Du coup, le coven sera détruit lui aussi. Et tout ça, à cause de toi.

Cassie serrait les dents. Elle aurait voulu la gifler. Mais à quoi bon ? Puisque Faye avait raison. Elle se disait qu'elle pourrait encore supporter d'être mise en quarantaine, de redevenir une paria au lycée. Elle pensait même qu'elle pourrait supporter l'idée de détruire le coven. Mais rien que d'imaginer l'expression de Diana…

Ça la tuerait. Oui, ça la tuerait vraiment. Quand Faye aurait fini de lui raconter l'histoire dans sa propre version, ça la tuerait. Son beau rêve de tout avouer à Diana et d'obtenir son pardon éclata comme une bulle de savon.

— Et ce que je veux reste très raisonnable, poursuivait Faye (Tout juste si elle ne roucoulait pas.) Je veux seulement jeter un coup d'œil au crâne, le temps de le regarder d'un peu plus près. Je sais ce que je fais, Cassie. Alors, tu vas me l'apporter, hein ? Hein, Cassie ? Aujourd'hui ?

Accablée, Cassie ferma les yeux. Sous ses paupières closes, se dressa alors un mur de feu.

2

À un moment donné, alors qu'elle descendait l'escalier, Cassie cessa de culpabiliser.

Elle n'aurait pas vraiment su dire comment. Mais, pour supporter ça, il le fallait. Sinon, jamais elle n'y survivrait. Elle faisait tout ce qu'elle pouvait pour protéger Diana – et Adam aussi, en un sens. Adam ne devait jamais découvrir l'odieux chantage de Faye. Alors, elle irait jusqu'au bout pour les préserver. Tous les deux. Quel que soit le prix à payer. Mais, bon sang ! elle n'allait pas, en plus, se ronger de culpabilité !

Et puis, d'une façon ou d'une autre, il lui faudrait aussi gérer Faye, se disait-elle, en suivant la grande brune qui passait devant le bureau du père de Diana. Elle allait devoir l'empêcher de faire quoi que ce soit de trop radical avec le crâne. Elle ne savait pas trop comment. Il faudrait qu'elle y réfléchisse. Mais, d'une façon ou d'une autre, elle se débrouillerait, elle y arriverait.

Si Faye avait jeté un coup d'œil par-dessus son épaule, à ce moment-là, elle aurait peut-être été surprise de voir la tête de la fille qui marchait derrière elle, songeait Cassie. Pour la première fois de sa vie, elle sentait son regard se durcir, donnant au doux bleu myosotis de ses prunelles l'éclat métallique d'une arme à feu.

Mais, pour l'instant, elle devait avoir l'air neutre, zen, parfaitement calme. Quand Faye franchit la porte, devant elle, pour les rejoindre dans l'allée, les autres se retournèrent tous d'un même mouvement.

— Qu'est-ce qui a vous pris si longtemps ? s'étonna Laurel.

— Oh rien ! On mettait juste un plan au point pour vous éliminer un à un, lui répondit Faye sans se démonter. Bon, on y va ?

Elle agitait la main vers le garage.

Il ne restait plus que des traces du cercle de craie dessiné sur le sol, la veille. Cette fois encore, l'endroit était vide – ils avaient vraiment de la chance que le père de Diana passe autant de temps à son cabinet d'avocats.

Le pendule toujours enfermé dans le poing, Diana se dirigea vers le mur du garage, juste à la place qu'avait occupée Cassie, lors du rituel du crâne. À deux pas derrière elle, Cassie, brusquement, se figea.

— Mais c'est… c'est brûlé ! hoqueta-t-elle, le souffle coupé.

Elle ne s'en était pas aperçue, la veille – eh bien, non, forcément : pas vraiment évident de voir dans le noir.

Diana hochait la tête.

— J'espère que, maintenant, personne ne va plus prétendre qu'il n'y a jamais eu d'énergie négative, dit-elle, en lançant un regard entendu à Suzan et à Deborah.

Sur le mur du garage, le bois et le plâtre avaient été noircis sur un cercle d'environ quarante-cinq centimètres de diamètre. Cassie l'examina, puis étudia les restes du cercle de craie par terre. C'était exactement l'endroit où elle avait été assise. Oui, mais, au moment fatidique, elle n'avait pas été vraiment là. Pas à cent pour cent, en tout cas. Diana leur avait demandé de regarder le crâne, de se concentrer sur les détails et, soudain, Cassie s'était retrouvée... à l'intérieur. C'était là qu'elle avait vu – senti – le pouvoir maléfique. Fermement décidé à sortir de sa prison de cristal, il s'était rué sur elle, de plus en plus vite, jusqu'à occuper pratiquement tout son champ de vision. C'est alors qu'elle avait aperçu ce visage...

— Eh bien, au moins, on sait quelle direction elle a prise, commenta Adam.

Elle lui fut reconnaissante de sa brusque interruption – surtout avec cette voix, si calme, si rassurante.

— On va voir si le cristal est d'accord, acheva-t-il.

Ils s'étaient tous regroupés autour de Diana. Elle les regarda, puis leva le poing gauche, paume vers le ciel, et écarta les doigts. De la main droite, elle attrapa la chaîne par son fermoir et la tendit de façon à ce que seul le péridot repose sur sa paume.

— Concentrez-vous, leur commanda-t-elle. Air et Terre, entendez notre appel. Aidez-nous à voir ce que nous voulons voir. Indiquez-nous la piste de l'énergie négative. Tout le monde se concentre sur le cristal.

« *Air et Terre, exaucez nos prières, brise et pin, montrez-nous le chemin* », pensa machinalement Cassie, reprenant l'idée, toute simple, de Diana pour la faire rimer. Le bois du mur et l'air extérieur : voilà ce qui pourrait les aider, se disait-elle. Elle se surprit alors à murmurer les vers et se tut brusquement. Mais les étincelants yeux verts de Diana se braquèrent aussitôt sur elle.

— Continue, lui souffla-t-elle d'une voix tendue.

Cassie obéit à contrecœur – elle était sûre que tout le monde la regardait.

Diana retira sa main et libéra la petite pierre. Le péridot commença soudain à tourbillonner, enroulant la chaîne sur elle-même jusqu'à ce qu'elle soit complètement entortillée et se mette à tourner de l'autre côté. Cassie regardait le tourbillon vert tout en murmurant son refrain de plus en plus vite :

— *Air et Terre, exaucez nos prières...*

Mais non, ça ne servait à rien. Le cristal tournait juste comme une girouette déboussolée.

Et puis, subitement, le cristal commença à se balancer à grands coups réguliers.

Une petite aspiration sifflante se fit alors entendre au fond de la pièce : de l'autre côté du cercle, quelqu'un retenait son souffle.

Le péridot s'était stabilisé. Il ne tourbillonnait plus, mais avait adopté un mouvement de balancier ample et cadencé. Comme un pendule, réalisa Cassie. Et ce n'était pas Diana qui le manipulait : la main qui tenait la chaîne était parfaitement immobile. Mais le péridot oscillait vivement, d'avant – vers la marque noire sur le mur –, en arrière – vers le centre du cercle de craie dessiné sur le sol.

— Bingo ! s'exclama Adam à mi-voix.

— On la tient, murmura Mélanie. Bon, maintenant, on va être obligés de le déplacer en dehors de sa position d'alignement pour sortir. Marche tout doucement vers la porte, conseilla-t-elle à Diana, et essaie de te replacer exactement dans le même axe de l'autre côté du mur.

Diana se passa la langue sur les lèvres et hocha la tête. Et puis, maintenant la chaîne d'argent toujours à la même distance de son corps, elle se retourna lentement, suivant à la lettre les instructions de Mélanie. Le coven se dispersa pour la laisser passer et se reforma autour d'elle, dès la porte franchie. Diana n'eut aucun mal à trouver l'exact emplacement à l'extérieur : quoique plus pâle que celui du dedans, un second cercle calciné apparaissait sur le mur, de l'autre côté.

Diana n'avait pas aligné le cristal dans la trajectoire voulue qu'il recommençait à se balancer. D'arrière – vers le cercle noirci – en avant – dans la même direction que Crowhaven Road : vers le bourg.

Cassie sentit un frisson lui dégringoler l'échine.

Tout le monde se regardait, visiblement mal à l'aise.

Tenant le cristal devant elle, Diana commença à remonter la route. Tous lui emboîtèrent le pas. Cassie remarqua, cependant, que la bande de Faye traînait les pieds. Quant à elle, elle avait toujours autant de mal à ignorer Adam et cet effort constant l'épuisait.

Les arbres bruissaient au-dessus de leurs têtes. Érable rouge, hêtre, orme rouge... Elle réussissait à presque tous les identifier désormais. Mais elle s'efforçait de garder les yeux rivés au pendule, à son balancement obstiné de plus en plus rapide.

Ils marchèrent encore et encore, suivant le virage que décrivait Crowhaven Road avant de descendre vers le pont. L'herbe se faisait de plus en plus rare, sur un sol de plus en plus sablonneux, et, au fur et à mesure, les haies des bas-côtés se recroquevillaient. La pierre vert pâle se balançait maintenant à angle droit et Diana tourna dans un sentier pour suivre la nouvelle direction qu'il indiquait.

Ils se dirigeaient à présent vers l'ouest, comme le petit chemin de terre tout cabossé qu'ils avaient emprunté. Cassie ne l'avait encore jamais remarqué et il n'était pas signalé.

Mais, manifestement, les autres membres du Cercle le connaissaient. Les coups d'œil incertains qu'ils échangeaient n'avaient, cependant, rien de rassurant. Cassie aperçut bientôt un grillage qui barrait le chemin, puis une rangée irrégulière de pierres levées.

— Oh génial ! maugréa Laurel derrière elle.

Et, plus loin, elle entendit Suzan râler :

— J'le crois pas ! Déjà, faut qu'on s'tape des bornes à pied et maint'nant…

— Où est l'problème ? On va juste rendre une petite visite à nos ancêtres boul'vard des Allongés, railla Doug Henderson, d'inquiétants éclats métalliques dans l'étincelant bleu-vert de ses prunelles.

— La ferme, grogna Adam.

Cassie ne voulait pas entrer. Ce n'était pourtant pas faute d'en avoir vu, des cimetières, en Nouvelle-Angleterre – à croire qu'il y en avait un à tous les coins de rue, dans le Massachusetts ! Et puis, elle avait assisté à l'enterrement de Kori, en ville. Après tout, celui-ci ne différait en rien des autres : c'était juste un petit carré de terrain envahi de pierres tombales – certaines si vieilles qu'elles en étaient devenues lisses. Elle dut néanmoins se forcer pour suivre les autres et fouler les rares touffes d'herbe roussie qui séparaient vaguement les tombes.

Diana les conduisit jusqu'au beau milieu du cimetière. La plupart des stèles ne lui arrivaient même pas au genou. Elles étaient taillées en forme d'arche flanquée de deux arches plus petites.

— Je n'sais pas qui a gravé ça, mais il devait avoir un drôle de sens de l'humour, souffla-t-elle.

Sur la grande majorité des pierres étaient grossièrement gravés des crânes, certains avec des ailes, d'autres encadrés de fémurs croisés. L'une arborait un squelette entier qui tenait, dans une main, un soleil et, dans l'autre, une lune.

— La Mort victorieuse, chuchota doucement Faye, si près que Cassie sentit son souffle chaud dans son cou.

Elle sursauta, mais résista à l'envie de se retourner.

— Oh ! de mieux en mieux, commenta Laurel, en voyant Diana ralentir.

La lumière baissait. Ils se trouvaient au centre du cimetière et une petite brise glacée couchait les brins d'herbe jaunie, portant jusqu'à eux l'odeur iodée des embruns. Cassie sentait pratiquement ses cheveux se dresser sur sa tête.

« Tu es une sorcière, se rappela-t-elle. Tu devrais adorer les cimetières. C'est probablement ton habitat naturel. »

Cette pensée ne la rassura pas plus que ça, mais, à présent, sa peur se teintait d'autre chose : une sorte d'exaltation. L'obscurité, qui gagnait le ciel et les coins du cimetière, semblait se rapprocher. Et elle en faisait partie. Elle appartenait désormais à tout un monde d'ombres et de puissances souterraines…

Diana s'immobilisa.

La chaîne d'argent n'était plus qu'une fine ligne claire dans la pénombre, avec une tache blanchâtre pendant bêtement à son extrémité. Le péridot ne se balançait plus comme un pendule, mais se déplaçait de façon désordonnée. Il décrivait des cercles, tournait dans un sens plusieurs fois, ralentissait et repartait en sens inverse.

Cassie l'observa un moment et leva un regard interrogateur vers Diana. La jeune fille fronçait les sourcils. Tout le monde observait la pierre qui s'agitait dans un silence… de mort.

Incapable de supporter ce suspense plus longtemps, Cassie se pencha à l'oreille de Laurel.

— Qu'est-ce que ça veut dire ?

Laurel secoua la tête. Mais Diana se tourna vers elle.

— Il y a un truc qui cloche, reconnut-elle. Il nous a conduits jusqu'ici, et puis il s'est juste arrêté. Mais, si on était arrivés, il ne devrait pas bouger du tout. La pierre devrait, d'une façon ou d'une autre, « désigner » l'endroit et euh… vibrer. C'est bien ça, Mélanie ?

— Comme un vrai chien d'arrêt, quoi, persifla Doug, son éternel rictus sardonique aux lèvres.

Mélanie l'ignora ostensiblement.

— En théorie, acquiesça-t-elle. Mais on n'a jamais vraiment essayé avant. Ça veut peut-être dire…

Sa voix se perdit dans le souffle du vent, tandis qu'elle jetait un regard circulaire dans le cimetière. Elle haussa les épaules.

— Je ne sais pas ce que ça veut dire, soupira-t-elle.

Dans la nuque de Cassie, la main de glace resserrait son emprise. L'énergie négative était venue ici et avait… fait quoi ? Elle avait disparu ? Elle s'était volatilisée ? Ou…

La respiration de Laurel s'était accélérée. Elle semblait crispée, ses fins traits d'elfe espiègle contractés par une tension inhabituelle. Instinctivement, Cassie se rapprocha d'elle. Avec Sean et Laurel, ils étaient les juniors, les plus jeunes membres du Cercle et, sorcière ou pas, Cassie avait la chair de poule sur les bras.

— Et si elle était encore ici… tapie dans le noir… Si elle attendait, murmura-t-elle.

— J'en doute, lui répondit Mélanie, avec ce ton neutre et dénué de toute émotion qui lui était coutumier. Elle ne pourrait pas rester comme ça, sans être « rangée » quelque part – façon de parler. Elle s'évanouirait dans la nature. Soit, elle est venue ici et elle a fait… quelque chose ; soit…

Une fois de plus, elle haussa les épaules, en désespoir de cause.

— Mais qu'est-ce qu'elle aurait pu faire ici, de toute façon ? Je ne vois aucun signe de destruction et je sens… (Fronçant de nouveau les sourcils, Diana enferma dans sa main gauche le péridot qui tournait toujours.) Cet endroit me donne une sensation bizarre de… de confusion : un truc pas clair. Mais je ne sens aucun mal que l'énergie négative aurait pu faire. Et toi, Cassie ?

Cassie essaya d'analyser ce qu'elle ressentait. De la confusion, comme disait Diana. De l'effroi, aussi, et de la colère, et toutes sortes d'autres émotions mélangées. Mais peut-être que c'était juste elle ? Elle n'était pas vraiment en état de percevoir quoi que ce soit.

— Je ne sais pas, avoua-t-elle à Diana. Je n'aime pas cet endroit.

— C'est bien possible, mais là n'est pas le problème. Le problème, c'est qu'on ne voit, ici, aucune brûlure, aucune trace calcinée que l'énergie négative aurait pu laisser. Et qu'on ne sent rien qu'elle aurait pu frapper, détruire ou même seulement blesser ou endommager.

— Mais pourquoi tu lui d'mandes, à elle, de toute façon ? s'énerva tout à coup Deborah, en désignant Cassie du menton. Elle est même pas des nôtres, alors.

— Cassie a sa place dans le Cercle autant que toi, lui rétorqua Adam, d'un ton étonnamment tranchant pour un garçon si calme d'habitude.

Cassie surprit le haussement de sourcil et le regard narquois de Faye. Elle voulut intervenir, mais déjà Diana approuvait chaleureusement et, dardant sur eux un coup d'œil assassin, Deborah rongeait son frein. L'orage grondait…

— Chut ! Écoutez ! leur intima soudain Laurel.

À peine les voix s'étaient-elles tues que Cassie l'entendait... ce crissement de graviers sur le bord du chemin. Sans ce silence crépusculaire qui régnait dans le cimetière isolé, jamais ils ne l'auraient remarqué.

— D'la visite, murmura Chris Henderson.

Ramassés sur leurs jambes comme des fauves prêts à bondir, les deux frères étaient déjà aux avant-postes, en position de combat.

« On est tous à cran », s'alarma Cassie. Elle avait tellement les nerfs à vif que chaque bruit de pas lui explosait à l'oreille façon pétard du 4 juillet – comme si elle n'était pas déjà assez stressée ! Elle aperçut alors une vague forme sur le chemin et vit Adam s'avancer pour prendre place devant elle et Diana – pour les protéger, manifestement. « Il va falloir que j'aie une petite discussion avec lui à ce sujet », songeat-elle – comme si c'était le moment !

Le bruit de pas cessa, puis la forme indistincte se dirigea vers eux. Adam et les frères Henderson semblaient à deux doigts de lui sauter à la gorge et, tout conflit interne oublié, Deborah ne paraissait pas moins décidée à se jeter dans la mêlée. Sean, en revanche, s'était planqué derrière Faye. Le cœur de Cassie commença à s'emballer.

C'est alors qu'elle remarqua le petit point rouge, comme un minuscule charbon ardent, qui flottait devant la silhouette et reconnut la voix qui s'élevait :

— Si c'est après moi qu'vous en avez, je suis votre homme. À quatre contre un, ça m'paraît équitable.

— Nick ! exulta Chris, en le rejoignant d'un bond.

Le rictus de Doug s'élargit – sans qu'il semble moins agressif pour autant, bizarrement. Adam se détendit et recula.

— Pas d'regret, Adam ? On peut régler ça tout d'suite, pourtant, insista Nick, en rejoignant le groupe.

Sa cigarette rougeoya dans la pénombre.

Adam plissa les yeux et Cassie reconnut, sur ses lèvres, ce petit sourire canaille qu'il avait eu à Cape Cod, alors qu'il avait quatre types armés à ses trousses. « Mais qu'est-ce qui lui prend, à lui aussi ? s'énerva-t-elle. Qu'est-ce qu'ils ont tous, ce soir, à la fin ? Ils font vraiment n'importe quoi ! »

Mais, déjà, Diana s'efforçait de calmer les esprits.

— Pas de bagarre, dit-elle doucement, en posant la main sur le bras d'Adam.

Nick lui jeta un regard blasé et haussa les épaules.

— Vous êtes un rien sur les dents, les mecs, on dirait, non ? demanda-t-il posément, en embrassant tout le groupe d'un coup d'œil désabusé.

Sean quitta aussitôt sa position de repli derrière Faye.

— Juste tendus, comme l'ambiance, prétexta-t-il.

— Toi, c'est pas tendu que tu devrais être, c'est pendu. Et à un arbre, pas à mes basques, lui balança Faye, d'un air dégoûté.

Nick n'esquissa même pas un sourire. De toute façon, Nick ne souriait jamais. Comme toujours, il arborait ce visage impassible de beau ténébreux froid et mystérieux.

— Enfin, peut-être que vous avez de bonnes raisons d'être nerveux… Certains d'entre vous, du moins, insinua-t-il.

— Et qu'est-ce que c'est censé signifier ? lui répliqua Adam. On est venus ici pour essayer de retrouver l'énergie négative qui s'est échappée hier soir.

Nick se raidit, comme frappé d'une subite illumination. Et puis le bout de sa cigarette recommença à rougeoyer.

— Peut-être que vous cherchez pas au bon endroit…, reprit-il, toujours aussi flegmatique.

— Nick, pourrais-tu, s'il te plaît, préciser le fond de ta pensée ? lui demanda alors Diana sans même hausser le ton.

Le regard de Nick se posa, tour à tour, sur chacun d'eux.

— Je veux dire, répondit-il nonchalamment, que, pendant que vous vous amusiez à courir dans tous les sens ici, à Devil's Cove, ils étaient en train de sortir le vieux Fogle de sous un tas d'cailloux.

Fogle ? Cassie n'arrivait pas à remettre un visage sur ce nom. Et puis, tout à coup, elle revit une plaque de cuivre vissée au mur lambrissé d'un bureau.

— Notre proviseur ?

— Gagné ! Ils disent qu'il s'est fait prendre par « une avalanche ».

— Une avalanche ? s'exclama Laurel, incrédule. Ici ?

— Comment t'expliques autrement qu'il se soit retrouvé avec un bout de granit de deux tonnes en guise de couvrante ? Sans même parler des couches intermédiaires…

Il y eut comme un blanc dans le texte.

— Est-ce qu'il est… ? demanda Cassie, incapable d'achever sa phrase.

— Il avait pas très bonne mine, quand ils lui ont retiré ce joli caillou de sur la poitrine, ironisa Nick, avant d'ajouter, soudain grave : il est mort hier soir.

— Oh mon Dieu ! souffla Laurel.

Il y eut un nouveau silence, encore plus pesant, plus long que le précédent. Ils pensaient tous à la même chose : un crâne de cristal entouré d'un cercle protecteur de bougies allumées et… une des bougies qui s'éteignait.

— C'est la faute de Fa…

Mais Sean n'eut même pas le temps de finir.

— C'est sa faute à lui, l'interrompit l'intéressée sans le regarder.

— Attendez, attendez ! intervint Diana. Rien ne dit que l'énergie négative ait quelque chose à voir dans cette histoire.

Comment ce serait possible, d'ailleurs, puisqu'on sait qu'elle est venue ici et qu'elle s'est arrêtée ?

— Je ne trouve pas ça très rassurant, quant à moi, commenta Mélanie à voix basse. Parce que, si ce n'est pas l'énergie négative, alors c'est qui ?

Un étrange mouvement parcourut le groupe, comme si chacun reculait pour examiner ses voisins. Cassie sentit de nouveau comme un vide au creux de son estomac. Le proviseur faisait partie – avait fait partie – de « ceux du dehors » : ceux qui craignaient et donc haïssaient les sorcières et consorts. Ce qui signifiait que tous, dans le Cercle, avaient un mobile – surtout ceux qui mettaient la mort de Kori sur le dos de « ceux de l'extérieur ». Elle jeta un coup d'œil à Deborah, puis lorgna vers les frères Henderson.

Et elle n'était pas la seule à les dévisager : pratiquement tout le reste du coven l'imitait. Doug répondit à leurs soupçons par un regard de défi, puis se mit à ricaner doucement.

— Peut-être bien qu'c'est vraiment nous, leur lança-t-il, les yeux brillants.

— Ah ouais ? s'étonna Chris, qui, visiblement, n'avait pas suivi.

Deborah se contenta de les ignorer.

Un autre silence pesant s'installa, jusqu'à ce que la voix haut perchée de Suzan s'élève dans la nuit :

— Bon, c'est vraiment pas d'bol pour Fogle. Mais est-ce qu'on est vraiment obligés d'prendre racine ? J'ai les pieds en compote, moi.

Adam sembla se ressaisir.

— Elle a raison. On n'a plus rien à faire ici.

Et, faisant signe aux autres d'avancer, il passa son bras autour des épaules de Diana. Cependant, Cassie s'attarda. Elle avait un truc à dire à son amie.

Mais, déjà, Diana et Adam s'éloignaient. Les frères Henderson marchaient en tête, entraînant le groupe dans une autre direction que celle qu'ils avaient prise à l'aller. Ils coupaient à travers le cimetière en direction du nord-est. Comme ils atteignaient la route, Cassie remarqua que le terrain montait. Il y avait une drôle de petite butte herbeuse près du grillage, de ce côté, qui faillit même la faire trébucher quand elle arriva à proximité. Mais ce qu'il y avait de plus étrange encore, c'est ce qu'elle vit quand elle se retourna après l'avoir dépassée.

Sur le devant, la butte était tapissée de dalles de pierre et, au milieu, était encastrée une petite porte en fer d'environ soixante-cinq centimètres de haut. Et c'était vraiment une porte puisqu'elle avait des gonds et un cadenas. Mais on n'aurait pas pu l'ouvrir, de toute façon, parce qu'un gros bloc de béton avait été calé pour la bloquer. Et ça faisait un moment qu'il était là, à en croire l'herbe qui avait poussé tout autour.

Cassie avait les mains glacées et son cœur cognait si fort qu'elle en avait des vertiges. Elle essayait de réfléchir, pourtant – tout en constatant, en même temps (une autre partie de son esprit devait fonctionner en pilote automatique) qu'elle passait maintenant devant des tombes plus récentes : les plaques de marbre portaient des inscriptions que les années n'avaient pas encore effacées. Elle essayait d'analyser ce qui lui arrivait : c'était peut-être le contrecoup des événements de ces deux derniers jours, tout simplement ? Ça expliquait peut-être ses tremblements ?

— Ça va, Cassie ?

Diana et Adam s'étaient retournés. Heureusement, il faisait trop sombre pour qu'ils puissent bien la voir. Il fallait absolument qu'elle se remette les idées en place.

— Oui, je… juste une drôle d'impression… C'est pas grave. C'est déjà passé. Mais, attends Diana ! (Elle venait de se rappeler ce qu'elle voulait lui dire.) Tu sais, tu m'as demandé ce que je… sentais avant. Eh bien… je sens un truc à propos de M. Fogle. Je crois que l'énergie négative a vraiment quelque chose à voir avec… « l'avalanche ». Mais… (Elle s'interrompit, incertaine.) Je n'sais pas. Il y a autre chose… Il se passe des trucs… bizarres…

— Tu crois ? ironisa Adam, en lui prenant le bras pour la faire avancer.

Elle l'esquiva, en lui lançant un coup d'œil réprobateur, pendant que Diana regardait ailleurs. Adam examina sa main, troublé, comme s'il ne comprenait pas ce qui lui arrivait.

Il se passait vraiment quelque chose d'anormal, quelque chose de plus étrange encore qu'aucun d'eux ne pouvait l'imaginer, se disait-elle.

— C'est quoi, ce machin, là-bas, avec une porte en fer ? s'enquit-elle.

— Je l'ai toujours vu là sans trop savoir ce que c'était, lui répondit son amie d'une voix absente. Une sorte de réservoir, je crois.

Cassie jeta un regard en arrière. Mais, déjà, la butte se fondait dans l'obscurité. Elle referma les bras sur sa poitrine, glissant ses mains sous ses manches pour les réchauffer. Et toujours ce cœur qui cognait…

« Je poserai la question à mamie », résolut-elle. Quoi que ce puisse être, elle était sûre que ce n'était pas un simple réservoir.

C'est alors qu'elle remarqua le geste machinal de Diana : tout en marchant, la jeune fille jouait avec son collier, une fine chaîne en or au bout de laquelle se balançait une clef.

3

— Je pense, dit Mélanie, avec ce calme qui la caractérisait, qu'il est temps de parler du crâne. Adam ne nous a jamais raconté comment il l'avait trouvé exac…

— Oui, vous l'avez joué plutôt perso, sur ce coup-là, la coupa Faye, en lorgnant vers Adam et Diana.

— … tement, mais peut-être que ce serait le moment.

Adam et Diana se consultèrent en silence. Diana finit par hocher discrètement la tête.

En rentrant du cimetière, ils s'étaient tous entassés dans la chambre de Diana. Comme elle jetait un regard circulaire, Cassie remarqua qu'ils s'étaient répartis en deux groupes : Suzan, Deborah et les frères Henderson, d'un côté, près de Faye ; Laurel, Mélanie, Adam et Sean, de l'autre, auprès de Diana.

Du moins Sean était-il dans le clan de Diana, se disait-elle, en le voyant lancer des regards incertains de l'une à l'autre. Pour l'instant, en tout cas. Mais il pouvait changer de camp à tout moment. Et Nick, aussi : Nick pouvait très bien voter pour Faye, un jour, et puis, sans raison apparente, se décider à voter pour Diana, le lendemain. Quelle que soit la situation, Nick était toujours l'inconnue de l'équation, de toute façon.

« Comme toi... », lui murmura soudain une petite voix.

« Moi ? N'importe quoi ! » Rien ni personne – pas même Faye – ne pourrait la pousser à voter contre Diana. Avec un tel enjeu à la clef ? Certainement pas.

Cependant, Adam avait déjà commencé son récit. Il parlait à voix basse et d'un air absorbé, comme s'il s'efforçait de se remémorer chaque détail.

— Il ne se trouvait pas au large de Cape Cod, en fait, mais beaucoup plus au nord, plus près de Boston, leur expliquait-il. Tout le monde sait qu'il y a dix-sept îles, dans la baie de Boston. Elles sont toutes à l'abandon et envahies par la végétation. Eh bien, j'en ai trouvé une dix-huitième. Elle était très différente des autres : plate, sablonneuse... Et elle semblait n'avoir connu aucune trace de vie, comme si personne n'y avait jamais mis les pieds. Et puis elle avait quelque chose de bizarre... J'y étais déjà allé, mais je ne m'en étais pas aperçu, sur le coup. C'était comme si mes yeux s'étaient soudain ouverts après...

Il se tut brusquement.

Le regard obstinément rivé au reflet de la lampe, sur le parquet ciré, Cassie crut qu'elle allait étouffer. Elle n'osait plus respirer et ne parvint à recouvrer son souffle que lorsque Adam eut repris le sien.

— ... après avoir travaillé sur les bateaux de pêche tout l'été, acheva-t-il posément. Mais, chaque fois que je voulais mettre le cap sur cette île, la barre m'échappait des mains ou essayait de m'en écarter et de me jeter sur les récifs. J'ai dû me battre avec elle pour accoster – et encore ! si je n'avais pas invoqué les pouvoirs de la Terre et de l'Eau, je n'y serais jamais arrivé. Une fois sur place, j'ai pu voir les restes de tous ces naufrages, sur les rochers. Si quelqu'un avait réussi à débarquer sur cette île avant, il n'en était pas reparti vivant.

— Et alors ? s'impatienta Faye.

— Alors, je n'avais pas fait un pas que je la sentais. Comme une sorte d'électricité... Et toute l'île en semblait imprégnée. J'ai su que c'était là, avant même d'avoir aperçu le cercle de pierres au milieu. C'était exactement ce que Black John avait décrit. La bruyère avait tout envahi, sauf le centre du cercle où le sol était dégagé. C'est là que j'ai creusé. Au bout d'une minute, ma pelle a heurté quelque chose de dur.

Il inspira à pleins poumons.

— Quand je l'ai déterré, j'ai ressenti... je ne sais pas, comme un étourdissement. Le soleil brillait et avec la réverbération sur le sable, j'ai été aveuglé. Je l'ai aussitôt enveloppé dans ma chemise et je suis parti avec sous le bras. L'île n'a pas tenté de me retenir, quand j'ai mis les voiles. À croire que le piège avait été désamorcé. C'était... attendez un peu... le 21 septembre. Dès que je suis rentré à Boston, j'ai voulu repartir pour La Nouvelle-Salem. Mais j'avais encore des trucs à régler. Je n'ai pu prendre la route que le lendemain. Je savais que je serais en retard pour l'initiation de Kori...

Il jeta un coup d'œil désolé aux frères Henderson.

Aucun des deux ne réagit. Mais Cassie sentit tous les regards se tourner vers elle. Il faut dire aussi que l'initiation de Kori était devenue l'initiation de Cassie. Parce que, à l'aube de ce 22 septembre, Kori avait été retrouvée au pied de l'escalier du lycée, la nuque brisée.

— Mais ça sert à quoi de nous raconter tout ça ? demanda Faye, un ennui abyssal dans la voix. À moins que… (elle se redressa brusquement, un soudain regain d'intérêt dans les prunelles) à moins que le reste des Artéfacts se trouve là-bas aussi…

— Je te l'ai déjà dit, soupira Adam. Il n'y avait rien d'autre, sur cette île, Faye.

— Et ça sert à ce qu'on réunisse un maximum d'infos sur le crâne, intervint Diana. Qu'on le veuille ou non, on l'a sur les bras. Pour le meilleur ou… pour le pire. Et j'ai bien peur qu'on ne puisse pas le remporter là-bas où…

— Le remporter ! s'exclama Faye.

— … où il pourrait tomber entre les mains de n'importe qui, maintenant que le sort de protection a été rompu, conclut Diana.

— Eh bien alors, murmura Faye, les yeux mi-clos, s'il te dérange tant que ça, je serais ravie de m'en occuper, moi…

Au coup d'œil que Diana lui balança, il était clair que Faye était bien la dernière personne à qui elle l'aurait confié. Mais Cassie remarqua, avec une affreuse sensation de désastre imminent, que ce n'était pas le visage de Diana que Faye regardait. Sous ses lourdes paupières de reptile, ses yeux d'ambre étaient rivés à la gorge de Diana. Et… à la petite clef d'or pendue à son cou.

C'est alors qu'on frappa à la porte. Elle fit un tel bond que Laurel se retourna, surprise par la violence de sa réaction. Mais ce n'était que le père de Diana qui venait de rentrer, une mallette bourrée de dossiers à la main.

M. Meade balaya la pièce du regard, manifestement étonné de la voir bondée, comme s'il se demandait ce que pouvaient bien faire tous ces jeunes gens dans la chambre de sa fille.

Cassie en vint à s'interroger sur ce qu'il savait exactement du Cercle. Était-il au courant, seulement ?

— Tout le monde reste-t-il dîner ? demanda-t-il.

— Oh ! euh, non, non, s'empressa de le rassurer Diana, en jetant un coup d'œil à la pendulette posée sur sa table de nuit. Je ne m'étais pas rendu compte qu'il était plus de sept heures, papa. Je vais te préparer quelque chose de vite fait.

Il hocha la tête et, après un dernier regard circulaire incertain, s'en retourna comme il était venu. Grincements de sommier et bruissements d'étoffes signalèrent la levée de l'assemblée.

— On pourra se réunir demain, au lycée, déclara Mélanie. Parce que, ce soir, il faut absolument que je bosse. Je n'ai pas vu la semaine passer et j'ai un contrôle de bio.

— Moi aussi, dit Laurel.

— Et moi, j'ai des devoirs de maths, maugréa Suzan.

— Ce qui veut dire que tu vas t'faire l'intégrale de ta série préférée en descendant trois tonnes de chocolat, marmonna Deborah.

— D'accord. On continuera demain, approuva Diana.

Elle se dirigea vers la porte pour les raccompagner. Pendant que les autres s'en allaient, Faye se débrouilla pour coincer Cassie en l'attrapant par le bras.

— Ce soir, lui murmura-t-elle à l'oreille. Appelle-moi pour que je vienne le récupérer. On le remettra avant demain matin pour qu'elle ne se rende compte de rien.

Cassie s'arracha violemment à son emprise. Mais, sur le seuil de la maison, Faye se retourna pour river sur elle ses étranges yeux d'or. L'éclair que Cassie surprit alors dans ses prunelles l'alarma. Elle soutint son regard un long moment, mais finit par acquiescer d'un battement de paupières.

— Tu veux que je reste ? demandait, pendant ce temps, Adam à Diana.

— Non ! s'écria subitement Cassie, avant même que Diana n'ait eu le temps de répondre.

Ils se tournèrent vers elle, interloqués.

— Je vais rester, moi, enchaîna-t-elle précipitamment. Et je vais t'aider à préparer le dîner. Si ça ne te pose pas de problème, Diana ? J'ai dit à ma mère et à ma grand-mère que je ne rentrerais pas ce soir et elles ont sans doute déjà fini de manger.

La bonté naturelle de Diana l'emporta.

— Ah !... Mais bien sûr que tu peux rester, accepta-t-elle aussitôt. Tout ira bien, Adam. Ne t'inquiète pas.

— D'accord.

Adam braqua sur elle un regard inquisiteur qu'elle soutint sans flancher. Et puis, il sortit, se fondant dans l'obscurité, à la suite des frères Henderson. La flamme d'une allumette dans la nuit indiqua que Nick était déjà loin devant. Cassie examina le ciel nocturne, piqueté d'étoiles scintillantes mais sans lune, et recula pour laisser Diana fermer la porte.

Le dîner fut très calme avec M. Meade assis, là, à feuilleter son journal, tout en lançant, de temps en temps, un coup d'œil par-dessus ses lunettes de lecture aux deux filles attablées. Aussitôt le repas terminé, elles regagnèrent la chambre de Diana. Cassie mesura alors ce qui l'attendait et, cherchant à retarder le moment fatidique, s'efforça de gagner du temps.

— Tu ne m'as jamais parlé de celle-là, fit-elle observer à son amie, en désignant du doigt une des six gravures qui ornaient les murs.

Cinq d'entre elles étaient faites sur le même modèle : de simples reproductions en noir et blanc, avec un petit air un peu passé. Diana lui avait dit qu'elles représentaient des déesses grecques : Aphrodite, la très belle – mais volage – déesse de l'amour ; Artémis, la farouche déesse de la chasse ; Héra, l'impérieuse reine de tous les dieux ; Athéna, la déesse de la sagesse au paisible regard gris et Perséphone, qui n'aimait rien tant que les fleurs et tout ce que Mère Nature prodiguait.

Mais la dernière était différente : elle était en couleur, déjà, et de style plus abstrait, plus moderne que les cinq autres. Elle représentait une jeune femme debout sous un ciel étoilé, avec un croissant de lune argenté qui faisait scintiller la cascade de ses longs cheveux ruisselants. Elle était simplement vêtue d'une aube blanche, fendue très haut sur le côté pour laisser apparaître la jarretière qui ornait sa cuisse. Un brassard d'argent lui enserrait le bras gauche et un fin diadème du même métal précieux, surmonté en son centre d'un croissant de lune pointant ses branches vers le ciel, ceignait son front.

C'était la tenue que portait Diana aux « assemblées » – autrement dit quand tous les membres du Cercle se réunissaient.

— C'est qui ? demanda Cassie, fascinée par la beauté de la jeune fille sur la gravure.

— Diane, lui répondit son amie, avec un sourire dans la voix.

Cassie se retourna vers elle, l'air incrédule. En voyant sa tête, Diana sourit franchement.

— La déesse Diane, ajouta-t-elle. Pas la Diane des Romains. Une autre Diane. Elle est bien plus ancienne que toutes les déesses grecques et très différente d'elles. C'était une Grande Déesse, LA Grande Déesse. Elle régnait sur tout. C'était la déesse de la nuit, de la lune et des étoiles – on raconte qu'un jour, pour impressionner les sorcières sur

Terre, elle a changé toutes les étoiles en souris. Alors, elles ont fait d'elle leur reine, la Reine des Sorcières.

— Il en faudrait plus pour épater Faye, à mon avis, commenta Cassie.

— Oh ! il y a des chances, reconnut son amie. Certains prétendent que sa légende est basée sur une histoire vraie, celle d'une femme qui défendait les pauvres et enseignait la magie. D'autres disent qu'elle avait d'abord été une déesse du soleil, mais qu'elle avait été détrônée par les dieux solaires et qu'elle avait trouvé refuge dans le monde de la nuit. Les Romains la confondaient avec la déesse grecque Artémis – tu sais, la déesse de la chasse. Mais elle était bien plus que ça. En tout cas, elle a toujours été la Reine des Sorcières.

— Comme toi.

Diana s'esclaffa et secoua la tête.

— Je ne serai peut-être pas toujours à la tête du coven, lui rappela-t-elle. Tout dépend de ce qui va se passer entre maintenant et le 10 novembre : le jour de l'élection.

— Pourquoi le 10 novembre, justement ?

— C'est la date de mon anniversaire – et, aussi bizarre que ça puisse paraître, il se trouve que c'est aussi celui de Faye. Il faut avoir dix-sept ans pour être nommé leader permanent et c'est ce jour-là qu'on les aura, elle et moi.

« Diana n'a que seize ans, comme moi ? » s'étonna Cassie. Elle paraissait si mûre. Et puis elle était en terminale. Quant à Faye, c'était encore plus sidérant qu'elle soit si jeune. Et que les deux cousines soient nées le même jour !

Elle regarda Diana, assise là, sur son lit. Aussi belle que puisse être la fille de la gravure, Diana l'était encore plus. Avec ses cheveux de cette couleur incroyable – entre l'or et l'argent, comme des rayons de soleil tissés avec un clair de lune –, son visage de fleur et ses yeux d'émeraude, Diana ressemblait plus à une créature de magie, tout droit sortie d'un conte de fées ou d'une ancienne légende, qu'à une personne réelle. Mais la bonté et… oui, la pureté qu'on décelait dans ses prunelles étaient bel et bien réelles, elles. Cassie était si fière d'être son amie.

Et puis la clef d'or pendue au cou de Diana accrocha la lumière de la lampe et elle se rappela brusquement pourquoi elle était là.

« Non, je n'peux pas, se dit-elle, avec la sensation d'un brusque appel d'air, un vide vertigineux au creux de l'estomac. Je-ne-peux-pas. » Son cœur cognait dans sa poitrine à grands coups de boutoir lents et nauséeux. Comment pourrait-elle voler Diana, abuser de sa confiance, alors qu'à l'instant même, elle portait, autour de son propre cou, le collier avec un petit croissant de lune que Diana lui avait donné pour son initiation ?

Mais elle était déjà passée par là et elle savait que ça ne menait à rien. Si elle reculait, Faye mettrait sa menace à exécution. Aucun doute là-dessus. La seule façon de sauver Diana était donc… de la trahir.

« C'est pour son bien, se raisonnait-elle. Alors, arrête de te prendre la tête avec ça et fais ce que tu as à faire qu'on en soit quitte. »

— Cassie ? Ça va ? Tu n'as pas l'air dans ton assiette.

Elle s'apprêtait déjà à lui resservir son habituel « Si, si, bien sûr que si », en s'empressant de changer de sujet – technique éprouvée qu'elle employait chaque fois qu'on la prenait à rêvasser –, quand une idée lui traversa l'esprit.

— C'est que… je n'ai pas très envie de rentrer chez moi toute seule, prétexta-t-elle, avec une grimace éloquente. Ce n'est pas tant le trajet que… cette maison. Elle craque, elle grince de partout. De jour, ça va encore, mais il y a des nuits où je n'peux même pas fermer l'œil. Surtout quand je pense à... à...

— C'est tout ? s'étonna Diana, visiblement soulagée. Si ce n'est que ça, c'est facile à régler : tu n'as qu'à dormir ici.

Cassie sentit son cœur se serrer. Diana lui avait si spontanément proposé de l'héberger.

— Et si c'est à propos du crâne que tu t'angoisses, poursuivait Diana, je te rassure tout de suite : il restera là où il est et il ne fera plus de mal à personne, je te le promets.

Les joues en feu, Cassie dut se retenir pour ne pas tourner les yeux vers l'armoire. Elle n'aurait jamais osé mentionner le crâne, quant à elle. Elle aurait été bien incapable de seulement prononcer le mot.

— O.K., répondit-elle, en s'efforçant de maîtriser le tremblement de sa voix. Merci. Je vais appeler ma mère pour la prévenir.

— On pourra passer chez toi pour que tu te changes, demain matin... Je vais préparer la chambre d'amis.

À peine Diana avait-elle le dos tourné que, dans la tête de Cassie, les petites voix se déchaînaient : « Espèce de lâche ! Faux j'ton ! Sale fouineuse ! Tu mens comme tu respires. Et tu trahis ta meilleure amie, en plus ? T'as pas honte ?... »

« Fichez-moi la paix ! » leur rétorqua-t-elle, avec une telle violence qu'elle fut aussitôt exaucée.

Elle appela sa mère. Quand Diana revint, elle était en train de raccrocher.

— Ta chambre est prête, lui annonça son amie. Mais, si tu as peur cette nuit, tu peux dormir ici.

— Merci, murmura Cassie, le regard débordant de gratitude.

— À quoi ça sert, les grandes sœurs ?

Elles passèrent encore un bon moment à discuter. Cependant, elles n'avaient pas beaucoup dormi la veille et les aiguilles de la pendule n'indiquaient pas encore dix heures qu'elles bâillaient déjà à s'en décrocher la mâchoire.

— Je vais prendre mon bain ce soir pour que tu puisses en prendre un demain matin, l'informa Diana. L'eau chaude ne le reste jamais très longtemps, ici.

— Mais il n'y aurait pas un sort pour arranger ça ? s'étonna Cassie.

Diana lui lança alors un bouquin en riant.

— Tiens, regarde là-dedans si tu en trouves un.

C'était le *Livre des Ombres* que Diana avait apporté à la plage, lors de son initiation, celui qui était dans la famille Meade depuis que les premières sorcières s'étaient installées à La Nouvelle-Salem. Cassie fronça le nez en sentant l'odeur de moisi qu'exhalaient les feuilles jaunies. Elle n'en mesurait pas moins la chance qu'elle avait de pouvoir consulter cette véritable pièce de musée. Au début de l'ouvrage, les pages étaient couvertes d'une petite écriture serrée presque illisible, mais, au fur et à mesure, elle se stylisait et prenait, peu à peu, un beau délié à l'anglaise. Différentes mains, pensa Cassie. Différentes générations. Les Post-it fluo et les petites flèches autocollantes – quasiment à chaque page – étaient manifestement l'empreinte de la dernière en date.

Le livre regorgeait de descriptions de sorts et de rituels, de comptes rendus d'assemblées et de récits. Fascinée, Cassie se plongea dans sa lecture, passant d'un titre à l'autre avec exaltation. Certains des sorts lui semblèrent un peu vieillots ou même franchement archaïques ; d'autres, tout droit sortis d'un best-seller de développement personnel. Certains, en revanche, étaient intemporels.

« *Sort pour guérir un enfant malade*, lut-elle. *Pour faire pondre les poules. Pour se protéger de l'Eau et du Feu. Pour se débarrasser d'une mauvaise habitude. Pour vaincre la peur et les émotions négatives. Pour trouver un trésor. Pour faire tourner la chance. Pour repousser le Mal.* »

Celui intitulé *Talisman pour donner de la force* retint son attention.

Prenez un galet et, sur une face, gravez un soleil levant et un croissant de lune aux pointes dressées vers le ciel. Sur l'autre, ces mots :

Force de la pierre
Arme mon bras.
Pouvoir de la lumière
Soutiens mon combat.

« Voilà qui pourrait m'être utile, songea Cassie, en recommençant à feuilleter le précieux grimoire. *Sort contre les maladies contagieuses. Pour neutraliser le Mal. Pour insuffler des rêves.* »

Et, soudain, comme si sa mauvaise conscience l'avait invoqué, un autre sort attira son regard : *Pour un amant infidèle.*

Debout, au clair de lune pleine, prenez une mèche de ses cheveux et, ce disant, faites des nœuds :

De paix jamais ne connaîtras
D'ami jamais ne garderas
D'amour jamais ne te lieras
De moisson jamais ne feras

De repos onc ne trouveras
De satiété onc n'obtiendras

Ta soif jamais n'étancheras
Ton chagrin jamais ne passera
Tes dettes jamais n'acquitteras
Ta peur jamais ne te quittera

Alors, ce jour tu maudiras
Jour funeste où tu me trompas.

Le pouls de Cassie s'affolait à son poignet. Tout infidèle qu'il ait été, pouvait-on vraiment jeter une telle malédiction sur quelqu'un qu'on aimait ?

Elle était toujours à la même page, quand un mouvement du côté de la porte lui fit lever la tête. Elle referma précipitamment le livre en voyant Diana entrer, les cheveux enveloppés dans une serviette éponge nouée en turban. Mais ce n'était pas ce que Cassie regardait. Ses yeux avaient été aussitôt aimantés par la chaîne en or que Diana posait sur sa table de nuit, à côté d'une petite pierre grise moirée de bleu et sertie de cristaux de quartz scintillant comme des saphirs : la calcédoine que Diana avait offerte à Adam et qu'Adam avait, à son tour, donnée à Cassie à Cape Cod. « Elle a retrouvé sa vraie place, maintenant », songea Cassie. À cette idée, quelque chose, sous son sein gauche, se serra.

— La salle de bains est tout à toi, lui dit Diana. Tiens, voilà une chemise de nuit… À moins que tu ne préfères un maxi-tee-shirt ?

— Non, non, une chemise de nuit, ça ira très bien.

Pendant qu'elle se déshabillait, se lavait, se séchait, se changeait, Cassie n'avait qu'une seule idée en tête : la clef posée sur la table de chevet. Si seulement Diana pouvait l'y laisser...

La clef était toujours à la même place, quand elle revint dans la chambre de Diana. Son amie était déjà couchée.

— Tu veux que je ferme la porte, lui proposa-t-elle.

— Non, laisse-la entrouverte, s'il te plaît, lui demanda Diana, en tendant la main pour éteindre la lumière. Bonne nuit.

— Bonne nuit, Diana.

Mais, une fois dans la chambre voisine, Cassie se cala contre deux oreillers et resta immobile à regarder le plafond. Bizarrement, c'était presque reposant de penser qu'elle ne pouvait rien faire, pour l'instant, que demeurer allongée et attendre. Elle entendait la mer, derrière la maison, tantôt plus forte, tantôt plus sourde, comme une respiration.

Elle attendit longtemps, écoutant les bruits de la nuit. Elle se sentait détendue, calme, jusqu'à ce qu'elle se dise qu'elle allait devoir se lever. Son cœur se remit alors à cogner.

« Maintenant, s'ordonna-t-elle, quand elle fut enfin sûre que Diana devait dormir. Si tu ne le fais pas tout de suite, tu ne le feras jamais. »

Retenant son souffle, elle glissa ses jambes hors du lit. Le plancher grinça un peu, quand elle se redressa. Il grinça encore plus, lorsqu'elle traversa la chambre. Et, à chaque fois, elle se figeait, tétanisée.

Parvenue devant la porte de Diana, elle s'immobilisa et tendit l'oreille. Silence. Elle posa la main sur le vantail de bois et, lentement, le poussa. Millimètre par millimètre.

Elle avait les poumons en feu tant elle avait peur de respirer. Avec mille précautions, elle risqua un pied sur le seuil et fit doucement basculer son poids vers l'avant.

Diana n'était plus qu'une vague forme allongée sur son lit.

« Pourvu qu'elle n'ouvre pas les yeux », priait Cassie intérieurement. Elle avait l'horrible impression que Diana était juste couchée dans le noir et la regardait. Un vrai cauchemar ! Mais quand, tout doucement, prudemment, elle réussit à faire un pas de plus dans la chambre, et puis encore un autre, elle put se rendre compte que les paupières de Diana étaient bel et bien fermées.

« Oh Seigneur ! Il me faut de l'air ! » Elle était à deux doigts de l'asphyxie. Elle ouvrit la bouche, inspira profondément et exhala sans bruit. Le sang lui battait les tempes. Elle en avait des vertiges.

« Fais des tout petits pas », s'encouragea-t-elle. Elle se faufila dans la pièce jusqu'à se tenir juste à côté du lit de son amie.

Sur la table de nuit, à quelques centimètres du visage de Diana, se trouvait la clef.

Avec l'étrange impression de se mouvoir au ralenti, Cassie tendit la main et la posa sur la clef. Avec d'infinies précautions, elle la ramena vers elle. La chaîne cliqueta. Elle l'enferma aussitôt dans son poing en retenant un juron.

« Maintenant, s'écarter du lit. » Elle s'astreignit à la lenteur, se déplaçant comme une voleuse, sans cesser de jeter des coups d'œil fébriles par-dessus son épaule. Et si Diana se réveillait ?

Elle atteignit l'armoire et avança la main vers la petite serrure de cuivre.

« Mets la clef à l'intérieur. » Elle tâtonnait maladroitement. Bon sang ! À croire qu'elle avait des saucisses à la place des doigts ! Elle fut soudain prise de panique. Et si ce n'était pas la bonne clef ? Mais, finalement, elle réussit à l'introduire dans la serrure et la tourna.

Clic !

Un immense soulagement la submergea. Elle avait réussi ! Il ne lui restait plus qu'à prendre le crâne et à appeler Faye. Et si Faye ne répondait pas ? Et si le père de Diana la surprenait en train de téléphoner au beau milieu de la nuit ? Et si Diana se réveillait et s'apercevait que le crâne avait disparu ? Et si… ?

Mais, quand – hyper-lentement – elle ouvrit la porte de noyer, le plancher bascula et sa vue se voila.

La lumière du couloir pénétrait de biais dans l'armoire. L'intérieur était quand même sombre, mais assez clair pour qu'elle puisse parfaitement s'en rendre compte : toutes ses précautions avaient été inutiles et elle s'était torturée pour savoir comment remettre le crâne à Faye en vain. Parce que…

L'armoire était vide.

Elle n'aurait pas pu dire combien de temps elle resta plantée là, figée, incapable de bouger ou de penser. Toujours est-il qu'à un moment, elle finit par refermer la porte à clef. Ses mains tremblaient.

« S'il n'est pas là, alors il est où ? Où il peut bien être ? Où ? se demandait-elle frénétiquement, cédant à l'affolement.

» Tu t'occuperas de ça plus tard. Va remettre la clef à sa place. À moins que tu ne veuilles qu'elle se réveille pour te trouver la clef à la main ? »

Le retour jusqu'à la table de chevet n'en finissait pas et, à chaque pas, il lui semblait qu'on lui broyait l'estomac. La clef cliqueta, quand elle la reposa sur la table, et la chaîne lui collait à la paume tant elle avait les mains moites. La respiration de Diana demeurait cependant paisible et régulière.

« Maintenant, file ! » s'intima-t-elle. Elle avait besoin d'être au calme pour essayer de réfléchir au problème. Elle avait tellement hâte de s'en aller qu'elle en oublia de faire attention où elle posait les pieds. Une lame de parquet grinça.

« Continue », s'ordonna-t-elle. C'est alors qu'elle entendit quelque chose qui la tétanisa. Son cœur s'arrêta.

Juste un froissement de drap.

— Cassie ?

4

— Cassie, c'est toi ?

L'horreur lui dégoulina dans le dos tel un filet d'eau glacée.

Elle se retourna comme une automate.

— Je… j'avais peur… Je ne voulais pas te déranger, s'entendit-elle répondre, d'une voix si lointaine qu'elle en venait à douter que ce puisse être la sienne.

— Oh ! sois pas bête, la sermonna son amie d'une voix ensommeillée, sans même soulever une paupière. Viens te coucher, ajouta-t-elle, en tapotant la place à côté d'elle.

Ouf ! ça avait marché. Diana venait juste de se réveiller. C'était ce sur quoi elle avait compté et elle avait gagné. Mais, quand elle fit le tour du lit pour aller s'allonger, elle eut l'impression que le plancher tanguait.

— Fini les cauchemars, marmonna Diana.

— Oui, souffla Cassie.

Pas moyen de téléphoner à Faye, maintenant. Mais elle s'en fichait. Elle n'en pouvait plus de tout ce stress, cette tension, cette angoisse qui lui vrillaient le ventre. Et puis, au fond, elle était bien contente que ce maudit plan ait échoué. Les yeux clos, elle écoutait le sang gronder à ses oreilles, tant et si bien qu'au bout d'un moment, elle s'endormit.

Dans son rêve, elle était sur un bateau. Sous ses pieds, le pont du navire montait, descendait et d'énormes vagues noires déferlaient par-dessus bord. Perdu, perdu... Qu'est-ce qui était perdu ? Le bateau ? Oui, mais autre chose aussi. Perdu pour toujours... jamais elle ne le trouverait maintenant...

Et puis, tout à coup, elle fut comme parachutée dans une pièce inondée de soleil. L'assise de sa chaise était très basse et son dossier de bois tourné si inconfortable qu'elle était obligée de se tenir droite comme un I. Ses fringues aussi la gênaient : un drôle de chapeau, aussi serré qu'un bonnet de bain, et un truc qui lui étranglait tellement la taille qu'elle en avait du mal à respirer. Sur ses genoux était ouvert un livre.

Eh ! mais c'était le *Livre des Ombres* de Diana ! Ah non ! la couverture était en cuir rouge, pas marron. L'écriture, sur les premières pages, et l'intitulé de certains sorts étaient toutefois les mêmes.

Sort pour guérir un enfant malade. Pour faire pondre les poules. Pour se protéger de l'Eau et du Feu. Pour neutraliser le Mal.

Pour neutraliser le Mal !

Elle s'empressa de parcourir la suite :

Recouvrez soigneusement l'objet maléfique et enterrez-le dans un bon terreau humide ou dans du sable mouillé. Le pouvoir de la Terre, qui guérit tous les maux, luttera contre le poison. Si l'objet n'est pas trop corrompu, il sera purifié.

« Mais oui ! songea Cassie. Évidemment ! »

Déjà, le rêve se retirait. Elle avait de nouveau conscience d'être étendue sur le lit de Diana. Pourtant, elle entendait aussi une voix éthérée qui se perdait dans les limbes :

— Jacinthe ! Jacinthe, tu es là ? Jacinthe !

Cassie était réveillée.

Les rideaux bleus de Diana semblaient chauffés à blanc par le soleil qu'ils empêchaient de pénétrer dans la chambre. Ces petits bruits qui lui parvenaient – bruits familiers d'un réveil de fille, un jour de lycée – auraient dû accrocher un sourire à ses lèvres. Si elle avait été un peu moins stressée. Mais Cassie était obnubilée par son rêve.

Elle avait dû lire la description de ce sort dans le *Livre des Ombres* de Diana et elle l'avait enregistrée inconsciemment, pendant qu'elle le feuilletait. Oui, mais pourquoi le souvenir s'en manifestait-il si bizarrement ?

Peu importait. Son problème était réglé et elle était si contente qu'elle en aurait embrassé l'oreiller. Mais oui ! forcément ! Avant le rituel, Diana avait bel et bien dit qu'on devrait enterrer le crâne pour le purifier. Et elle avait même précisé « dans du sable mouillé ». Adam l'avait trouvé sur une île, enfoui dans le sable. Et, juste derrière la maison de Diana, s'étendait une immense plage de sable fin. À l'instant même, elle pouvait entendre les vagues s'écraser sur le rivage.

Immense plage, oui. La question était maintenant de savoir si elle pourrait trouver l'endroit précis où le crâne avait été enseveli…

Faye était en cours d'anglais. Et elle était folle de rage.

— J'ai attendu toute la nuit, siffla-t-elle entre ses dents, en empoignant Cassie par le bras. J'espère que tu as une bonne excuse.

— Je n'ai pas pu le prendre. Il n'était pas là.

Faye plissa les yeux et la pression de ses longs doigts aux ongles écarlates se resserra.

— Tu mens.

— Non.

Cassie jeta autour d'elle un regard de bête traquée.

— Je crois savoir où il est, chuchota-t-elle. Mais il faut me laisser du temps.

Faye scrutait ses prunelles, rivant ses étranges yeux d'or aux siens. Et puis elle se détendit un peu et sourit.

— Mais bien sûr, Cassie. Tout le temps que tu voudras... Jusqu'à samedi.

— Samedi ? Mais ça ne suffira peut-être p...

— Il faudra bien pourtant, la coupa Faye, en reprenant son ton nonchalant. Parce que, passé ce délai, je balance tout à Diana.

Et, sur ces bonnes paroles, elle la lâcha. Cassie alla s'asseoir à sa place. Elle n'avait pas vraiment le choix, de toute façon.

Au début du cours, ils firent une minute de silence pour M. Fogle. Cassie passa ce moment de recueillement à regarder ses mains croisées sur la table, en pensant alternativement à la chose noire qui s'était échappée du crâne et aux yeux bleu-vert en amande de Doug Henderson.

À l'heure du déjeuner, il y avait un mot scotché sur la porte vitrée de l'arrière-salle, dans la cafét' : « Dehors, devant l'entrée ». Cassie le lut, fit demi-tour et... faillit rentrer dans Adam qui arrivait avec son plateau. S'il ne l'avait pas soulevé *in extremis*, elle lui tapissait le plat du jour sur son pull.

— Wouoh ! lâcha-t-il.

Cassie piqua un fard. Mais, alors même qu'ils se retrouvaient nez à nez, elle découvrit qu'elle avait un autre problème à régler, un problème beaucoup plus grave qu'un simple plateau renversé. Le sourire d'Adam s'était évanoui, elle était écarlate et ils restaient plantés là, sans sembler se décider à bouger ni à aller où que ce soit.

Et toute la cafét' les regardait. « Décidément, pensa-t-elle, chaque fois que je viens ici, il faut que je devienne le pôle d'attraction ! »

Finalement, Adam esquissa un mouvement pour lui prendre le bras, se figea, sembla se raviser pour, au bout du compte, l'inviter galamment à passer. Elle ne savait pas comment il s'y prenait, mais aucun autre garçon n'avait l'art de se montrer galant comme Adam. À croire que, chez lui, c'était inné.

Les filles levaient les yeux sur leur passage. Certaines lorgnaient vers Adam. Mais ces coups d'œil discrets n'avaient rien à voir avec ceux, méprisants, que Portia et ses copines lui avaient lancés sur la plage de Cape Cod. Là-bas, il portait la tenue débraillée qu'il mettait pour travailler sur les bateaux de pêche et elles avaient détourné la tête avec dédain. Alors qu'ici, les regards étaient plutôt timides, rêveurs, voire aguicheurs. Adam se contentait de leur sourire en rejetant machinalement une mèche rebelle égarée sur son front.

Les autres membres du Club étaient tous regroupés sur les marches de l'escalier, devant l'entrée du lycée. Même Nick faisait acte de présence. Cassie se dirigeait tranquillement vers eux quand une grande forme noire se jeta sur elle pour lui planter d'autorité ses pattes sur les épaules.

— Raj ! mais qu'est-ce qu'c'est qu'ça ? s'écria Adam. Descends d'là tout d'suite !

Une grosse langue mouillée lui lécha le visage. Elle essaya bien de repousser le berger allemand en l'attrapant par la peau du cou, mais dut vite y renoncer et finit par le serrer dans ses bras.

— Je crois qu'il veut… juste me dire… bonjour, haleta-t-elle, entre deux léchouilles baveuses.

— Normalement, il m'attend devant le campus jusqu'à la fin des cours, s'étonna Adam. Je n'comprends pas pourquoi… Raj, descends, marmonna-t-il, tout à coup, d'une voix bizarre. Immédiatement ! ordonna-t-il, plus sèchement, en claquant des doigts.

Le chien se remit à quatre pattes, mais ne quitta pas Cassie de tout le trajet jusqu'à l'escalier. Elle lui tapota la tête.

— C'est marrant, d'habitude, Raj déteste les gens qu'il connaît pas, crut bon de faire remarquer Sean, au moment où Adam et Cassie s'asseyaient. Comment ça s'fait qu'il t'aime tant qu'ça ?

Cassie sentait le regard moqueur de Faye braqué sur elle. Elle haussa les épaules et se plongea dans l'inspection du sac qui contenait son déjeuner. Et puis, un truc lui traversa soudain l'esprit : une de ces répliques mortelles qui lui venaient toujours avec un temps de retard.

— Ça doit être mon nouveau parfum, minauda-t-elle. N° 5 de Chenil.

Laurel et Diana pouffèrent. Même Suzan ne put retenir un petit sourire goguenard.

— Bon, se reprit aussitôt Diana. Venons-en aux choses sérieuses. Je vous ai réunis ici pour être à l'abri des oreilles indiscrètes. Quelqu'un a une nouvelle idée à proposer ?

— N'importe lequel d'entre nous aurait pu le faire, affirma posément Mélanie.

— Oui, mais seuls certains d'entre nous avaient une bonne raison pour ça, lui rétorqua Adam.

— Pourquoi ? intervint Laurel. Ce n'est pas parce que M. Fogle était un tyran qu'il fallait l'assassiner, j'veux dire. Et arrête de ricaner comme ça, Doug, ou je vais vraiment finir par croire que c'est toi.

— Peut-être que Fogle en savait trop, lâcha platement Suzan.

Le Club au grand complet se tourna vers elle, scié. Suzan continuait, cependant, à déballer tranquillement son *cupcake* comme si de rien n'était.

— Et alors ? s'impatienta Deborah. C'est censé vouloir dire quoi, ça ?

— Eh bien… (Suzan leva ses beaux yeux de porcelaine pour jeter un regard circulaire.) Fogle débarquait toujours ici à l'aube, non ? Et son bureau est juste au-d'ssus, non ?

Elle pointait le menton en l'air. Cassie suivit son regard vers le bâtiment de brique rouge jusqu'à la fenêtre du premier. Et puis elle regarda en bas, au pied de la colline : là où on avait trouvé le corps de Kori.

Il y eut comme un temps mort.

Et puis Diana souffla :

— Oh mon Dieu !

— Quoi ? grommela Chris, en jetant un coup d'œil interrogateur à la ronde.

Deborah fit la grimace et Laurel cligna des paupières. Faye se marrait en sourdine.

— Elle veut dire qu'il aurait pu voir qui a tué Kori, lui expliqua Adam. Et que le meurtrier de Kori l'aurait tué pour l'empêcher de parler. Mais est-ce qu'on est sûrs qu'il était dans son bureau, ce matin-là ?

Cassie levait à présent les yeux, remontant de la fenêtre du premier jusqu'à la cheminée qu'on apercevait sur le toit du lycée. Il faisait un froid de canard, le matin où ils avaient trouvé le corps de Kori. Or, le proviseur avait une cheminée dans son bureau. Est-ce qu'il y avait de la fumée qui s'élevait sur le toit, ce matin-là ?

— Tu sais, dit-elle doucement, en se tournant vers Diana. Je crois qu'il était là.

— Alors, ça pourrait être ça ! s'écria Laurel, manifestement emballée par cette idée. Et ça voudrait dire qu'on n'a rien à voir dans l'histoire, puisque celui qui l'a tué a aussi tué Kori. Et aucun de nous n'aurait pu faire un truc pareil.

Hochements de tête convaincus dans les rangs. Diana avait l'air immensément soulagée. Quant à Cassie, elle étouffait la petite voix qui essayait pourtant désespérément de lui dire quelque chose.

La moue dédaigneuse et le sourcil narquois, Nick semblait sceptique.

— Et qui, à part nous, aurait pu provoquer une avalanche pour l'écraser ? leur fit-il obligeamment observer.

— N'importe qui d'assez malin pour s'trimballer avec un bâton de marche ou n'importe quel truc assez long pour faire levier, le moucha Deborah. C'est juste un tas de rochers empilés en bord de falaise, à Devil's Cove. Quelqu'un de l'extérieur aurait pu le faire les doigts dans l'nez. Reste plus qu'à savoir qui – comme si on l'savait pas déjà, insinua-t-elle, entre haut et bas.

Une lueur farouche s'était allumée dans ses prunelles. Assis à ses côtés, les frères Henderson semblaient tout aussi impatients d'en découdre.

— Tant qu'on n'aura pas éclairci cette affaire, tu laisses Sally tranquille, lui intima Diana, d'un ton sans réplique.

— Et Jeffrey aussi, ajouta Faye de sa voix de gorge, en dardant sur Deborah un coup d'œil menaçant.

Deborah la fusilla du regard, mais finit par baisser les yeux.

— Cette question étant réglée, j'ai un vrai problème à résoudre, moi, annonça Suzan, en époussetant le devant de son pull – opération fascinante pour Sean et les frères Henderson qui, visiblement, n'en perdaient pas... une miette. La Fête de la Rentrée est dans moins de quinze jours et je sais toujours pas qui j'vais inviter. J'ai pas une seule paire de pompes à m'mettre, en plus !

Après ça, la réunion dégénéra et, quelques minutes plus tard, la cloche sonna.

L'après-midi même, Laurel lui demandait :

— Qui tu vas inviter pour la Fête de la Rentrée ?

Elles revenaient du lycée en voiture avec Diana et Mélanie.

— Oh ! euh..., bredouilla Cassie, prise au dépourvu. Eh bien, je n'y ai pas vraiment réfléchi... Je n'ai... je n'ai jamais invité un garçon à une fête de ma vie.

— Il faut bien commencer un jour, l'encouragea Mélanie. Normalement, ceux de l'extérieur ne nous invitent pas : ils ne sont pas très rassurés. Mais toi, tu peux demander à qui tu veux : n'importe quel garçon. Tu n'as qu'à le choisir et lui dire de venir.

— Aussi simple que ça ?

— Ouep, aussi simple ça, lui confirma joyeusement Laurel. Bon, forcément, Mélanie et moi, on n'invite pas des mecs qui sortent avec une autre fille. Mais Faye et Suzan... (Elle roula des yeux comme des billes.) Elles font carrément exprès.

— J'ai déjà remarqué.

Inutile de demander avec qui Diana comptait y aller.

— Et Deborah ?

— Oh Deb ! Elle a l'habitude d'y aller en solo, lui répondit Laurel. Elle traîne avec les frères Henderson. Ils jouent aux cartes et tout ça dans la chaufferie. Et Sean passe juste de fille en fille en fille. Il ne plaît à aucune, mais elles ont bien trop la trouille pour refuser de danser avec lui. Tu verras, c'est marrant.

— Euh… Je pense pas que je verrai.

Elle ? Aller trouver un garçon et lui dire, lui… « ordonner » de l'accompagner au bal de la rentrée ? Carrément inimaginable. Im-pos-sible. Sorcière ou pas, elle était incapable de faire ça. Alors autant le leur dire tout de suite pour qu'elles aient le temps de se faire à l'idée.

— Je crois pas que j'irai, leur annonça-t-elle. Je n'aime pas beaucoup danser.

— Mais tu dois y aller, insista Laurel, dépitée.

— C'est vraiment un grand moment, tu sais. Non, vraiment, Cassie, tu vas t'amuser, renchérit Diana. Écoute, on file directement à la maison et on va passer en revue les garçons que tu peux inviter, d'accord ?

— Non, non, il faut que je rentre, s'empressa-t-elle de prétexter.

Il fallait qu'elle rentre parce que… Eh bien, elle devait chercher le crâne. « Tout le temps que tu veux… Jusqu'à samedi » : les paroles de Faye n'avaient cessé de lui tourner dans la tête toute la journée. Et voilà qu'à présent elles couvraient même la voix de Diana.

— Dépose-moi juste chez moi, s'il te plaît, demanda-t-elle à son amie.

Un peu troublée – et peut-être un peu déçue aussi –, Diana obtempéra sans discuter.

Cassie passa toute la semaine à chercher ce maudit crâne.

Elle chercha sur la plage, là où s'était déroulée son initiation, là où l'on pouvait encore apercevoir des restes de bougies et de petites flaques de cire fondue à moitié recouvertes de sable. Elle chercha sur la plage, au pied de la falaise, derrière la maison de Diana, sous le varech et parmi les bouts de bois flotté. Elle chercha au pied des rochers et sur les rochers, parcourut les dunes tous les après-midi et tous les soirs. Diana devait avoir marqué l'emplacement, d'une façon ou d'une autre, c'était logique. Mais comment ? Le moindre objet rejeté par la mer pouvait être un signe.

Son inquiétude ne cessait de croître à mesure que la semaine avançait. Elle qui avait cru le trouver si facilement ! qui avait été si sûre qu'il suffisait de bien regarder ! Maintenant, elle avait l'impression d'avoir passé toute la plage au peigne fin, sur des kilomètres, et tout ce qu'elle avait trouvé, c'était des paquets d'algues échouées et de vieilles bouteilles de bière vides.

Le samedi matin, en ouvrant la porte d'entrée, elle vit un superbe bolide rouge tourner en rond au-dessus de la falaise, juste après la maison de sa grand-mère. Il n'y avait plus rien, à l'extrême pointe du promontoire, juste un terrain vague. La route s'arrêtait net. C'était pourtant là, dans ce cul-de-sac, que la belle voiture vermillon tournait en rond. Comme Cassie restait plantée là, sur le seuil, la voiture quitta son circuit circulaire pour venir longer la maison au ralenti. C'était la Corvette ZR1 de Faye. Et Faye était au volant, le bras nonchalamment posé sur le rebord de la vitre baissée.

Au moment où elle passait devant Cassie, Faye leva un index à l'ongle laqué d'un rouge encore plus éclatant que la rutilante carrosserie de sa bagnole de compétition. Et puis elle se tourna vers Cassie et forma trois petits mots avec les lèvres : « Coucher du soleil », avant de poursuivre sa route sans un regard en arrière.

Cassie suivit la voiture des yeux.

Elle comprenait parfaitement ce que Faye avait voulu dire : si, avant le coucher du soleil, elle ne lui avait pas apporté le crâne, Faye raconterait tout à Diana.

« Il faut que j'le trouve, pensait Cassie. Même si je dois pour ça passer au crible chaque centimètre carré de sable d'ici jusqu'au continent, je dois le trouver ! »

Mais ce jour-là fut semblable aux précédents. Elle se traîna à genoux tout autour du lieu de son initiation, mettant du sable dans son jean, dans ses baskets, dans ses chaussettes, mais elle ne trouva rien.

L'océan rugissait. Les rouleaux déferlaient à côté d'elle. Une odeur d'algues en décomposition lui emplissait les narines. Un goût de sel lui brûlait les lèvres. Plus le soleil descendait, plus le croissant de lune brillait au-dessus de l'océan. Elle était morte de fatigue et d'angoisse. Elle avait perdu tout espoir. Elle n'en pouvait plus. Elle renonçait.

C'est alors que, dans le crépuscule naissant, un cercle de pierres lui apparut.

Elle était passée devant des dizaines de fois. C'étaient juste des cailloux disposés en rond pour faire un feu de camp, des galets noirs de suie. Mais pourquoi les avait-on placés ici, si près de la mer ? À marée haute, ils devaient être recouverts. Elle s'agenouilla à côté du cercle de pierres et toucha le sable au milieu.

Humide.

Elle se mit à creuser en tremblant un peu. Elle creusa de plus en plus profond jusqu'à ce qu'elle heurte quelque chose de dur du bout des doigts.

Elle commença alors à dégager le pourtour, suivant la courbe que ce quelque chose de dur dessinait, jusqu'à ce qu'elle puisse s'en saisir pour le sortir de son trou. C'était horriblement lourd et recouvert d'un linge blanc. Inutile de retirer ce voile mouillé pour savoir ce que c'était, cependant.

Elle l'aurait presque embrassé.

Elle avait réussi ! Elle avait trouvé le crâne ! Il ne lui restait plus qu'à l'apporter à Faye…

Sa première réaction de triomphe retomba comme un soufflet. Faye. Pouvait-elle vraiment le donner à Faye ?

Tant qu'elle l'avait cherché, elle n'avait pensé qu'à mettre la main dessus – sans y avoir, d'ailleurs, vraiment cru. Et elle n'était jamais allée au-delà de ce but.

Mais, maintenant qu'elle l'avait enfin trouvé, maintenant que l'alternative s'offrait à elle… Non. Non, elle ne pouvait pas faire ça.

Rien que de penser à ces étranges yeux d'or examinant le dangereux artéfact sous leurs lourdes paupières mi-closes, à ces longs doigts aux ongles écarlates l'agrippant pour s'en emparer, ça la rendait malade. Une image lui traversa l'esprit, celle d'un faucon aux yeux d'or fondant sur sa proie, toutes serres dehors. Un rapace.

Elle ne pourrait jamais aller jusqu'au bout.

Mais alors, qu'est-ce qui allait se passer avec Diana ? Elle courba la tête, épuisée et vaincue. Elle ne savait pas comment faire avec Diana. Elle ne savait pas comment se sortir de là. Tout ce qu'elle savait, c'était qu'elle ne pouvait pas remettre le crâne entre les griffes de Faye.

Un petit raclement de gorge derrière elle la fit sursauter.

— Je savais que je pouvais compter sur toi, dit alors une voix rauque un peu voilée. J'avais une totale confiance en toi, Cassie. Et, maintenant, les faits sont là pour prouver que je ne m'étais pas trompée. Ma confiance est récompensée.

— Comment tu as su ? s'étonna Cassie, en se levant. Comment tu as su où me trouver ?

Faye sourit.

— Je te l'ai déjà dit : j'ai des amis qui voient beaucoup de choses. Et l'un de ces précieux amis vient juste de m'apporter la bonne nouvelle.

— Ça ne change rien, lui annonça Cassie, en s'efforçant de recouvrer son sang-froid. Tu ne l'auras pas, Faye.

— Ah ! c'est là que tu t'plantes, Cassie. C'est comme si je l'avais déjà. Je suis bien plus forte que toi, qu'est-ce que tu crois ?

En la voyant là, au sommet de cette petite dune, la dominant de toute sa hauteur, sublime dans ses pantalons noirs et son pull à larges mailles rouge sang, Cassie sut que Faye avait raison.

— Je vais prendre le crâne et partir avec direct, affirma Faye. Tu peux toujours courir avertir Diana, si ça t'chante. Tu arriveras trop tard.

Cassie la dévisagea une longue minute, le souffle court.

— Non, lui répliqua-t-elle. Je viens avec toi.

— Quoi ?

— Je viens avec toi.

Cassie était petite, à côté de Faye, et elle était sale et échevelée, avec du sable mouillé incrusté dans ses vêtements et jusque sous les ongles. Mais sa décision était prise et elle n'en démordrait pas.

— Tu as dit que tu voulais « seulement jeter un coup d'œil au crâne, le temps de le regarder d'un peu plus près ». C'est pour ça que j'ai accepté de te l'apporter. Eh bien, maintenant que je l'ai trouvé, je n'ai aucune intention de te laisser repartir toute seule avec : je viens avec toi. Je veux voir ce que tu en fais.

Les sourcils noirs de Faye s'arquèrent comme des ailes de corbeau et montèrent d'un cran sur son front.

— Alors, comme ça, mademoiselle fait dans le voyeurisme ?

— Non, c'est toi qui fais dans le voyeurisme. Ou plutôt tes… « amis ».

Faye ricana.

— Tu n'es pas si chiffe molle que ça, finalement. La petite souris a du caractère, on dirait, hein ? Bon d'accord. Viens. Tu te rendras peut-être compte que c'est plus marrant de participer que de regarder, qui sait ?

Faye ferma la porte de sa chambre derrière Cassie et se dirigea vers un placard dont elle sortit une espèce d'édredon. Pas à grosses fleurs comme son dessus-de-lit, non. Une petite couette épaisse recouverte de satin rouge uni.

— Le modèle luxe, annonça-t-elle, avec un petit sourire en coin. Réservé aux grandes occasions.

Elle l'étala sur le lit et commença à faire le tour de la pièce pour allumer, ici et là, des bougies au parfum âcre et entêtant. Elle ouvrit ensuite une boîte tapissée de velours rouge.

Cassie écarquilla les yeux. À l'intérieur, se trouvait tout un tas de pierres chatoyantes, certaines polies, d'autres brutes : des vert profond, des améthyste foncé, des noires, des jaune soufre, des rose pâle, des orange marbré…

— Cherche les rouges, lui ordonna Faye.

Ça la démangeait trop d'y toucher pour se rebeller. Elle se mit donc à trier ce véritable trésor multicolore.

— Ces grenats, là, iront très bien, lui assura Faye, en lui désignant du menton de petites pierres d'un rouge sombre tirant sur le brun. Et les cornalines aussi, si elles ne sont pas trop orange. Attends, laisse-moi voir : opale de feu pour la passion ; jaspe rouge pour la stabilité… et un onyx noir pour t'abandonner à ton moi intérieur, la part sombre de toi-même…

Un étrange sourire se dessina alors sur ses lèvres et Cassie se raidit.

Imperturbable, Faye disposa les pierres en cercle sur l'édredon rouge, puis elle éteignit les lampes. La pièce n'était plus éclairée, désormais, que par la flamme vacillante des bougies.

— Et maintenant, reprit Faye, place à notre invité.

Cassie trouva que c'était une drôle de façon de voir les choses…

Quand Faye ouvrit le sac à dos, elle fut soudain prise de crampes d'estomac. Elle s'était promis d'empêcher Faye d'aller trop loin. Mais elle n'avait pas précisé comment…

— Qu'est-ce que tu comptes faire avec, exactement ? lui demanda-t-elle, en essayant de prendre un ton assuré.

— Oh ! De la simple divination, murmura Faye.

Mais elle ne lui prêtait déjà plus la moindre attention. Elle était trop occupée à ôter lentement le linge blanc qui recouvrait le crâne pour en dévoiler le cristal étincelant. Sous le regard de plus en plus inquiet de Cassie, Faye souleva le crâne à hauteur de ses yeux, le tenant entre ses longs doigts aux ongles écarlates comme un visage aimé. En se reflétant dans le cristal, les flammes semblaient danser à l'intérieur.

— Eh ! Salut, toi ! susurra Faye, en plongeant son regard de braise dans les orbites creuses.

Elle se pencha alors en avant pour déposer un léger baiser sur les dents de cristal du crâne ricanant. Et puis elle le posa au centre du cercle de gemmes.

Cassie déglutit. Ses crampes d'estomac se resserraient et elle se sentait de plus en plus mal.

— Faye, tu ne crois pas que tu devrais faire un cercle de protection avec des bougies ? Et si…

— Oh ! tu ne vas pas t'y mettre, toi aussi ! Il ne va rien arriver. Je veux juste voir ce que notre ami a… dans le crâne, chuchota Faye, en lui adressant un clin d'œil.

Les soupçons de Cassie ne s'en accrurent que davantage.

— Faye…

La panique commençait à la gagner. C'était une mauvaise idée. Ça avait toujours été une mauvaise idée. Et elle s'était surestimée : elle n'était pas de taille à empêcher Faye de faire quoi que ce soit – encore aurait-il fallu qu'elle sache à quel petit jeu Faye était en train de jouer, pour commencer.

— Faye, est-ce que tu ne devrais pas préparer…

— Tais-toi ! lui intima la sculpturale brune d'un ton sec.

Pratiquement couchée sur le lit, le regard rivé sur lui, elle se balançait au-dessus du crâne comme un vautour tournoyant au-dessus d'une charogne.

Tout allait beaucoup trop vite. Et puis c'était dangereux. Très dangereux. Cassie en était sûre, à présent. Elle sentait déjà quelque chose qui montait dans le crâne, quelque chose de sombre…

— Faye, mais qu'est-ce que tu fabriques ?

De plus en plus de noirceur qui montait, qui montait, comme le niveau de la mer avec la marée. Comment Faye pouvait-elle détenir une telle puissance ? Comment parvenait-elle à faire jaillir cette noirceur du crâne avec une telle rapidité ? Et toute seule, en plus ! Sans l'aide du coven pour la soutenir !

Il y eut soudain une étincelle rouge à la gorge de Faye : le rubis étoilé qu'elle portait en pendentif. C'est alors que, pour la première fois, Cassie remarqua toutes les bagues que Faye avait aux doigts. Toutes ces pierres rouges… Pour renforcer la puissance du rituel ? Pour décupler le pouvoir de la sorcière… ou du crâne ?

— Faye !

— La ferme ! aboya l'intéressée.

Elle s'était penchée encore plus près, les lèvres entrouvertes, le souffle court. Cassie pouvait pratiquement voir cette noirceur qui tourbillonnait et se dressait à l'intérieur du crâne comme une colonne de fumée.

« Ne le regarde pas ! Ne lui donne pas encore plus de puissance ! » hurla la petite voix dans sa tête. Cassie se détourna brusquement pour river son regard sur la brune incendiaire.

— Faye, je ne sais pas ce que tu fais, mais tu n'te rends pas compte de ce qui s'passe ! Faye ! C'est dangereux !

— Lâche-moi !

Le tourbillon s'accélérait et montait, montait… Si, au début, il s'était juste agi d'une simple volute de fumée, presque transparente, la noirceur avait désormais pris l'aspect d'un geyser de poix, épais et gras. Cassie n'aurait pas osé regarder, mais elle le sentait. Il avait presque atteint le sommet du crâne, fusant comme une tornade d'obscurité.

— Faye ! Attention !

La fille brune se tenait au-dessus du crâne, juste sur son trajet. Cassie l'attrapa par les épaules pour l'arracher à sa fascination insensée.

Mais Faye était plus forte qu'elle. Grognant quelque chose d'incohérent, la sculpturale brune tenta de se débarrasser de cette sangsue qui la harcelait. Cassie risqua un bref regard vers le crâne, un seul. Elle crut le voir ricaner comme un dément, tandis que, déjà, la colonne noire perforait le cristal.

— FAYE ! hurla-t-elle, en tirant la sorcière de toutes ses forces en arrière.

Elles tombèrent toutes les deux à la renverse. Au même instant, du coin de l'œil, Cassie vit la tornade noire s'échapper de sa prison de pierre.

5

— Pauvre nulle ! hurla Faye, en repoussant Cassie comme une furie. Qu'est-ce que tu peux y comprendre ? Tu n'es même pas des nôtres : tu n'y connais rien ! Ça commençait à marcher et il a fallu que tu... Tu as tout bousillé !

Les bras en croix, peinant à reprendre son souffle, Cassie se redressa lentement.

— Voilà ce que... j'ai « bousillé », hoqueta-t-elle, d'une toute petite voix que la peur faisait trembler, en pointant un index fébrile vers le ciel.

Faye leva les yeux : un cercle noir boursouflait la peinture immaculée du plafond.

— Ça te fonçait dessus, lui expliqua Cassie, encore trop secouée pour seulement songer à se rebiffer. Tu ne l'as donc pas vu ?

Faye la dévisagea en silence, ses longs cils noirs voilant le regard inquisiteur de ses étranges yeux d'or. Et puis elle jeta un coup d'œil au crâne.

Déjà, Cassie le recouvrait de son étamine blanche.

— Mais qu'est-ce que tu fabriques ?

— Je vais le… le rapporter, lui répondit Cassie, encore trop secouée pour parvenir à recouvrer son souffle. Diana avait raison. J'avais raison… – si seulement je m'étais écoutée !… Ce truc est trop dangereux.

Elle s'attendait à voir Faye exploser ou même lui sauter à la gorge. Mais la grande brune semblait plongée dans l'examen de la tache au plafond.

— Je crois que c'est juste une question de précautions à prendre, dit-elle d'un ton absorbé, comme si elle réfléchissait à haute voix. Si on pouvait capturer cette énergie, la canaliser…

— Mais tu es complètement malade ! lui balança Cassie, trop abasourdie pour bien mesurer les risques qu'elle prenait. Et je ne veux plus rien avoir à faire avec toi, ajouta-t-elle après coup. J'ai rempli ma part du marché : je t'ai apporté le crâne. Tu as voulu t'emparer de son pouvoir et tu as failli te faire tuer. Alors, ça suffit : maintenant, c'est fini.

— Oh mais non, Cassie ! lui répondit Faye, troquant brusquement son air songeur contre un regard de prédateur. (Un petit sourire étira la commissure de ses lèvres. Un petit sourire… cruel.) Ça ne fait même que commencer, au contraire. Tu ne comprends donc pas ? (Elle se mit à rire doucement.) Tu es plus que jamais à ma merci, Cassie. Ce n'est plus seulement Adam, maintenant. Je peux aussi raconter ça à Diana. Comment tu crois qu'elle va réagir, l'Immaculée Conception, quand elle apprendra que « sa petite sœur » lui a volé le crâne ? Et pour l'apporter à qui ? À sa pire ennemie ! (Elle se marrait franchement, à présent, et avec une ostensible jubilation.) Oh Cassie ! si tu voyais ta tête !

Cassie manqua soudain d'air. Faye avait raison : si jamais Diana découvrait qu'elle avait déterré le crâne... qu'elle lui avait menti... que toute cette histoire pour dormir chez elle, dimanche soir, n'avait été qu'un coup monté...

Cassie sentit alors tout son courage l'abandonner. Elle se revoyait moins d'une semaine en arrière : vidée, sans volonté. « Exactement comme la dernière fois, se disait-elle. Et exactement au même endroit. » Mais les mailles du filet s'étaient encore resserrées, depuis, et elle était plus prisonnière que jamais. Le piège s'était refermé : elle était perdue.

— Pour le moment, tu vas remettre le crâne là où tu l'as pris, lui intima Faye, comme si c'était elle qui en avait eu l'idée en premier. Et après... Oh ! après, je trouverai bien un autre truc à t'demander. Je vais réfléchir à la question. En attendant, tiens-toi à ma disposition.

« Je te déteste ! » pensa Cassie, dans un accès de colère rentrée.

Mais Faye l'ignorait totalement. Elle s'était penchée pour attraper les deux chatons – l'un gris, l'autre roux – qui sortaient justement de sous le lit en faisant le gros dos. « Les chatons vampires », se souvint distraitement Cassie. Ceux qui montraient un goût certain pour le sang humain. Apparemment, même les deux petits monstres n'avaient pas beaucoup apprécié les expérimentations de leur maîtresse avec le crâne de cristal.

— Et pour ça, on fait quoi ? lui demanda Cassie, en pointant le doigt vers la tache au plafond. Ça n'te dérange pas trop d'avoir laissé une horreur pareille s'échapper ? Une horreur qui est peut-être en train de tuer quelqu'un...

— Ça m'étonnerait, lui répondit Faye, en haussant les épaules. On verra bien : l'avenir nous le dira, j'imagine.

Elle caressa le chaton gris qui parut se calmer, le poil de nouveau lisse et brillant comme une fourrure d'argent.

Muette de fureur et de dégoût, Cassie ne pouvait que la regarder, les larmes aux yeux. Elle avait cru qu'elle pourrait contrôler Faye, ou, du moins, la réfréner. Mais elle s'était trompée. Et, maintenant, cette nouvelle énergie maléfique qu'elles avaient libérée pouvait très bien être en train de commettre les pires atrocités et elle était incapable de l'en empêcher.

« Tu pourrais prévenir Diana », lui chuchota une petite voix – la voix la plus profonde : la voix de sa conscience ? Mais Cassie n'eut même pas à faire la sourde oreille. Se confier à Diana ? Après ce qu'elle avait fait ? C'était désormais impossible et elle le savait. Elle avait eu cette chance et elle l'avait gâchée. Les choses étaient allées trop loin avec Faye. Cette porte-là était à jamais condamnée. Comme elle…

— Cassie, t'as un truc qui va pas ?

Laurel la regardait, le couteau en l'air.

— Moi ? Non. Pourquoi ?

Non, elle avait juste l'impression d'être sur des charbons ardents et se retenait de sursauter au moindre souffle de vent, mais, à part ça…

— T'as l'air un peu à cran.

Laurel glissa doucement la lame contre la base du petit hamamélis, en murmurant d'un ton compatissant :

— Là, tu vas voir, tu ne vas rien sentir du tout. Et puis t'as plein de bonnes racines là-dessous pour repousser. C'est pas la Fête de la Rentrée, j'espère ? insista-t-elle, en relevant les yeux.

— Oh non, non !

Elle n'y avait même pas pensé de la semaine. Avec toute cette énergie négative qui se baladait dans la nature… Elle n'avait eu que ça en tête. Pas un jour où elle ne s'était attendue à l'annonce de quelque nouvelle catastrophe.

Mais on était jeudi et il ne s'était encore rien passé. Pas d'avalanche ; pas de cadavre ; pas même une disparition. Oh ! si seulement elle avait pu réussir à se convaincre qu'il n'arriverait vraiment rien. L'énergie que Faye et elle avaient libérée n'avait été qu'en petite quantité – elle en était certaine, à présent : peut-être qu'elle s'était tout simplement volatilisée ? À cette simple idée, une merveilleuse sérénité l'envahissait.

Mais, postée à présent devant un plant de thym, Laurel ne désarmait pas.

— Il n'est pas encore trop tard pour changer d'avis, tu sais. Et j'aimerais bien que tu viennes, moi. La danse, c'est vraiment un truc de sorcière : répondre à l'appel de la Nature, tu vois ? Comme dans cette incantation :

La femme à l'homme, l'homme à la femme
Depuis l'aube du monde
Unis cœur à cœur.
La femme à l'homme, l'homme à la femme
Depuis l'aube du monde
Unis corps et âme.

» Est-ce qu'il n'y avait pas un garçon que tu aurais rencontré, cet été ? Un garçon qui ne te déplaisait pas, si je me souviens bien…, ajouta-t-elle, en dévisageant Cassie d'un air absorbé. On pourrait jeter un sort pour l'attirer ici et…

— Non ! s'écria Cassie. Je n'ai vraiment aucune envie d'aller à cette fête, j'veux dire, se reprit-elle précipitamment. C'est juste que je... je ne serais pas à l'aise.

— Merci.

Pendant une seconde Cassie crut que Laurel lui parlait, mais elle comprit vite que c'était au thym qu'elle s'adressait.

— Je suis désolée de devoir prendre aussi un bout de tes racines. Mais j'ai apporté ça pour t'aider à repousser, poursuivait la jeune fille brune, en enfonçant un petit cristal rose dans le sol. Au fait, ça me rappelle, est-ce que tu as déjà trouvé ton cristal de prédilection ? demanda-t-elle, en se tournant une nouvelle fois vers son amie.

— Non.

Cassie revoyait cette constellation multicolore, dans son écrin de velours rouge, chez Faye. Elle avait pris plaisir à manipuler les petites pierres, mais aucune ne lui avait inspiré la moindre affinité particulière : aucune ne lui avait semblé être « la sienne », celle qui lui correspondait.

— Ne t'en fais pas, ça viendra, la rassura Laurel. Un jour, tu la toucheras et tu sauras. (Elle se redressa, son bouquet de thym à la main.) Bon. Viens, on va rentrer et je vais te montrer comment on fait une infusion. Personne ne devrait jouer avec les plantes sans savoir exactement à quoi elles servent. Ah ! et si tu changeais d'avis pour la Fête de la Rentrée, la décoction de thym aide à vaincre la timidité...

Comme elle le faisait systématiquement, maintenant, chaque fois qu'elle se retrouvait dehors, Cassie jeta un regard circulaire. Elle cherchait l'énergie négative, ce danger qui rôdait là, quelque part, telle quelque monstrueuse calamité prête à s'abattre sur le vaste monde. Et puis Laurel se retourna et elle lui emboîta le pas.

Le lendemain, en cours d'histoire, Diana éternua.

Mme Lanning interrompit même son cours pour lui dire « À tes souhaits ». Mais Cassie n'y prêta pas attention, sur le moment. Cependant, à la fin du cours, Diana fut soudain prise d'une crise d'éternuements à répétition. Elle ne parvenait pas à s'arrêter. Cassie la dévisagea. Diana avait les yeux rougis et larmoyants. Et elle commençait à avoir le nez irrité à force de se moucher.

Ce soir-là, au lieu d'assister au Match de la Rentrée, Diana resta clouée au lit. Cassie, qui n'y connaissait rien au football américain et se contentait de crier en même temps que tout le monde, se faisait du souci pour elle. Il ne pouvait quand même pas y avoir de rapport avec l'énergie négative que Faye et elle avaient libérée, si ?

— Applaudis, lui dit Laurel, en lui donnant un coup de coude. C'est pour la Reine de la Rentrée. Sally pourrait presque avoir l'air jolie, tu trouves pas ?

— J'imagine, lui répondit évasivement Cassie, en applaudissant mécaniquement. Dis, Laurel, comment ça s'fait que c'est pas une fille du Cercle, la Reine de la Rentrée ? Plutôt qu'une fille de l'extérieur, j'veux dire ?

— Diana n'a pas voulu participer. Et Deb et sa bande pensent que c'est trop ringard. Mais, rien qu'à voir la façon dont Jeffrey Lovejoy regarde Sally, je crois plutôt que Faye a mal joué, sur ce coup-là. Elle a dit à Jeff de venir à la fête avec elle. Mais il avait déjà demandé à Sally. Et c'est un battant. Ça va être intéressant de voir qui va gagner.

— Oui, eh bien, tu m'raconteras. J'ai déjà assisté à la dernière bagarre entre Faye et Sally : ça m'a suffi, merci.

Mais le destin en avait décidé autrement…

Quand le téléphone sonna, Cassie était dans le jardin – dans le « carré des simples », comme disait sa grand-mère, en parlant de ces plantes aux vertus insoupçonnées qu'elle cultivait. Elle dut traverser la cuisine pour gagner la partie la plus récente de la maison et décrocher le combiné.

— Cassie ? (La voix était si sourde et si nasillarde qu'elle en devenait méconnaissable.) C'est Diana.

Cassie en eut des sueurs froides. L'énergie négative !

— Oh, mon Dieu, Diana ! Tu n'as rien ?

Rire étouffé à l'autre bout du fil.

— Pas de panique ! Je ne suis pas à l'agonie. C'est juste un mauvais rhume.

— Si tu t'entendais !

— Oui, je sais. Je suis dans un état épouvantable et je ne peux pas aller à la fête, ce soir. Alors, je t'appelle pour te demander un service.

Saisie d'un horrible pressentiment, Cassie crut se changer en statue de glace. Elle ouvrit la bouche, la referma. Mais déjà Diana enchaînait :

— Jeffrey a appelé Faye pour lui dire qu'en définitive, il irait à la fête du lycée avec Sally. Et Faye en est verte. Alors, quand elle a su que j'étais malade, elle m'a appelée pour dire qu'elle irait avec Adam parce qu'elle savait que je voudrais qu'il y aille, même si je ne pouvais pas y aller. C'est vrai, d'ailleurs. Je ne veux pas qu'il soit pénalisé à cause de moi. Mais je lui ai dit que ce n'était pas possible parce que je t'avais déjà demandé d'y aller à ma place.

— Quoi ! mais pourquoi ?

« Oh bravo ! Dans le genre question idiote, tu as la palme ! » s'en voulut-elle aussitôt. Mais le mal était fait.

— Parce que Faye est en chasse, lui expliqua cependant Diana, avec sa patience d'ange habituelle. Et qu'elle est capable de tout. Or, Adam lui plaît. Et, vu l'état dans lequel elle est ce soir, rien ne l'arrêtera. S'il y a bien une chose au monde que je ne pourrais jamais supporter, Cassie, c'est que Faye mette la main sur Adam. Je-ne-pour-rais-pas.

Cassie chercha un siège du regard. Elle avait besoin de s'asseoir.

— Mais, Diana, j'ai même pas de robe… Je suis couverte de boue… Je…

— Tu peux aller chez Suzan : toutes les filles sont là-bas. Elles s'occuperont de toi.

— Mais, Diana… (Elle ferma les yeux, accablée.) Diana, tu n'comprends pas. Je ne peux pas. Je…

— Oh ! Cassie, je sais que c'est beaucoup te demander. Mais je ne vois pas à qui d'autre m'adresser : il n'y a que toi. Et si jamais Faye y va avec Adam…

C'était la première fois que Cassie percevait une telle détresse dans la voix de Diana. Elle semblait au bord des larmes. Cassie porta la main à son front.

— O.K., O.K., j'irai. Mais…

— Oh ! merci, Cassie ! Et, maintenant, file chez Suzan. Je les ai déjà briefées : elle, Laurel et Mélanie. Elles vont t'arranger ça. Je vais pouvoir l'annoncer à Adam, s'enthousiasma-t-elle. Je l'appelle tout de suite.

« Voilà encore une conversation dont je vais bien pouvoir me passer », songea Cassie, désemparée.

Peut-être qu'avec un peu de chance, Adam allait les sortir de là, se disait-elle, en remontant l'allée, chez Suzan, dans sa Panda. Mais elle en doutait. Quand Diana avait décidé quelque chose, elle n'en démordait pas.

Suzan habitait une maison avec des colonnes. La mère de Cassie lui avait dit que c'était du « néogrec de mauvais goût ». Mais Cassie trouvait que ça avait plutôt de l'allure.

En tout cas, ça en imposait. L'intérieur aussi était impressionnant et la chambre de Suzan était… un monument à elle toute seule.

On avait l'impression de débarquer sur l'île de Circé. Toutes les couleurs y étaient : sable, coquillage, nacre, perle… et sa tête de lit était même en forme de coquille Saint-Jacques ! Mais ce qui retint plus encore l'attention de Cassie, c'était le nombre de miroirs. Elle n'en avait jamais vu autant dans une seule pièce.

— Cassie ! s'écria Laurel, en jaillissant juste derrière elle.

Cassie se retourna d'un bond.

— Je l'ai trouvée ! je l'ai trouvée ! annonça triomphalement Laurel aux autres filles, en brandissant un cintre recouvert d'une housse en plastique transparent.

Cassie crut apercevoir une étoffe scintillante de couleur pâle à l'intérieur.

— C'est la robe que ma grand-mère m'a offerte cet été – mais je ne l'ai jamais portée et ce n'est pas demain la veille : pas du tout mon style. Mais, sur toi, elle sera parfaite, Cassie.

— Oh Seigneur ! (Ce fut tout ce qui lui vint à l'esprit. Elle avait changé d'avis : elle ne pourrait jamais.) Laurel… Merci beaucoup, mais… Mais je risque de l'abîmer et…

— Ne l'écoutez pas, lança Mélanie, de l'autre côté de la pièce. Et collez-la donc dans un bain : elle en a bien besoin.

— Par ici, l'orienta Suzan, en désignant une porte de la main, les doigts bien écartés. Je peux rien faire tant que mes ongles sont pas secs, mais y a tout ce qu'il faut sur place.

— Bienvenue dans notre spa cinq étoiles luxe ! s'exclama Laurel, hilare, en embrassant d'un large mouvement de bras la collection de flacons alignés sur les étagères dorées de la salle de bains.

Il y en avait de toutes les sortes : des petits pots ventrus à large ouverture aux fines bouteilles à long cou, et dans toutes les nuances, du vert Nil translucide au bleu nuit pailleté d'or.

— Tiens, ça c'est génial, reprit Laurel, qui examinait tout cet assortiment avec curiosité. Un mélange de thym, de menthe, de romarin et de lavande. Ça sent divinement bon. Et c'est apaisant, en plus. (Elle jetait des fleurs séchées dans l'eau fumante.) Et maintenant, au bain et frotte bien ! Oh ! ça, c'est top, enchaîna-t-elle aussitôt, en sentant une autre bouteille. Une eau de rinçage à la camomille : ça fait briller les cheveux et ressortir les mèches. Mets-en après ton shampoing aux herbes.

Cassie obéissait comme une automate. Elle avait l'impression d'avoir été parachutée en plein stage commando chez les Marines.

Quand elle revint dans la chambre de Suzan, Mélanie la fit asseoir et lui mit d'autorité une petite serviette blanche dans la main. C'était superchaud et humide.

— C'est une « résine parfumée aux mystérieuses vertus des baumes tropicaux », lut-elle, un Livre des Ombres à la main. Ça « éclaircit et illumine le teint ». Et ça marche vraiment, en plus. Alors garde ça sur la figure pendant que je m'occupe de tes cheveux.

— Mélanie manie la brosse et les ciseaux comme personne, déclara alors Laurel, tandis que Cassie enfouissait docilement son visage dans l'odorante serviette éponge.

— Oui, mais je ne vais pas lui faire une coupe, la reprit Mélanie. Je vais juste laisser ses cheveux tomber naturellement, en dégageant bien son visage… quelque chose de doux, de légèrement ondulé. Suzan, branche donc ces bigoudis chauffants, s'te plaît.

Pendant que Mélanie s'activait, Cassie entendait Laurel et Deborah qui se chamaillaient dans le dressing.

— Dis donc, Suzan, brailla Laurel, j'ai jamais vu autant de paires de chaussures de toute ma vie. Qu'est-ce que tu en fais exactement ?

— Chais pas. C'est juste que j'adore acheter des pompes. Encore une chance pour les gens qui veulent en emprunter, hein ?

— Bon. Maintenant, si tu enfilais cette robe, lui dit Mélanie, sa mission accomplie. Non, non, ne regarde pas ! Pas encore. Va t'asseoir devant la coiffeuse pour que Suzan te maquille.

Quand Mélanie lui jeta une serviette sur les épaules, Cassie essaya vainement de protester :

— C'est pas la peine. Je vais le faire…

— Non. Tu rêves d'une maquilleuse comme Suzan, affirma Laurel, en émergeant du dressing. Je te jure, Cassie. Tu vas voir…

— Mais je me maquille pas beaucoup… Ça sera pas moi…

— Oh si ! Ce sera toi, en mieux.

— Bon, décidez-vous ! On va pas y passer la nuit ! s'impatienta Suzan, plantée devant la coiffeuse dans un kimono de satin turquoise, en agitant une houppette à poudre. Je dois me maquiller, moi aussi, figurez-vous !

Cassie capitula et s'assit sur un pouf capitonné, face à la maquilleuse en chef de la soirée.

— Mmm, fit Suzan, en lui tournant la tête d'un côté et de l'autre. Mmm…

La demi-heure qui suivit ne fut plus qu'une suite d'instructions martiales.

— Regarde en l'air, lui ordonna Suzan, armée d'un crayon à yeux brun. Regarde en bas. Tu vois, ça va te faire un œil de biche. Et tout le monde y verra que du feu. Maintenant, un soupçon d'ombre vert amande… (Elle préleva un peu de fard à paupières avec un petit pinceau et souffla dessus pour enlever l'excédent.) Bon, maintenant, juste une touche de bleu nuit dans le creux pour te donner un regard mystérieux…

Les yeux clos, Cassie se détendit. C'était plutôt marrant, en fait. Elle se vit sombrer encore un peu plus dans le délire « Grandeur et décadence » de la fille pomponnée à outrance quand Laurel lui dit :

— Je vais m'occuper de tes ongles.

— Avec quoi ? lui demanda Cassie en toute confiance.

— Infusion d'hamamélis. Et… vernis « Flamme Rose » de chez Chanel, lui répondit Laurel, imperturbable.

Et puis elles se regardèrent et elles éclatèrent de rire.

— Me fais pas bouger ! s'énerva Suzan. Maintenant, rentre les joues comme un poisson. Arrête de te marrer ! Tu as des super pommettes. Je vais juste les mettre en valeur. Maintenant, fais comme ça. (Elle avait la bouche en cul de poule.) Je vais te mettre du gloss « Roseglow ».

Quand, sa tâche achevée, Suzan recula pour admirer son œuvre, toutes les autres filles vinrent se rassembler autour d'elle – même Deborah.

— Et, pour terminer, reprit Suzan, juste une goutte de parfum magnétique là, là et là.

Elle effleura le petit creux à la base de son cou, le lobe de ses oreilles et l'intérieur de ses poignets avec quelque chose qui sentait… une odeur sauvage, exotique et… fantastique !

— Qu'est-ce que c'est ?

— Réséda, tubéreuse et ylang-ylang. Im-pa-rable : ça te rendra absolument irrésistible. Et je sais de quoi j'parle.

Une alarme se déclencha, tout à coup, dans sa tête. Mais, avant qu'elle n'ait le temps d'y penser, Laurel la faisait pivoter, lui enlevait la serviette qu'elle avait autour du cou et s'écriait :

— Attends ! attends ! Pas avant d'avoir mis tes chaussures… Voilà. Maintenant ! Regarde-moi ça !

Cassie ouvrit les yeux et sentit sa respiration se bloquer. Inconsciemment, elle s'approcha de la psyché pour admirer la ravissante inconnue qui s'y reflétait. Elle dut même se retenir pour ne pas toucher le miroir.

La fille dans la glace avait des cheveux châtain clair qui ondulaient doucement en dégageant son visage. Quand Cassie bougeait la tête, ils accrochaient la lumière, alors ça devait bien être elle… « Non, c'est pas possible ! » se disait-elle pourtant. Ses yeux à elle n'avaient pas cette expression à la fois rêveuse et mystérieuse. Sa peau à elle n'avait pas ce teint frais comme la rosée et, quand elle piquait un fard, elle n'avait pas ce rose aux joues qui faisaient ressortir ses pommettes. Et ses lèvres n'avaient pas – mais alors carrément pas – ce petit côté mouillé qui appelait le baiser.

— C'est le gloss, lui expliqua Suzan. Et ne t'en colle pas partout, hein !

— Il se pourrait que tu sois allée un peu trop loin, Suzan, murmura songeusement Mélanie.

— Alors, cette robe ? Elle te plaît ? lui demanda Laurel. C'est juste la bonne longueur : courte ce qu'il faut, mais quand même romantique.

La fille dans la glace, la fille aux attaches hyperfines et au cou de cygne, tournait d'un côté, de l'autre, et la robe argentée virevoltait, scintillait, comme des mètres de voie lactée.

Cassie, émerveillée, crut qu'une bonne fée l'avait changée en princesse. Et, comme par hasard, les chaussures de Suzan ressemblaient à de véritables « pantoufles de verre ».

— Oh merci ! s'enthousiasma Cassie, en se retournant dans une envolée d'étoffe moirée. J'veux dire... enfin, je n'sais pas comment vous remercier, j'veux dire... j'ai enfin l'air d'une sorcière !

Explosion de rires dans la chambre – sauf Deborah qui leva les yeux au ciel. Cassie se jeta dans les bras de Laurel pour l'embrasser et, impulsivement, embrassa Suzan dans l'élan.

— Mais tu es une sorcière, lui répondit posément Suzan. Je te montrerai comment on fait, si tu veux.

Cassie fut alors envahie d'un sentiment, sinon de honte, du moins d'humilité. Elle avait pris Suzan pour une écervelée, une fille qui n'avait rien dans la tête. Mais ce n'était pas vrai. C'était juste que Suzan vouait un culte à la beauté, une passion qu'elle ne demandait qu'à partager. Plongeant dans le bleu porcelaine de ses prunelles, Cassie lui sourit et sentit – aussi incroyable que ça puisse paraître – qu'elle venait de se faire une nouvelle amie.

— Attendez, on a failli oublier ! s'indigna Mélanie. Tu ne peux pas te rendre à un bal sans un seul cristal digne de ce nom. (Elle fourragea dans son sac de toile.) Ah ! voilà. Celui-ci sera parfait. Il appartenait à mon arrière-grand-mère.

Elle sortit un collier : une fine chaînette d'argent avec, en guise de pendentif, une larme de pur cristal de roche. Cassie le prit avec un geste plein de respect et l'attacha dans sa nuque, admirant la façon dont le cristal venait se nicher juste dans le petit creux à la base de son cou. Alors, dans un mouvement de gratitude universelle, pendant qu'elle y était, elle embrassa Mélanie aussi.

Au même moment, le bruit étouffé d'un carillon résonna en bas, suivi d'une voix d'homme qui criait, beaucoup plus près :

— Pour l'amour du Ciel ! Vas-tu répondre, Suzan ?

— Ooooh ! C'est un des garçons ! s'écria Suzan, prise de panique. Et on est pas prêtes ! T'es la seule d'habillée, Cassie. Vas-y avant que papa pique une crise.

— Bonjour, Monsieur Whittier. Désolée, Monsieur Whittier, haleta Cassie, en se précipitant vers l'escalier.

Ce fut seulement une fois en bas qu'elle se dit : « Oh ! pourvu que ce soit un des autres. Pourvu que ce n'soit pas lui. Pourvu, pourvu… »

Lorsqu'elle ouvrit la porte, Adam se tenait sur le seuil.

Il arborait un petit sourire ironique, le sourire du type qui a été réquisitionné au dernier moment pour jouer les chevaliers servants auprès de la meilleure amie de sa copine. Mais, dès qu'il la vit, son sourire s'évanouit.

Pendant un long moment, il la regarda fixement. La joie rayonnante qui l'illuminait encore, quand elle avait descendu l'escalier, déserta le visage de Cassie. Et ils restèrent ainsi, face à face, les yeux dans les yeux, sans bouger, sans se parler.

Adam déglutit bruyamment, ouvrit la bouche, la referma et replongea dans son mutisme, tétanisé.

Dans sa tête, Cassie entendait encore les paroles de Suzan : « Ça te rendra absolument irrésistible. » Oh ! mais qu'est-ce qu'elle avait fait ?

— On va annuler, lâcha-t-elle, d'une voix aussi sourde que celle qu'elle avait prise pour parler à Faye de l'énergie négative. On dira à Diana que je suis tombée malade aussi. On...

— On ne peut pas, lui répondit Adam, d'une voix encore plus étranglée que la sienne – et étonnamment vibrante, pourtant. Personne n'y croirait, et puis... (le petit sourire ironique tentait une percée) ce serait dommage que tu rates la Fête de la Rentrée. Tu es si... (il marqua un temps) cool.

— Toi aussi, lui rétorqua Cassie, s'essayant à son tour au sourire ironique.

Elle eut comme l'impression que le résultat n'était pas très concluant. Elle prit une profonde inspiration, s'apprêtant déjà à lui servir sa prochaine réplique, quand une voix s'éleva au premier.

— Tiens ! lança Laurel, en se penchant par-dessus la rampe pour lui jeter un minuscule sac perlé. Emmène-la au bal tout de suite, Adam. Comme ça, elle aura sa chance auprès des derniers mecs encore dispo.

Et de la chambre Suzan cria :

— Mais pas trop, Cassie ! Laisses-en pour les copines !

— Je ferai de mon mieux pour en repousser quelques-uns, lui répondit Adam.

Cassie sentit alors son pouls, en pleine accélération, ralentir un peu. Leurs rôles étaient définis, à présent. Ce serait comme au théâtre. Elle ne lui restait plus qu'à retenir son texte et à ne pas s'écarter de son personnage. Elle était sûre qu'Adam saurait gérer la situation. Enfin... presque sûre. Quelque chose dans les profondeurs marines de ses prunelles, pourtant... Surtout ne pas le regarder. Elle en frissonnait rien que d'y penser.

— Allons-y, dit-il alors.

Cassie inspira à pleins poumons et plongea avec lui dans la nuit.

6

La tension, qui s'était installée entre eux dans la voiture, ne les avait pas quittés de tout le trajet. Mais, dehors, le ciel était clair, la brise fraîche et il y avait de la magie dans l'air. Le gymnase lui parut méconnaissable. Il était si grand, s'élevait si haut qu'il semblait se fondre dans la nuit et, avec les guirlandes électriques qui crépitaient le long des tuyaux et des poutrelles du plafond, on se serait presque cru sous un firmament étoilé.

Cassie parcourut la salle des yeux à la recherche d'autres membres du Club. Elle n'en vit aucun. En revanche, elle remarqua bien les regards étonnés des autres élèves du lycée – sans doute de la voir arriver avec Adam ? Mais, il y avait là plus que de l'étonnement, surtout chez les garçons. Quelque chose auquel elle n'était pas franchement habituée : ce genre d'admiration béate que Diana suscitait, les jours où elle se mettait particulièrement en beauté.

Elle sentit alors une bouffée de chaleur et un fard – qui ne devait rien aux talents de Suzan – lui monter au visage. Et rien que de savoir qu'elle rougissait, c'était encore pire. Déjà qu'elle était le point de mire ! Elle avait l'impression d'avoir été changée en… en gâteau au chocolat ou en… en star de cinéma ! En un sens, c'était plutôt grisant – intérieurement, elle en frémissait d'excitation –, mais c'était aussi drôlement déstabilisant. En fait, elle se sentait un peu dépassée par les événements. Pourtant, au cœur de tout ce tourbillon d'émotions contradictoires, une chose demeurait claire, aussi brillante et immuable qu'un diamant : elle était ici pour jouer un rôle et par loyauté envers Diana, pour rester fidèle à son serment de ne jamais trahir son amitié. C'était tout ce qui comptait et elle s'y raccrochait comme un naufragé à sa bouée.

Mais elle ne pouvait pas rester plantée là, alors que tout le monde la regardait – Seigneur ! elle ne savait plus où se mettre. En désespoir de cause, elle se tourna vers Adam.

Il y eut comme un moment de flottement. Ils ne pouvaient pas laisser la situation s'éterniser, pas plus qu'aller se cacher dans un coin sombre pour se faire oublier – oh non, non, non ! très mauvaise idée. C'est alors qu'avec un sourire incertain, Adam lui demanda :

— Ça te dirait de danser ?

Soulagée, Cassie ne se fit pas prier. Ils n'étaient pas arrivés au centre du gymnase que déjà tous les imitaient : la piste se remplit d'un coup.

Quand la musique s'éleva – une douce mélodie furieusement romantique –, ils se regardèrent, soudain paralysés. Ce fut à ce moment-là qu'ils comprirent leur erreur. Cependant, ils étaient au milieu de la piste, maintenant : pour sortir, il aurait fallu fendre la foule. Cassie leva les yeux vers Adam. Un même trouble se lisait dans ses prunelles.

— Il vaudrait mieux qu'on s'fasse pas trop remarquer, lui murmura-t-il à l'oreille.

Et, sans lui laisser le temps de respirer, il l'enlaça.

Cassie ferma les yeux. Elle tremblait de partout. Elle ne savait plus quoi faire.

Alors, lentement, comme malgré lui, Adam posa sa joue contre la sienne.

« Il ne faut pas que je pense, se disait-elle. Il ne faut pas que je ressente quoi que ce soit. Tu ne penses à rien. Tu ne ressens rien. Tu ne... » Mais c'était tout bonnement impossible. Comment s'empêcher de sentir ? Ils étaient tous les deux, enveloppés d'une pénombre crépusculaire, sous les guirlandes scintillantes, Adam la tenait dans ses bras et son odeur de feuilles d'automne et de vent marin...

« La danse, c'est vraiment un truc de sorcière » ... Oh ! comme Laurel avait raison ! Cassie imaginait déjà, en des temps oubliés, une ronde de sorcières dansant sous les étoiles au son d'une musique échevelée, puis se couchant, essoufflées, sur un lit d'herbes folles.

Peut-être que, parmi ses ancêtres, il y avait eu une jeune sorcière comme ça, qui avait dansé dans une clairière, au clair de lune. Peut-être qu'elle avait dansé, toute seule, jusqu'à ce qu'elle entende le chant d'une flûte de Pan et surprenne une ombre parmi les arbres. Et peut-être qu'alors elle avait dansé avec le dieu de la forêt, dans la clarté argentée...

Dans les bras d'Adam, Cassie pouvait sentir la vie, chaude, vibrante, qui palpitait. « Le fil d'argent », songea-t-elle. Le mystérieux, l'invisible lien qui l'avait attachée à Adam depuis le début... Là, maintenant, elle le voyait encore. Il les unissait, cœur à cœur, les attirant l'un vers l'autre irrésistiblement.

Le morceau s'acheva. Adam s'écarta légèrement et elle leva les yeux vers lui, la joue et le cou frissonnant déjà de son absence. Ses prunelles étaient bizarres, des puits sans fond cerclés d'argent comme une nouvelle lune. Alors, lentement, il se pencha vers elle, jusqu'à presque frôler ses lèvres. Et il resta là, sans bouger. Ils demeurèrent ainsi pendant ce qui lui parut une éternité. Et puis elle détourna la tête.

« Il ne m'a pas embrassée, se disait-elle, tandis qu'ils se frayaient un chemin parmi les danseurs. Ça ne compte pas. » Mais il était hors de question qu'ils redansent ensemble et ils le savaient aussi bien l'un que l'autre. Elle en avait encore les jambes en coton.

« Trouve quelqu'un à qui parler, s'exhorta-t-elle. Et vite ! » Elle jeta un regard circulaire et, à son immense soulagement, aperçut un impeccable carré auburn et une longue chevelure brune piquetée de petites fleurs : Mélanie et Laurel étaient en grande conversation avec deux garçons du lycée. Si jamais elles avaient vu ce qui venait de se passer sur la piste…

Mais Laurel se retourna à l'appel d'Adam et s'exclama :

— Ah ! vous voilà !

Et le sourire de Mélanie n'avait rien d'anormal. Déjà, elles bavardaient avec elle, pendant que les garçons se mettaient à parler football. Rien que pour ça, elle les aurait embrassées ! Elle commençait à recouvrer un peu de cette insouciance que lui avait procurée, pendant un instant, la magie de la danse.

— Ah ! Voilà Deborah – elle s'accorde toujours un tour de piste, avant d'aller s'enfermer dans la chaufferie avec les frères Henderson, lui confia discrètement Laurel, avec un sourire malicieux.

— Mais qu'est-ce qu'ils fabriquent là-d'dans ? chuchota Cassie, en suivant le regard de sa voisine.

Les cheveux dans les yeux, en robe noire ultramini, casquette de rocker en cuir noir à chaînette dorée et boots assorties, Deborah était… à tomber : une bombe absolue.

— Ils picolent et ils jouent. Non, non, pas à c'que tu crois. Au poker. De toute façon, aucun des garçons n'oserait s'amuser à ce petit jeu-là avec Deborah : elle peut tous les mettre au tapis. Et à la force du poignet, s'il vous plaît. En fait, j'vais te dire un truc : elle les impressionne.

Cassie sourit. Et puis, elle aperçut quelqu'un d'autre et son sourire s'évanouit.

— En parlant d'impressionner…, souffla-t-elle.

Faye portait une robe incendiaire, sexy et élégante, avec une coupe insensée, comme d'habitude. Sa crinière de jais cascadait librement dans son dos, telle une coulée de laque noire. Elle évoquait une étrange créature exotique qui se serait égarée sur le campus par mégarde.

Faye ne vit pas les trois filles qui la regardaient. Toute son attention était focalisée sur Nick.

Cassie trouvait curieux qu'il soit venu : Nick n'était pas vraiment le genre le garçon à aller danser. Il se tenait auprès d'une blonde – une fille de l'extérieur – qui semblait complètement flippée de se retrouver à ses côtés. Alors même que Cassie les observait, Faye se dirigea vers lui et posa une main aux ongles écarlates sur son bras.

Nick regarda la main et se raidit. Il jeta un coup d'œil à Faye par-dessus son épaule et puis, d'un geste négligent, s'arracha à son emprise pour se pencher vers la petite blonde – qui écarquilla des yeux de hibou ébloui. Et, pendant tout ce temps, son expression était demeurée plus glaciale et plus indifférente que jamais.

— Oh, oh ! chuchota Laurel. Faye essaie d'assurer ses arrières, mais Nick refuse de coopérer.

— C'est sa faute aussi, leur fit remarquer Mélanie. Elle n'avait qu'à pas courir après Jeffrey jusqu'à la dernière minute.

— Justement, je crois qu'elle n'a pas dit son dernier mot…, murmura Cassie.

Au même moment, Jeffrey quittait la piste avec Sally. Son expression était l'exact opposé de celle de Nick : distribuant ses sourires ravageurs à la ronde, il avait l'air de carrément s'éclater. « Il est fier, pensa Cassie, fier de se balader avec la Reine de la Rentrée à son bras. » Il ne parada pas longtemps. « C'est marrant comme les gens perdent le sourire, quand ils tombent sur Faye. »

Jeffrey essaya bien de ramener Sally sur la piste, mais Faye réagit à la vitesse de l'éclair, fondant sur sa proie, telle une panthère, pour leur couper la route. Du coup, Jeff se retrouva pris entre les deux filles, comme un bel os géant qu'un énorme chien noir au pelage luisant et un petit terrier roux à poils ras se seraient disputé âprement.

— C'est nul, commenta Laurel. Faye pourrait quasiment avoir tous les mecs qu'elle veut, ici. Mais les seuls qui l'intéressent, c'est les misogynes ou ceux qui sont déjà pris. C'qui la branche, c'est de relever le défi.

— Oui, eh bien, c'est pas notre problème, conclut Mélanie, avec son bon sens habituel.

Elle se retourna, tout sourire, vers son cavalier qui l'invita aussitôt à danser. Manifestement agacée par le comportement de Faye, Laurel fit une moue dégoûtée. Et puis elle haussa les épaules et, recouvrant aussitôt sa bonne humeur, se tourna vers son voisin pour les imiter.

Cassie les regarda s'éloigner la mort dans l'âme.

Pendant quelques minutes, elle avait réussi à faire abstraction de la présence d'Adam. Mais voilà qu'ils se retrouvaient en tête à tête et que, déjà, la tension remontait. Fermement décidée à se trouver une nouvelle échappatoire, elle jeta un regard circulaire. Ah ! Jeffrey était toujours là. Oh, oh ! ça ne s'était pas arrangé pour lui, apparemment. Le morceau suivant avait déjà commencé et Faye lui souriait, aguicheuse – et d'autant plus dangereuse. Quant à Sally, elle le fusillait du regard et semblait remontée à bloc, prête à mordre au moindre faux pas. Ils formaient, tous les trois, le triangle parfait et aucun d'eux ne bougeait. Mais comment Jeffrey allait-il donc bien pouvoir se sortir de ce guêpier ?

C'est alors qu'il l'aperçut.

Sa réaction fut fulgurante. Il ouvrit les yeux comme des soucoupes et cligna des paupières avec une expression de stupeur éblouie – à croire qu'il n'avait encore jamais vu de fille de sa vie. Et puis il s'écarta brusquement de ses deux chiens de garde, comme s'il avait complètement oublié leur existence.

Cassie le regarda approcher avec un mélange d'incrédulité et de consternation – troublée, mais… flattée. Au moins la manœuvre aurait-elle le mérite de la tirer de sa fâcheuse posture, se disait-elle. Quand elle se retourna vers Adam, elle vit, sans même qu'il ait besoin de le lui montrer, qu'il avait parfaitement compris.

Déjà, Jeffrey lui tendait la main. Elle se laissa guider vers la piste sans résister. Elle ne put toutefois s'empêcher de jeter un dernier coup d'œil vers Adam. Il avait une drôle d'expression : une sorte de résignation, d'acceptation plutôt, à laquelle venait se mêler quelque chose de plus sombre, de plus perturbant aussi.

C'était encore un slow. Soucieuse de se tenir à distance respectueuse de son cavalier, Cassie se mit à examiner résolument ses chaussures : il portait des mocassins marron à pompons. Celui de gauche était un peu éraflé. Mais, quand elle finit par relever les yeux vers lui, son malaise se dissipa aussitôt. Ce sourire-là n'était pas seulement étincelant, il se voulait aussi ostensiblement admiratif.

« Quand on s'est rencontrés, il a essayé de m'impressionner, se rappela Cassie. Maintenant, c'est lui qui est impressionné. » Ça se voyait à cette façon qu'il avait de la regarder et de la tenir dans ses bras.

— On forme un beau couple, dit-il.

Elle rit. C'était Jeffrey tout craché : en la complimentant, il s'envoyait des fleurs.

— Merci. J'espère que Sally ne va pas se vexer.

— C'est pas Sally qui m'inquiète. C'est elle.

— Faye. Oui, je sais.

Elle aurait aimé avoir un conseil à lui donner. Mais qui aurait pu dire comment s'y prendre avec Faye ?

— Peut-être que tu as du souci à t'faire, toi aussi : comment tu crois que Diana va réagir, quand elle apprendra que tu étais ici avec Adam ?

— Mais c'est Diana elle-même qui m'a demandé de venir avec lui ! protesta Cassie, aussitôt sur la défensive. Parce qu'elle était malade. Moi, je n'voulais pas, je...

— Hé ! je te faisais marcher. Tout l'monde sait que Diana et son prince consort sont pratiquement mariés. Quoique... elle ne t'aurait peut-être pas demandé ça, si elle avait su à quel point tu serais jolie ce soir...

Il la charriait toujours. Mais Cassie n'aimait pas le tour que prenait la conversation. Elle parcourut la piste des yeux à la recherche d'une porte de sortie. Laurel lui fit un clin d'œil par-dessus l'épaule de son cavalier et elle aperçut Suzan qui dansait aussi – très collé-serré – avec un mec plutôt baraqué. Ses cheveux semblaient flamboyer dans la pénombre.

Le morceau s'acheva. Cassie reporta son attention vers Jeffrey et lui souhaita bonne chance avec Faye. C'était tout ce qu'elle pouvait faire pour lui. Il la gratifia d'un nouveau sourire ravageur.

— Pas de problème : je gère, lui assura-t-il avec conviction. Tu n'veux pas en danser une autre ? Non ? T'es sûre ?

— Non, merci. Je ferais mieux de retourner là-bas, marmonna-t-elle évasivement, perturbée par la manière dont il la reluquait.

Elle parvint à échapper à la main qu'il tendait pour la retenir et se dirigea vers les lignes de touche. Mais, avant qu'elle n'ait pu les atteindre, un autre garçon l'invitait.

Elle ne voyait Adam nulle part. Peut-être qu'il s'amusait de son côté, après tout. Elle l'espérait, du moins. Elle accepta l'invitation.

Et ce n'était qu'un début. Toutes sortes de garçons venaient la chercher. Un véritable défilé : des terminales, des secondes, des champions de foot, de gym, des chefs de classe, des délégués des élèves… Elle en vit même qui se détournaient de leur copine pour la suivre des yeux sur la piste.

« Je ne savais pas que c'était comme ça, les fêtes de lycée, se disait-elle. Je ne savais pas qu'on pouvait autant s'amuser. » Elle se laissait complètement porter par la musique, ensorceler par la magie de la nuit et chassait systématiquement de ses pensées tout ce qui aurait pu lui gâcher la soirée. Pendant un temps, elle oublia tout, profitant pleinement du moment présent.

Et puis elle vit le visage de Sally.

Jeffrey n'était pas avec elle. Ça faisait pas mal de temps qu'elle ne l'avait pas vu, d'ailleurs. Mais ce n'était pas Jeffrey que cherchait Sally : elle avait les yeux braqués sur elle et la fusillait du regard avec, dans les prunelles, une lueur assassine.

À la fin du morceau, Cassie se dirigea vers Laurel, esquivant souplement le prochain danseur qui essayait de l'intercepter. Son amie l'accueillit avec un sourire jusqu'aux oreilles. Elle jubilait.

— Tu es la reine de la soirée, s'enthousiasma-t-elle, en la prenant par le bras pour lui tapoter la main. Sally voit rouge. Faye voit rouge. Tout le monde voit rouge.

— C'est ce parfum magnétique. Je crois que Suzan en a mis un peu trop.

— Sois pas bête. C'est toi. Tu es une vraie… gazelle. Non, licorne plutôt. Une petite licorne couleur de neige, un être de légende, unique et magique. Même Adam a remarqué, on dirait…

Cassie se raidit.

— Oh ! ça m'étonnerait, répliqua-t-elle d'un ton léger. Il est poli, c'est tout. Tu connais Adam.

— Oui. Messire Adam, le beau chevalier blanc : toujours aussi chevaleresque et galant. Tu sais qu'il a invité Sally à danser, quand tu es partie avec Jeffrey ? Tout juste si elle ne l'a pas jeté !

Cassie sourit, mais elle avait toujours le cœur à cent à l'heure. Adam et elle s'étaient juré de ne jamais trahir leurs sentiments. « Ni en parole ni en acte. » Mais ils étaient vraiment en dessous de tout, ce soir, et à tous les niveaux. Elle en était arrivée à avoir peur de seulement le regarder. Et elle n'avait plus envie de danser. Elle ne voulait pas être la « reine de la soirée ». Elle ne voulait pas se mettre toutes les filles du lycée à dos. Elle ne voulait pas les rendre vertes de jalousie. Elle voulait… Oui, voir Diana. Voilà ce qu'elle aurait vraiment voulu.

Le décolleté encore tout palpitant, dans sa robe très échancrée et pour le moins moulante, Suzan ne tarda pas à venir les rejoindre.

— Je t'avais bien dit que je savais de quoi j'parlais, commenta-t-elle, en se tournant vers Cassie, un sourire malicieux aux lèvres. Ça va ? Tu passes une bonne soirée ?

— Géniale ! lui répondit Cassie, les poings serrés, en s'enfonçant les ongles dans la paume des mains.

Elle ouvrait déjà la bouche pour continuer, quand elle aperçut Sean qui se dirigerait vers elle. Son pas traînant avait acquis une soudaine détermination et ses prunelles noires brillaient avec une étrange intensité : il la dévorait des yeux.

— J'aurais dû te prévenir, lui glissa Laurel à l'oreille. Sean t'a suivie à la trace toute la soirée. Mais, à chaque fois qu'il a essayé de t'approcher, il s'est fait doubler.

— Si jamais il réussit à t'choper, tu vas pas réussir à t'en décoller : une vraie plaie, renchérit Suzan, goguenarde, en fouillant dans son sac. Oh merde ! J'ai filé mon rouge à Deb. Où elle est passée ?

— Salut ! claironna Sean, en arrivant à leur hauteur. (Il déshabilla Cassie du regard.) Ah quand même ! lui lança-t-il, tu es libre ! Pas trop tôt !

— Euh… pas vraiment, balbutia-t-elle. Il faut que je… que j'aille chercher Deborah pour Suzan. (Excellent prétexte pour lui fausser compagnie.) Je reviens, annonça-t-elle à ses deux voisines médusées.

— J'te suis, proposa aussitôt Sean.

Et Laurel s'apprêtait à lui emboîter le pas. Cassie les repoussa d'un geste.

— Non, non. J'en ai pour une minute, leur assura-t-elle, avant de déguerpir en fendant la foule vers la sortie.

Elle savait où se trouvait la chaufferie ou, du moins, où se trouvait la porte qui y menait – bien qu'elle ne l'ait jamais franchie. Quand elle atteignit enfin le bâtiment C, ça faisait déjà longtemps qu'elle avait laissé le gymnase et la fête derrière elle.

La porte marquée « BUREAU DU GARDIEN » s'ouvrait sur un long et étroit couloir qui se faufilait entre tout un tas de machines bizarroïdes. Le vrombissement des générateurs étouffait tous les autres bruits. Il faisait froid et humide, là-dedans… Flippant, se dit Cassie. Il y avait des pancartes « Interdit de fumer » partout et ça sentait l'huile et l'essence.

Un escalier menait au sous-sol. Cassie l'emprunta à pas lents, se cramponnant à la rampe de métal glacée sous ses doigts crispés. « Seigneur ! c'est comme descendre dans un tombeau, pensa-t-elle. Comment on peut préférer passer son temps ici, plutôt que profiter de la musique et de l'ambiance du gymnase ? »

Dans la chaufferie proprement dite, ça puait le gasoil et la bière. Et il ne faisait pas seulement froid là-dedans : on se ge-lait. Et ce silence ! Pas un bruit, à part celui d'une goutte d'eau qui tombait, quelque part, avec une régularité de métronome.

« Quelle horreur, cet endroit ! » songea Cassie en frissonnant. Il n'y avait, autour d'elle, que de grosses machines avec d'énormes cadrans et, au-dessus de sa tête, de gigantesques tuyaux suintants. On aurait dit les entrailles d'un paquebot. Comme dans *Titanic*. Et pas âme qui vive, en plus.

— Deborah ?

Pas de réponse.

— Deb ? Chris ? C'est Cassie.

Peut-être qu'ils ne l'entendaient pas. Il y avait une autre pièce, après la chaufferie. Elle l'entrapercevait sous une voûte, derrière les machines.

Elle se faufila dans cette direction avec précaution. Elle avait peur de mettre de la graisse sur la robe immaculée de Laurel. Elle jeta un coup d'œil sous l'arche de béton, puis hésita, prise d'un étrange pressentiment.

Ploc ! Ploc !

— Y a quelqu'un ?

Une grosse machine lui barrait le chemin. Elle se tordit le cou pour passer la tête de l'autre côté.

D'abord, elle crut que la pièce était vide. Et puis, juste à hauteur de ses yeux, elle vit quelque chose. Quelque chose de bizarre. Au même instant, sa gorge se contracta et son esprit se fragmenta, soudain bombardé de pensées isolées, comme les flashes d'un gyrophare aveuglant.

Des pieds qui se balançaient.

Des pieds qui se balançaient là où des pieds n'avaient rien à faire. Quelqu'un dansait en l'air. Ou volait comme une sorcière sur son balai. Sauf que ces pieds-là ne volaient pas. Ils se balançaient d'avant en arrière dans une paire de mocassins. Deux mocassins marron avec des petits pompons.

Cassie leva les yeux.

L'exaspérant goutte à goutte continuait. L'odeur de gasoil et d'alcool lui donnait la nausée.

Peux pas crier. Juste ouvrir la bouche sur un cri muet.

Ploc ! Ploc !

D'avant en arrière, d'avant en arrière.

Ce visage. Cet affreux visage bleu. Fini les sourires de tombeur. « Faut que je fasse quelque chose pour l'aider, mais quoi ? Normalement, personne n'a le cou tordu comme ça. »

Chaque effroyable détail se détachait si nettement : la corde effilochée ; l'ombre qui oscillait sur le mur en parpaings ; les machines avec leurs cadrans et leurs boutons et ce silence écrasant.

Ploc ! Ploc !

D'avant en arrière, d'arrière en avant, comme un pendule.

Les mains plaquées sur la bouche, Cassie éclata en sanglots.

Elle recula, en essayant de ne pas voir les cheveux bruns bouclés sur la tête qui dodelinait sur l'épaule. Il ne pouvait pas être mort : elle venait juste de danser avec lui ! Il l'avait tenue dans ses bras. Il lui avait balancé son sourire de frimeur. Et voilà que maintenant…

Elle recula. Des mains se refermèrent sur ses épaules.

Elle voulut hurler, mais elle avait la gorge paralysée. Et puis tout devint noir devant ses yeux.

— Cool, cool. Tiens-toi à moi.

La voix de Nick.

— Respire lentement. Voilà. Baisse la tête.

— 911, hoqueta-t-elle. (Et puis, en détachant les syllabes pour qu'il puisse bien la comprendre :) Appelle le 9-1-1, Nick. Jeffrey…

— N'a plus besoin de toubib, l'interrompit-il en jetant un regard aux pieds qui se balançaient. Et toi ?

— Je… (Elle se cramponnait à lui.) J'étais venue chercher Deborah…

— Elle est dans l'ancien bâtiment des sciences. Ils se sont fait virer.

— … et j'ai vu… Jeffrey…

Nick la soutenait, inébranlable, rassurant : un roc.

— Ça va, je vois l'tableau. Tu veux pas t'asseoir ?

— J'peux pas. C'est la robe de Laurel.

Elle déraillait complètement. Elle essaya désespérément de se reprendre.

— Nick, j't'en prie, laisse-moi. Il faut que j'appelle une ambulance.

— Cassie…

C'était la première fois qu'elle l'entendait prononcer son nom. Et voilà qu'il la tenait par les épaules et qu'il la regardait droit dans les yeux. Nick. Le beau Nick.

— C'est pas une ambulance qu'il lui faut. Tu percutes ou pas ? Et, maint'nant, calme-toi.

Cassie plongea alors son regard affolé dans ses prunelles – marron chaud, comme les meubles en acajou de sa grand-mère –, et opina du bonnet. Sa respiration haletante se fit plus régulière. Une bouffée de gratitude la submergea. Il la soutenait. Physiquement, moralement. Pourtant, au fond, elle n'en revenait pas : Nick ? Nick lui enserrait la taille ? Nick la réconfortait ? Nick qui détestait les filles et devait déjà se forcer pour rester ne serait-ce que poli avec elles ?

— Qu'est-ce qui s'passe ici ?

Cassie pivota d'un bloc. Adam s'encadrait sous la voûte. Mais, quand elle voulut parler, elle s'étrangla et des larmes brûlantes lui montèrent aux yeux.

— Elle est un peu secouée, lui répondit Nick. Elle vient de trouver Jeffrey Lovejoy pendu à un tuyau.

— Quoi !

Adam se précipita pour contourner la machine. Il avait une mine sinistre, quand il revint vers eux. Ses yeux avaient cet éclat métallique qu'ils prenaient toujours dans les moments critiques.

— Qu'est-ce que tu as à voir avec ça, au juste ? balança-t-il à Nick, d'un ton cassant.

— J'avais oublié un truc, lui répliqua Nick, tout aussi sèchement. Et je l'ai trouvée là, à deux doigts de tourner d'l'œil. Point barre.

L'expression d'Adam s'adoucit légèrement.

— Ça va ? demanda-t-il à Cassie. Je t'ai cherchée partout. J'étais sûr qu'il se passait quelque chose, mais je n'savais pas quoi. Et puis Suzan a dit que tu étais partie chercher Deborah, mais que tu ne cherchais pas au bon endroit.

Et, comme si ça allait de soi, il tendit la main pour la prendre dans ses bras – et la soustraire à l'étreinte de Nick. Mais Nick résista. La tension monta et, soudain saisie d'angoisse, Cassie jeta un coup d'œil incrédule aux deux garçons qui s'affrontaient du regard.

Et puis elle s'écarta d'eux.

— Ça va, leur assura-t-elle.

Et, bizarrement, le fait même de le dire réussit presque à l'en convaincre. C'était en partie parce que les circonstances l'exigeaient et en partie… autre chose… elle ressentait un truc… Une impression de malaise, de danger… quelque chose de mauvais… de maléfique. Une noirceur…

— L'énergie négative ! souffla-t-elle.

Adam parut immédiatement sur le qui-vive.

— Tu crois que…

— Oui. Oui, je crois. Si seulement on pouvait en être sûrs…

Elle avait le cerveau en ébullition. Jeffrey. Le corps de Jeffrey qui se balançait comme un pendule. « D'habitude, on utilise du quartz pur comme pendule » …

Elle détacha brusquement le collier de Mélanie de son cou et le souleva pour amener la petite larme de quartz à hauteur de ses yeux.

— Si l'énergie négative est venue ici, peut-être qu'on va pouvoir retrouver sa trace, dit-elle, soudain galvanisée par cette idée. Voir d'où elle venait et où elle est allée... si vous m'aidez...

Nick semblait sceptique. Adam ne lui laissa pas le temps de réagir.

— Bien sûr qu'on va t'aider, affirma-t-il. Mais c'est dangereux. Il va falloir être prudents.

Il referma la main sur son bras dans un geste qui se voulait rassurant.

— Alors il faut retourner là-d'dans, décréta Cassie.

Et, avant qu'elle ne risque de changer d'avis, elle passa à l'action, filant dans la salle derrière la machine, là où les pieds de Jeffrey se balançaient toujours. S'interdisant de réfléchir à ce qu'elle faisait, elle leva le cristal et le regarda scintiller dans la lumière.

Au début, il se contenta de tourner en rond. Et puis il adopta un brusque mouvement de va-et-vient, pointant soudain une direction...

7

Cassie observa le mouvement du cristal. Il indiquait l'étage supérieur, apparemment – dans l'autre sens, il y avait un mur, de toute façon.

— On ferait mieux de sortir, lui conseilla Adam. Sinon, on risque de ne pas pouvoir le suivre.

Cassie hocha la tête. Ils parlaient vite, tous les deux, mais calmement. En dépit d'une perceptible tension sous-jacente, ni l'un ni l'autre ne trahissaient la violence des émotions qui les agitaient. Ils n'y parvenaient, cependant, qu'au prix d'un énorme effort de volonté. Et encore restaient-elles juste sous la surface, à fleur de peau. Heureusement qu'ils avaient de quoi s'occuper ! se disait Cassie, en remontant l'escalier. C'était ce qui les sauvait. Elle ne pouvait pas se payer le luxe d'avoir des états d'âme et encore moins de piquer une crise. Pas maintenant. Elle devait garder la tête froide pour traquer le meurtrier de Jeffrey.

Dans le couloir, ils tombèrent nez à nez avec Deborah et les frères Henderson.

— Eh mec ! qu'est-ce qui s'passe ? lança Chris. (Il avait l'air passablement éméché.) On descendait juste s'en j'ter un, tu vois...

— Pas ici, lui rétorqua Adam. (Il se tourna vers Doug qui semblait un peu moins imbibé.) Va chercher Mélanie et demande-lui d'appeler les flics. Jeffrey Lovejoy a été assassiné.

— Sans dec' ? lui lança Deborah, recouvrant instantanément cette expression farouche et pleine de morgue qui lui donnait toujours l'air de défier la Terre entière. Allez, ça va, on m'la fait pas !

— Non ! s'écria Cassie, en se mettant en travers de son chemin – un réflexe malheureux : elle n'avait pas réfléchi. Vous n'l'avez pas vu : c'est horrible, argua-t-elle. Et ça n'a vraiment rien d'une blague.

Quand Deborah voulut forcer le passage, le bras d'Adam se détendit comme un ressort.

— Pourquoi vous n'feriez pas quelque chose de positif, au lieu de toujours nous chercher, pour changer ? s'énerva-t-il. On essaie de trouver la trace de l'énergie négative qui l'a tué.

— L'énergie négative, hein ? ricana Deborah.

Cassie s'apprêtait déjà à répliquer, mais Nick la prit de vitesse.

— Je suis d'accord avec toi : c'est n'importe quoi, admit-il, sans se départir de son flegme habituel. Mais, si ce N'EST PAS l'énergie négative, ça veut dire que c'est QUELQU'UN qui a fait ça – quelqu'un qui avait une dent contre Jeffrey, genre...

Il braquait, sur Deborah, un regard minéral.

Loin de baisser les yeux, la motarde releva le menton avec arrogance. Cassie l'observait : son corps athlétique moulé dans sa minirobe de cuir noire – qui tenait plus du débardeur long que de la robe –, sa casquette à chaînette et ses boots de rocker. Deborah était agressive, bagarreuse, ouvertement hostile et… d'une force peu commune. Pour la deuxième fois, depuis leur rencontre – houleuse –, le jour de la rentrée, elle remarqua le petit croissant de lune que la brune rebelle s'était fait tatouer dans le creux du cou.

— Pourquoi tu n'veux pas nous aider, Deborah ? lui lança-t-elle. Le cristal a repéré une piste – enfin, il l'avait repérée, avant qu'on se mette tous à parler. Aide-nous à trouver ce qu'il a détecté. (Et puis, guidée par quelque instinct bien inspiré, elle ajouta :) Bon, évidemment, ça risque d'être hypra-dangereux…

— Et alors ? lui rétorqua l'autre, piquée au vif. Tu crois que j'balise ? O.K., je viens. Vous les mecs, dégagez, lança-t-elle aux Henderson.

À la surprise de Cassie, Chris et Doug obéirent – sans doute pour aller prévenir Mélanie.

— Bon, reprit-elle, en soulevant de nouveau le cristal. Allons-y.

Ils s'étaient tous déconcentrés et elle craignait que la magie ne veuille plus opérer. D'ailleurs, au début, le cristal resta bêtement pendu au bout de sa chaîne. À peine s'il bougeait. Mais, dès qu'ils se mirent tous les quatre à le regarder, l'oscillation commença à se préciser. Cassie retenait son souffle et essayait de ne pas trembler de peur de fausser l'expérience.

Cette fois, le cristal se balançait vraiment. D'un côté, vers la chaufferie, et de l'autre, vers l'entrée du lycée.

— Plein est, en conclut Adam à voix basse.

Tenant le cristal de la main gauche, Cassie se mit alors à remonter le couloir dans la direction indiquée.

Dehors, haut dans le ciel, un disque blanc presque parfait se découpait sur le drap noir de la nuit : la pleine lune s'annonçait.

— La Lune de Sang, murmura Adam.

Cassie se souvenait d'avoir entendu Diana dire que les sorcières décomptaient l'année, non pas en mois, comme « ceux de l'extérieur », mais en lunes. Et que, comme les mois, les lunes avaient des noms. La Lune de Sang correspondait à la première pleine lune après l'équinoxe d'automne, lui avait expliqué son amie. Un nom de circonstance. Mais elle avait autre chose à penser : elle devait focaliser son attention sur le cristal.

D'abord, ils traversèrent le bourg, avec ses magasins fermés et ses bâtiments vides – passé minuit, il n'y avait plus rien d'ouvert, à La Nouvelle-Salem. Peu à peu, les boutiques s'espacèrent, puis cédèrent la place à des pâtés de maisons. Finalement, ils se retrouvèrent sur une route, de plus en plus déserte à mesure qu'ils avançaient. Ils n'avaient plus, pour toute compagnie, que les bruits de la nuit.

Quoiqu'il n'y ait, désormais, aucune habitation alentour, la lune était assez claire pour les guider. Leurs ombres s'étiraient devant eux. Il faisait froid et Cassie frissonnait dans sa robe de bal.

C'est alors qu'elle sentit une chaleur lui envelopper les épaules : la veste d'Adam. Elle le remercia d'un regard, mais s'empressa de retourner son attention sur le cristal – dès qu'elle se déconcentrait, il semblait hésiter : son oscillation ralentissait pour ne plus se limiter qu'à de petites secousses désordonnées. Évidemment, il ne se balançait pas aussi franchement que le péridot de Diana. Mais bon, elle n'était pas Diana et elle n'avait pas tout un coven derrière elle.

Dans son dos, elle entendit la voix d'Adam qui rappelait Nick à l'ordre. Et puis le reniflement dédaigneux de Deborah.

— Je l'aurais pas prise, de toute façon. J'attrape jamais froid.

Ils étaient arrivés sur un chemin de terre, à présent, et ils avançaient toujours vers l'est. Cassie fut soudain prise d'un affreux soupçon.

« Oh mon Dieu ! La maison de Faye ! C'est là-bas qu'on l'a libérée et on y va tout droit ! s'alarma-t-elle, prise de panique. On va remonter sa piste tout du long jusqu'à la chambre de Faye ! Et alors... »

Le froid qui l'envahit, en cet instant, était encore plus mordant que le vent. Il la tétanisait, la glaçait jusqu'aux os. Si l'énergie négative, qui avait jailli du crâne pour traverser le plafond de Faye, avait tué Jeffrey, elle était aussi coupable que Faye. Elle était... une meurtrière.

« Eh bien, dans ce cas, arrête, lui souffla alors une petite voix. C'est toi qui contrôles le cristal. Un petit coup de poignet et tu les expédies tous du mauvais côté. »

Elle garda pourtant les yeux braqués sur la larme de quartz – qui semblait briller d'une étrange clarté laiteuse dans l'obscurité – et la laissa faire ce qu'elle voulait.

« Si la vérité doit éclater, elle éclatera, se disait-elle. Et si je suis une meurtrière, je mérite d'être condamnée. » Oui, elle suivrait cette piste où qu'elle aille, où qu'elle doive la mener.

Mais elle ne la mena pas vers Crowhaven Road : ils se dirigeaient toujours vers l'est et non vers le nord-est. D'ailleurs, le sentier commençait à lui paraître étonnamment familier.

Un peu plus loin, il lui sembla apercevoir un grillage…

— Le cimetière, annonça Adam au même moment.

— Hé ! vous avez vu… là ! Regardez ! s'exclama Deborah.

— Regarder quoi ? Le cimetière ? lui demanda Adam.

— Mais non ! Ça là, ce truc. Là ! le r'voilà ! Plus haut sur le ch'min !

— Je vois que dalle, maugréa Nick.

— Mais si ! Regarde ! Ça bouge…

— C'est une ombre, dit alors Adam. Ou peut-être un opossum ou…

— Non, c'est trop gros, s'énerva Deborah. Là ! Vous avez vu, ça ?

Cassie leva les yeux. C'était plus fort qu'elle. Au premier coup d'œil, le chemin désolé lui parut sombre et désert. Et puis elle vit… quelque chose. Une ombre… Mais l'ombre de quoi ? Une ombre, c'était couché à terre. Or, ça, c'était debout et ça se déplaçait.

— Que dalle, répéta Nick, catégorique.

— Ben, t'es aveugle, alors ! riposta Deborah. On dirait quelqu'un…

Sous la veste d'Adam, Cassie commençait à avoir la chair de poule. Oui, ça avait vraiment l'air d'un être humain. Mais il devait être élastique alors, parce qu'il changeait tout le temps de forme : grand, petit, gros, élancé… Par moments, il disparaissait même complètement.

— Il file vers le cimetière ! s'exclama Deborah.

— Non… regardez ! Il bifurque vers la cabane ! s'écria Adam. Viens, Nick !

Il y avait une cabane abandonnée le long du chemin. Même dans la pénombre, on pouvait voir qu'elle tombait en ruine. La forme sembla foncer dessus pour, finalement, se faufiler derrière et se fondre dans les ténèbres.

Adam et Nick avaient piqué un sprint.

— On court après du vent, râlait ce dernier.

Scrutant le bas-côté, Deborah se tenait immobile, sur le qui-vive, prête à bondir. Cassie jeta à la chaînette un regard consterné. Tout le monde avait cessé de se concentrer et le cristal tournoyait mollement, dans l'indifférence générale. Elle relevait la tête pour le dire aux autres quand…

— Là ! hoqueta-t-elle, en pointant l'index.

La forme avait réapparu à côté de la cabane. Ouah ! cette vitesse à laquelle elle se déplaçait ! Et elle… Ça alors ! elle avait traversé le grillage !

Détalant comme un lapin, Deborah se rua à sa poursuite. Sans réfléchir trois secondes à ce qu'elle faisait, Cassie lui emboîta le pas.

— Adam ! cria-t-elle. Nick ! par ici !

Deborah atteignit la clôture en un clin d'œil et, bien qu'elle lui arrivât à la taille, sauta par-dessus – évidemment, avec sa microrobe, elle ne risquait pas d'être gênée dans ses mouvements. L'instant d'après, Cassie parvenait au même endroit. Elle eut d'abord une hésitation. Et puis elle prit appui du bout du pied dans une des mailles du grillage, releva sa robe et s'élança par-dessus. Elle se tordit à moitié la cheville en retombant, mais elle n'avait pas le temps de se préoccuper de ça, maintenant. Déjà, Deborah la distançait.

— J'le tiens ! s'écria soudain la motarde, en s'arrêtant brusquement. J'le tiens !

Cassie voyait bel et bien la forme, là, juste devant Deborah. Elle s'était immobilisée, freinée net dans son élan par l'intrépide amazone qui lui avait coupé la route, et sautait, à présent, d'un côté et de l'autre, comme si elle cherchait une échappatoire. Mais, vive comme l'éclair, Deborah suivait la cadence, lui barrant systématiquement le chemin – on aurait dit une basketteuse défendant son panier.

« On doit être complètement dingues », se dit Cassie, en rejoignant l'autre fille. D'accord, elle ne pouvait pas laisser Deborah affronter la forme noire toute seule, mais qu'est-ce qu'elles allaient bien pouvoir faire contre un truc pareil ?

— Y a pas... un sort ou... un machin comme ça... pour la retenir ? haleta-t-elle, à bout de souffle.

Deborah lui jeta un coup d'œil effaré – elle ne s'était manifestement pas rendu compte que Cassie la suivait.

— Quoi ?

— Il faut qu'on la coince d'une manière ou d'une autre. Y a pas un sort...

— Couche-toi ! glapit Deborah.

Cassie plongea à terre. Tel un chat faisant le gros dos, l'ombre avait doublé de volume et s'était ruée sur elles. Droit dessus. Cassie sentit un courant d'air glacé lui raser la tête, un truc plus noir que la nuit.

Et puis plus rien.

Les deux filles se redressèrent et se regardèrent en silence.

Adam et Nick arrivèrent au même moment au pas de course.

— Ça va ? s'enquit Adam.

— Oui, répondit Cassie en tremblant.

— À quoi vous jouiez, là, exactement ? leur lança Nick, en les dévisageant d'un air incrédule.

— Comment t'as fait pour passer par-dessus le grillage ? demanda Adam.

Deborah le toisa avec mépris.

— Je parlais pas d'toi, grommela-t-il.

Cassie le toisa à son tour.

— Les filles savent escalader un grillage, figure-toi, lui rétorqua-t-elle, en se relevant.

Deborah en fit aussitôt autant et elles commencèrent à s'épousseter mutuellement, en échangeant des coups d'œil complices.

— Elle est partie, maintenant, commenta alors Adam, changeant prudemment de sujet. Enfin, au moins, on sait à quoi elle ressemble.

Nick émit une sorte de petit ricanement sarcastique.

— À quoi ressemble quoi ? persifla-t-il.

— Tu vas pas me dire que tu l'as pas vue, quand même ! explosa Deborah. Elle était sous ton nez ! Elle nous a attaquées !

— O.K., j'ai vu un truc. Mais qu'est-ce qui vous fait croire que c'est cette supposée « énergie négative » ?

— On était sur sa piste, lui fit remarquer Adam.

— Comment on peut savoir c'qu'on pistait ? lui rétorqua Nick. Un truc qui se trouvait pas loin de l'endroit où Lovejoy a été liquidé, point barre. Ça peut être « l'énergie négative » … ou juste une variété de fantômes qui préfèrent la mort au grand air.

— Un fantôme ! s'étrangla Cassie.

— Ben oui. Si tu y crois, forcément. Certains aiment bien rôder sur les lieux du crime quand quelqu'un s'est fait dessouder.

Manifestement passionnée par le sujet, Deborah prit aussitôt le relais.

— Oui, comme la Femme qui Pleure de Beverly : la dame en noir qui apparaît quand quelqu'un va mourir de mort violente.

— Ou ce vaisseau fantôme de Kennybuck : l'*Isidore*. Celui qui apparaît pour te montrer ton cercueil, quand tu vas périr en mer, renchérit Adam, d'un air songeur.

Cassie était troublée. Elle avait pensé que c'était l'énergie négative qu'ils traquaient. Mais comment savoir ?

— C'est vrai qu'elle s'est réfugiée dans le cimetière, murmura-t-elle lentement, comme si elle parlait toute seule. Ça semble un endroit logique pour un fantôme. Mais, si ce n'est pas l'énergie négative qui a tué Jeffrey, alors c'est qui ? Qui aurait pu vouloir le tuer ?

Elle n'avait pas achevé sa phrase qu'elle revoyait déjà Jeffrey coincé entre deux filles : une grande brune à la beauté sulfureuse et une autre, plus petite, au corps nerveux, aux cheveux roux et à l'air pugnace.

— Faye ou Sally, souffla-t-elle. Elles étaient toutes les deux vertes de jalousie, ce soir. Mais… Non, attendez, même si elles étaient enragées au point de vouloir le tuer, aucune des deux n'aurait pu le faire : Jeffrey était un athlète.

— Une sorcière pourrait parfaitement y arriver, lui fit remarquer Deborah. Faye aurait très bien pu l'obliger à se suicider.

— Et Sally a des potes dans l'équipe de foot, leur fit, à son tour, froidement observer Nick. D'où sortent les votes qui l'ont parachutée Reine de la Rentrée ? Ils ont pu l'étrangler avant et le pendre après…

Adam semblait un peu perturbé par le tour que prenait la conversation.

— T'en penses pas un mot, lui lança-t-il.

— Eh ! tu sais, une femme bafouée… Je dis pas que c'est une des deux qui a fait l'coup. Je dis que l'une comme l'autre aurait pu l'faire.

— En tout cas, ce n'est pas en restant plantés là qu'on va régler le problème, intervint Cassie, en frissonnant. (La veste d'Adam avait glissé de ses épaules quand elle avait escaladé le grillage.) Peut-être que si on essayait de retrouver sa piste…

C'est alors qu'elle s'en aperçut.

— Je l'ai perdu ! s'écria-t-elle. Le cristal de Mélanie. J'ai dû le lâcher quand ce truc nous a foncé d'ssus. Il ne devrait pas être loin. Par terre, juste là. Il est forcément là. Il doit être là.

Mais il n'y était pas. Ils s'étaient tous mis à sa recherche, Cassie allant même jusqu'à ratisser chaque touffe d'herbe avec les doigts. Mais aucun d'eux ne put mettre la main sur le précieux collier.

Bizarrement, cette ultime catastrophe – si insignifiante, par rapport à tout ce qui s'était déjà passé, ce soir-là – lui fit monter les larmes aux yeux.

— Il était dans la famille de Mélanie depuis des générations, murmura-t-elle, en clignant des paupières pour se retenir de pleurer.

— Elle comprendra, tenta de la rassurer Adam, en lui posant la main sur l'épaule.

Mais ce n'était pas un geste naturel. Un geste prudent, plutôt. Comme s'il était éminemment conscient d'être en présence de témoins.

— C'est vrai, n'empêche : ça ne sert à rien de rester ici, dit-il aux autres. On n'a qu'à retourner au lycée. Peut-être qu'ils ont trouvé quelque chose au sujet de Jeffrey.

Tandis que Cassie marchait – avec ses pantoufles de Cendrillon qui lui faisaient mal aux pieds et la robe argentée de Laurel désormais toute tachée –, elle se prit à contempler le ciel. « L'ange de la mort planant au-dessus de La Nouvelle-Salem », songea-t-elle, en regardant la Lune de Sang.

Normalement, les nuits de pleine lune, le Cercle se réunissait pour célébrer l'événement. Mais le lendemain de la mort de Jeffrey, Diana était toujours malade, Faye se murait dans un silence obstiné et personne d'autre n'avait le cœur à organiser les moindres festivités.

Cassie passa une journée épouvantable. Elle avait le moral dans les chaussettes et se sentait coupable. Arrivés au lycée dans la nuit, les policiers n'avaient trouvé aucun indice qui aurait pu les mener au meurtrier de Jeffrey. Ils n'avaient pas dit s'il avait été étranglé avant d'être pendu ou « seulement » pendu. Ils n'étaient pas très bavards, en fait, et ils n'aimaient pas les questions.

Mélanie avait vraiment été adorable pour le collier. Mais Cassie s'en voulait quand même. Elle s'en était servi pour entraîner tout le monde dans une véritable chasse au dahu et, pour tout arranger, elle l'avait perdu. Mais il y avait bien pire encore : sa responsabilité dans la mort de Jeffrey.

« Si je n'avais pas dansé avec lui, peut-être que Faye et Sally n'auraient pas été vertes de jalousie, se disait-elle. Si je n'avais pas permis à Faye d'activer le crâne, l'énergie négative n'aurait pas été libérée. » Dans un cas comme dans l'autre, elle culpabilisait et elle ne pouvait s'empêcher d'y penser. À tel point qu'elle n'en avait pas dormi de la nuit.

— Tu veux en parler ? lui demanda sa grand-mère, en relevant les yeux du rhizome de gingembre qu'elle était en train de couper.

La cuisine, que Cassie avait jugée quasi préhistorique, lors de son arrivée à La Nouvelle-Salem, était pratiquement devenue son refuge. Elle y trouvait toujours quelque chose à faire – couper ou sécher ou trier et mettre en sachet les différentes plantes du « carré des simples » de sa grand-mère – et puis il y avait presque toujours du feu dans la cheminée. C'était un endroit chaleureux où l'on se sentait bien.

— Oh ! mamie…

Elle s'arrêta net. Elle avait envie de parler, oui. Mais est-ce qu'elle en avait le droit ? Elle regarda les mains parcheminées qui répartissaient les bouts de gingembre dans une petite cagette pour les faire sécher.

— Tu sais que je serai toujours là pour toi, Cassie – tout comme ta mère, d'ailleurs, lui assura son aïeule, en jetant soudain un coup d'œil vers la porte.

Quand elle suivit son regard, Cassie découvrit sa mère sur le seuil de la pièce.

Les grands yeux noirs de Mme Blake étaient fixés sur sa fille. Cassie trouva qu'il y avait quelque chose de triste dans ces yeux-là. Depuis le début de leurs « vacances » dans le Massachusetts, sa mère avait semblé préoccupée. Mais, ces derniers temps, son visage était empreint d'une sorte de mélancolie et de lassitude qui la troublaient. Sa mère était si belle et faisait si jeune. Et cette expression un peu désemparée la rajeunissait encore plus.

— Et tu sais, Cassie, enchaîna sa mère, une lueur de défi dans les prunelles, si tu es vraiment malheureuse ici…

Sa grand-mère s'était raidie et ses mains s'étaient immobilisées au-dessus de la cagette.

— … nous ne sommes pas obligées de rester, acheva Mme Blake.

Cassie n'en croyait pas ses oreilles. Après tout ce qu'elle avait enduré, pendant les premières semaines de son séjour à La Nouvelle-Salem, voilà que sa mère lui disait qu'elles pouvaient partir ! Mais ce qu'il y avait de plus perturbant encore, c'était la réaction de sa grand-mère : ses petits yeux noirs lançaient des éclairs.

— Fuir a jamais rien résolu, maugréa la vieille femme. Tu l'as donc pas encore compris ? Est-ce qu'on a pas tous…

— Deux enfants sont morts, la coupa sa fille. Et si Cassie veut partir, nous partirons.

Son regard passant de l'une à l'autre, Cassie suivait cet échange avec autant d'incrédulité que d'incompréhension. Mais de quoi parlaient-elles donc ?

— Maman, dit-elle tout à coup, pourquoi tu m'as amenée ici ?

Sa mère et sa grand-mère se défiaient toujours en silence – un rapport de force, songea Cassie. Finalement, sa mère détourna les yeux.

— Nous nous verrons au dîner, lança-t-elle, avant de sortir de la pièce comme un fantôme, disparaissant tout aussi soudainement qu'elle était apparue.

La grand-mère de Cassie poussa un long soupir. Ses mains tremblaient un peu, quand elle reprit la tâche interrompue par l'irruption de sa fille.

— Y a des choses que tu pourras comprendre que plus tard, affirma-t-elle, au bout d'un moment. En attendant, faut qu'tu nous fasses confiance, Cassie.

— Est-ce que ça a à voir avec la raison pour laquelle maman et toi vous êtes fâchées si longtemps ? C'est ça ?

Sa grand-mère sembla hésiter, avant de répéter à voix basse :

— Faut juste que tu nous fasses confiance…

Cassie ouvrit la bouche pour insister, mais la referma. Ce n'était pas la peine. Comme elle avait déjà eu l'occasion de s'en rendre compte, sa famille était très douée pour cultiver le secret.

Elle allait plutôt se rendre au cimetière, résolut-elle. Ça lui ferait du bien de prendre l'air. Et puis peut-être qu'elle réussirait à retrouver le cristal de Mélanie...

Une fois sur place, elle regretta de ne pas avoir demandé à Laurel de l'accompagner. Il avait beau faire un soleil radieux, l'air était vif et ce cimetière sinistre lui filait le bourdon.

En arrivant à l'endroit où Deborah et elle s'étaient jetées à terre, elle se demanda si les fantômes sortaient aussi le jour. Mais aucun spectre ne se manifesta. Rien ne bougeait, hormis les brins d'herbe ondoyant sous la brise.

Elle inspectait le sol en quête du moindre scintillement, du plus subtil éclat qu'auraient pu renvoyer la chaînette d'argent ou la larme de cristal. Elle examina chaque centimètre carré de terrain. Le collier ne pouvait qu'être là. Il se trouvait forcément là... Mais il n'y était pas. Elle finit par abandonner les recherches et, de dépit, se laissa tomber dans l'herbe.

C'est à ce moment-là que la petite butte attira de nouveau son attention.

Elle avait oublié d'en parler à sa grand-mère. « Il faudra que j'y pense ce soir », se dit-elle. Elle se leva et se dirigea vers le tertre en question, l'examinant avec curiosité.

À la lumière du jour, elle put constater que la porte en fer était toute rouillée. Le cadenas ne l'était pas moins, mais semblait d'un modèle plutôt récent. Le bloc de béton devant la porte était énorme. Comment pouvait-il être arrivé là ? « Il est beaucoup trop lourd pour que quelqu'un ait pu le porter jusqu'ici, raisonnait-elle. Et puis pourquoi quelqu'un se serait-il amusé à le porter jusque-là, d'abord ? »

Elle se détourna pour regarder les tombes. Elles aussi, elles semblaient plutôt récentes, dans cette partie du cimetière. Contrairement à celles de la partie la plus ancienne, les inscriptions étaient parfaitement lisibles ici. « Eve Dulany (1955-1976) », lut-elle. Dulany était le nom de famille de Sean. Ce devait être sa mère.

La pierre tombale voisine portait deux noms : David Quincey (1955-1976) et Melissa Quincey (1955-1976). « Les parents de Laurel, songea-t-elle. Mon Dieu ! ça doit être terrible de perdre son père et sa mère en même temps. » Mais Laurel n'était pas la seule orpheline de Crowhaven Road. Juste à côté de celle des Quincey, se dressait une autre pierre : Nicholas Armstrong (1951-1976) ; Sharon Armstrong (1953-1976). Les parents de Nick, sans doute. Oui, certainement.

Elle découvrait la quatrième pierre tombale, quand elle commença à avoir la chair de poule.

« Linda Whittier, lut-elle. Née en 1954, décédée en 1976. » La mère de Suzan.

Décédée en 1976.

Tournant brusquement la tête, elle jeta un deuxième coup d'œil à la tombe des Armstrong. Mais oui ! elle ne s'était pas trompée. Les parents de Nick étaient bien morts en 1976. Et les Quincey… Elle avait accéléré le pas. Oui, c'était bien ça : en 1976. Et Eve Dulany aussi : morte en 1976.

Elle sentit un frisson lui remonter l'échine. Elle courait presque pour aller regarder les tombes de l'autre côté du tertre. Mary Meade – la mère de Diana – morte en 1976. Marshall Glaser et Sophia Burke Glaser – les parents de Mélanie – morts en 1976. Grant Chamberlain – le père de Faye – mort en 1976. Adrian et Elizabeth Conant – les parents d'Adam – morts en 1976.

1976. 1976 !

Elle sentit une énorme crampe lui nouer l'estomac et une main de glace se refermer sur sa nuque.

Bon sang ! mais qu'est-ce qui avait bien pu se passer à La Nouvelle-Salem en 1976 ?

8

— Un cyclone, lui répondit Diana.

Diana était revenue en cours ce lundi. Elle était encore un peu enrhumée, mais elle allait beaucoup mieux. Cassie avait saisi la première occasion de lui parler en tête à tête, juste avant le cours d'histoire. Elle ne voulait pas aborder le sujet devant les autres.

— Un cyclone ?

— Oui. Ça arrive, de temps en temps, dans la région. Cette année-là, il a frappé la côte sans le moindre signe avant-coureur et le pont qui nous relie au continent a été submergé. Plein de gens sont restés bloqués sur l'île et beaucoup ont trouvé la mort.

— Oh ! je suis affreusement désolée, murmura Cassie.

« Eh bien, tu vois, il y a une raison logique, finalement, pensait-elle. Comment as-tu pu être assez bête pour flipper sur un truc pareil ? Une catastrophe naturelle. Mais oui, bien sûr, tout s'explique ! » Et quand, en rentrant la veille au soir, elle avait interrogé sa grand-mère à propos du tertre dans le cimetière, la vieille femme l'avait regardée en clignant des yeux et avait fini par lui demander :

— Y a un tertre dans l'vieux cimetière ? Eh ben alors, ça doit être une espèce de bunker : un endroit où ils stockaient des munitions pendant la guerre.

Encore une explication rationnelle. Quoi de plus simple ?

Laurel et Mélanie entrèrent dans la classe et vinrent s'asseoir devant Cassie et Diana. Cassie prit alors une profonde inspiration et se jeta à l'eau.

— Mélanie, je voulais te dire : je suis retournée au cimetière, hier, pour chercher ton collier. Mais je n'l'ai toujours pas trouvé. Je suis désolée. Je crois qu'il est perdu pour de bon.

Mélanie tourna vers elle son éternel regard gris, si sérieux, si réfléchi.

— Cassie, je te l'ai déjà dit, l'autre nuit : ce n'est pas grave. La seule chose que je regrette, c'est que vous ayez tous filé sans nous, avec Adam, Nick et Deborah. C'était de l'inconscience totale.

— Je sais. Mais, sur le moment, ça n'avait pas l'air dangereux – ou plutôt si, mais je n'ai pas eu le temps de penser vraiment au danger. Je voulais juste retrouver ce qui avait tué Jeffrey.

Elle surprit le coup d'œil qu'échangeaient Diana et Mélanie. Mélanie semblait étonnée et Diana, assez contente d'elle.

Se tournant de nouveau vers Diana, elle poursuivit, plutôt mal à l'aise :

— Est-ce qu'Adam t'a parlé de ce dont on a discuté dans le cimetière ? Faye et Sally ?

Diana recouvra instantanément son sérieux.

— Oui. Mais c'est ridicule. Sally ne ferait jamais un truc pareil et quant à Faye... Eh bien, c'est vrai qu'elle peut parfois se montrer un peu difficile, mais elle est absolument incapable de tuer quelqu'un.

Cassie s'apprêtait déjà à répliquer quand elle croisa le regard de Mélanie – une lueur de ce qui ressemblait étrangement à du cynisme se reflétait dans les prunelles grises.

— Oui, je suis sûre que tu as raison, dit-elle alors à Diana.

Mais elle n'en était pas sûre du tout. Mélanie avait vu juste : Diana était trop confiante, trop naïve. Personne ne savait mieux qu'elle ce dont Faye était capable...

Mme Lanning commençait son cours et Laurel et Mélanie se retournèrent vers le tableau. Cassie ouvrit alors son livre et essaya de se concentrer sur « La vie en Amérique au XVIIe siècle ».

Toute la semaine qui suivit, l'atmosphère fut bizarre au lycée. Contrairement aux deux précédents décès survenus sur le campus, la mort de Jeffrey avait vraiment touché les autres lycéens – « ceux de l'extérieur », comme disait Deborah. Kori était membre du Club – ou c'était tout comme – et le proviseur n'avait jamais eu vraiment la cote auprès des élèves. En revanche, Jeffrey était la star de l'équipe de foot, un des leurs, un garçon que tout le monde appréciait et admirait. Ils ne vivaient pas du tout sa disparition de la même façon.

La rumeur naquit discrètement : de simples messes basses. Mais elle enfla rapidement et, dès le mercredi, Sally accusait ouvertement Faye et le Club d'avoir tué Jeffrey. La tension s'accrut entre les membres du Club et le reste du lycée. Seule Diana semblait ne pas s'en apercevoir. À tel point qu'elle fut choquée quand Mélanie laissa entendre que le Cercle ne serait peut-être pas le bienvenu à l'enterrement de Jeffrey.

— Mais on doit y aller ! affirma-t-elle avec force.

Et ils y allèrent. Tous, sauf Faye.

Faye passa la semaine à ruminer sa rancœur dans son coin. Elle n'avait pas pardonné à Suzan et à Deborah d'avoir aidé Cassie à se préparer pour la fête du lycée ; elle n'avait pas pardonné à Nick de l'avoir snobée et elle ne pardonnait pas au reste de la bande d'avoir assisté à son humiliation publique. Les frères Henderson étaient les seuls auxquels elle n'en voulait pas. Quand on mentionnait la mort de Jeffrey en sa présence, elle se renfermait, le regard dur et l'air buté.

Cassie s'attendait tous les jours à recevoir un coup de fil : de nouvelles exigences tordues à satisfaire, un nouveau chantage. Mais, apparemment, Faye avait décidé de la laisser tranquille. Pour le moment.

Ce fut le vendredi après-midi, comme elles rentraient du lycée, que Laurel évoqua la Fête de Halloween.

— Tu viens, Cassie. Obligé, lui dit la sylphide brune, au moment où elles la déposaient au numéro 12. Il faut que tu viennes. Et tu as deux semaines pour penser à qui tu vas inviter : largement le temps de faire ton choix.

Cassie rentra chez elle sur des jambes en coton. « Encore une fête ! s'affolait-elle. J'le crois pas ! »

Tout ce qu'elle savait, c'était qu'elle ne devait absolument pas répéter les erreurs de la précédente. Hors de question. Cette fois, elle ferait ce que Laurel lui avait conseillé : elle se trouverait un cavalier. Et elle ne le lâcherait pas de la soirée. Un garçon quelconque, n'importe qui. Sean peut-être ?

Elle grimaça. Euh… peut-être pas n'importe qui. En manque comme il l'était, Sean pouvait bien devenir un problème lui-même. Elle ne réussirait jamais à s'en décoller.

Non, elle avait juste besoin d'un garçon pour l'accompagner et rien de plus. Un garçon qui ne risquait pas de s'intéresser à elle. Un garçon qui s'en ficherait complètement. Quelqu'un de détaché, d'indifférent…

Elle eut alors un flash d'yeux d'un beau marron chaud au regard impassible. Nick. Nick serait parfait : les filles ne l'intéressaient pas. Et Faye s'en moquerait éperdument : elle ne lui adressait même plus la parole. Oui, elle n'aurait rien à craindre de Nick. Mais est-ce qu'il accepterait d'aller à une soirée avec elle ?

« Pas trente-six façons de le savoir… », se dit-elle.

Nick était le cousin de Deborah et il vivait chez elle – enfin, chez son oncle et sa tante – au numéro 2, Crowhaven Road. La maison, à la façade d'un vague rose orangé passé, était toute décrépite et le garage, presque toujours ouvert, laissait voir la voiture sur laquelle Nick bricolait à longueur de journée.

Adam lui avait dit que c'était un coupé Ford Mustang Mach 1 1969 – ce qui, apparemment, était un modèle spécial. En tout cas, pour le moment, elle avait juste l'air d'un squelette de ferraille sur cales.

Quand Cassie arriva là-bas, en fin d'après-midi, Nick était penché sur son établi. La faible lumière tombant de l'ampoule nue pendue au plafond accrochait des reflets bleutés à ses cheveux d'un noir de jais. Il avait un tournevis à la main.

— Salut.

Nick se redressa. Il n'avait pas l'air plus surpris que ça de la voir – rien ne le surprenait jamais, de toute façon. Il n'avait pas l'air particulièrement ravi non plus. Il portait un tee-shirt tellement couvert de graisse qu'on avait du mal à lire le slogan imprimé dessus. Mais, sans trop de difficulté,

Cassie réussit à deviner un truc du style : « Quand on est un ami, on ne vous laisse pas conduire une Chevy ».

Cassie s'éclaircit la voix. « Tu entres et tu lui poses la question, tout simplement », s'était-elle dit. Mais, là, maintenant… Non, impossible. Après avoir passé une ou deux minutes à la regarder, attendant de savoir ce qu'elle voulait, Nick retourna à son établi.

— J'allais juste chez Diana, reprit-elle d'un ton enjoué. Et je me disais que je pourrais passer te dire bonjour.

— Bonjour, lui répondit Nick, sans même relever la tête.

Elle avait la bouche sèche. Mais comment avait-elle pu seulement s'imaginer qu'elle pourrait inviter un garçon à une soirée ? D'accord, les cavaliers, ce n'était pas ce qui lui avait manqué, la dernière fois : elle n'avait eu que l'embarras du choix. Et alors ? Un coup de chance, voilà tout. Et Nick n'avait assurément pas fait partie du lot.

Elle essaya de prendre un ton désinvolte.

— Et alors ? Tu fais quoi… (elle voulait dire « pour la Fête de Halloween », mais sa gorge se serra et elle termina sa phrase par une sorte de couinement étranglé) là ?

— Je remonte le carburateur.

— Ah !

Elle se creusa désespérément la tête pour trouver un autre sujet de conversation.

— Hum… euh… et ça, ça va où ? demanda-t-elle, en prenant une petite boule de métal sur l'établi.

— Dans le carburateur.

— Ah ! souffla-t-elle, en examinant la petite boule. Euh, Nick, tu sais, je me demandais… (elle s'apprêtait à reposer la petite boule de métal) si tu pourrais, euh… avoir envie de… Oups !

La boule lui avait échappé des mains pour atterrir avec un petit cling ! quelque part, sous l'établi. Avant de disparaître complètement. Horrifiée, Cassie releva des yeux écarquillés. Nick frappa l'établi de son tournevis en jurant.

— J'suis désolée. Vraiment, Nick, j'suis désolée…

— Mais bordel ! qu'est-ce que t'avais besoin de toucher à ça ? Qu'est-ce que tu fous ici, d'abord ?

— Je… (Elle risqua un coup d'œil à son visage blême de rage et le peu de courage qui lui restait l'abandonna.) J'suis désolée, Nick, répéta-t-elle d'une voix étranglée, avant de prendre ses jambes à son cou.

Elle sortit du garage en trombe et, sans réfléchir, prit à droite au bout de l'allée, en direction de la maison de sa grand-mère. Elle ne voulait pas aller chez Diana, de toute façon – Adam y serait probablement. Elle remonta Crowhaven Road, les joues en feu et le cœur battant.

C'était une idée stupide depuis le début. Suzan avait raison : Nick était un iguane. Il n'éprouvait pas d'émotion comme un être humain normal. Oh ! elle ne s'était pas attendue à ce qu'il soit vraiment emballé de l'escorter à la soirée, non. Elle avait juste imaginé que ça ne le dérangerait pas, parce qu'il avait été sympa avec elle dans la chaufferie, l'autre nuit. Mais, là, il s'était montré sous son vrai jour. Heureusement qu'elle ne lui avait pas demandé de venir, avant de laisser tomber la boule ! Déjà qu'elle ne savait plus où se mettre. Ç'aurait été la totale !

Quoique, difficile de faire pire : elle avait la poitrine dans un étau, les yeux qui piquaient et elle crevait de chaud. Elle s'efforça pourtant de garder la tête haute en passant devant chez Mélanie, puis devant chez Laurel : elle n'avait aucune envie de les voir.

Le soleil venait de se coucher et toutes les couleurs s'étaient enfuies avec lui. « La nuit tombe si vite, ces jours-ci », songeait-elle, quand elle entendit le rugissement d'un moteur.

C'était un gros 4 × 4 noir avec une plaque d'immatriculation fantaisiste qui disait TOIM EME. Les frères Henderson étaient à l'intérieur et Doug roulait pied au plancher. Dès qu'ils l'aperçurent, ils pilèrent devant elle et sortirent la tête par la portière pour l'apostropher :

— Eh ! Qu'est-ce qu'une jolie fille comme toi fait dans c'quartier paumé ?

— Tu veux t'éclater, Cassie ?

— Viens, baby, on va t'faire voir du pays !

Ils voulaient juste la charrier, mais quelque chose la poussa à plonger les yeux dans les prunelles bleu-vert de Doug et à leur rétorquer avec aplomb :

— Vingt-deux !

Ils la dévisagèrent, bouche bée : ils hallucinaient. Et puis Chris éclata de rire.

— Cool ! dit-il, en lui ouvrant la portière. Monte.

— Attends un peu, maugréa Doug, en fronçant les sourcils.

Mais déjà Cassie prenait la main que Chris lui tendait pour l'aider à grimper dans le véhicule surélevé. Elle ne savait pas ce qui lui avait pris. Mais elle avait envie de se lâcher, de ne plus penser à rien : le parfait état d'esprit à avoir quand on s'embarquait avec les frères Henderson, non ?

— On va où ? leur demanda-t-elle, tandis qu'ils démarraient en faisant ronfler le moteur.

Chris et Doug s'engagèrent du regard à la prudence.

— Acheter des citrouilles pour Halloween, affirma Chris.

— Acheter des citrouilles !

— Ben, pas vraiment « acheter »…

Sur le moment, allez savoir pourquoi, elle trouva ça drôle et ne put s'empêcher de pouffer. Le sourire de Chris s'élargit, goguenard.

— On trace à Salem, lui expliqua-t-il. Leurs plants d'citrouilles, là-bas, pour faire une descente, y a pas mieux. Et, si on fait ça bien, on aura encore le temps d'aller se planquer dans le Cachot des Sorcières pour faire flipper l'touriste.

« Le Cachot des Sorcières ? » s'interrogea Cassie. Mais elle se contenta d'acquiescer.

— O.K.

La petite jeep était jonchée de bouteilles vides, de bouts de tuyau, de chiffons, de sacs McDo, de CD rayés et de magazines porno. Chris lui expliquait comment confectionner une bombe artisanale avec une section de tuyau métallique quand ils parvinrent à destination.

— Bon, maint'nant, silence radio, leur intima Doug. Faut qu'on fasse le tour par-derrière.

Il éteignit les phares, coupa le moteur et continua en roues libres.

Le plant de citrouilles était un immense enclos rempli de citrouilles, certaines empilées, d'autres éparpillées sur le sol. Doug arrêta le 4 × 4 juste derrière une grande pile, près du guichet où – normalement – les gens payaient. Il faisait nuit noire, à présent, et la lumière de l'enclos n'arrivait pas jusqu'à eux.

— Par-dessus, mima Doug, avant de se tourner vers Cassie. Reste là, souffla-t-il.

Trop contente de ne pas avoir à escalader la clôture, Cassie opina en silence. Chris jeta sa veste sur les barbelés. En un clin d'œil, les deux garçons étaient de l'autre côté.

Ils se mirent alors tranquillement à piller le plant de citrouilles. Chris les passait à Doug qui, juché sur la pile près du guichet, les balançait à Cassie de l'autre côté, en lui faisant signe de les mettre sur le siège arrière de la jeep.

« Mais qu'est-ce qu'ils vont bien pouvoir faire de tout ça ? » se demandait vaguement Cassie, qui titubait sous le poids de son fardeau, chargeant citrouille après citrouille à bord du 4 × 4 noir. Est-ce qu'on pouvait fabriquer une bombe avec une citrouille ?

— O.K., chuchota enfin Doug. Ça suffit.

Et il franchit souplement la clôture en sens inverse. Chris commençait à l'escalader à son tour, quand des aboiements rageurs se firent entendre, de plus en plus forts, annonçant l'apparition, quelques secondes plus tard, d'un énorme molosse noir.

— Au secours ! brailla Chris, en s'agrippant à la clôture, le torse d'un côté, les jambes de l'autre.

Le doberman l'avait chopé par sa botte et la secouait furieusement en grondant. C'est alors qu'un homme surgit comme une fusée du guichet et se mit à les injurier en agitant le poing.

— Au secours ! au secours ! hurla Chris, soudain pris de fou rire, avant de s'écrier dans un jappement très ressemblant : Argh ! Il est en train de m'arracher ma botte. Aïe ! Ouille ! Au secours !

Ses étranges yeux bleu-vert brillant d'un inquiétant éclat, Doug se rua sur la jeep.

— J'vais l'buter, c'clébard, haleta-t-il. Où il est fourré, c'foutu flingue de l'armée ?

— Tiens bon, Max ! cria l'homme du guichet. Retiens-le le temps que je récupère mon fusil.

— Argh ! Mais il est en train d'me bouffer ! beugla Chris. Je morfle, là, mec !

— Ne l'tue pas ! plaida frénétiquement Cassie, en attrapant Doug par le bras.

« Il ne manquerait plus que le type du guichet et lui se mettent à s'tirer d'ssus ! » s'alarmait-elle, pendant que Doug continuait à fouiller dans le fatras qui tapissait le plancher de la jeep.

— Ne tue pas le chien ! On n'a qu'à lui donner ça, argua-t-elle, prise d'une soudaine inspiration.

Elle ramassa un sac de McDo qui traînait avec plusieurs nuggets desséchés à l'intérieur. Pendant que Doug cherchait toujours son pistolet, elle regagna prestement son poste au pied de la clôture.

— Par ici, le beau chien-chien ! chantonna-t-elle. Viens ici ! Oh ! qu'il est beau le chien-chien !

Le doberman grogna. Chris beuglait toujours et l'homme du guichet continuait de hurler.

— Oh ! c'est un bon chien, ça, persévéra Cassie, d'une voix tremblante. Regarde, le gentil chien, regarde les beaux nuggets, hein ? Tu veux des nuggets ?

Et puis, tout à coup, elle se mit à crier :

— *Au pied ! Tout de suite !*

Mais d'où ça sortait, ça ? Et, en même temps, elle avait fait... elle ne savait pas quoi. Quelque chose... quelque chose dans sa tête. Elle sentit jaillir d'elle comme une... oui, un geyser de feu qui frappa le doberman de plein fouet. Ses pattes arrière se dérobèrent sous lui et le chien lâcha le pied de Chris. Il se traîna quasiment à plat ventre jusqu'à l'endroit où elle se trouvait, de l'autre côté de la clôture, et s'assit.

Elle se sentait subitement puissante et terrible.

— Bon chien, dit-elle, en lui lançant le sac de nuggets par-dessus les barbelés.

Pendant ce temps, plongeant pratiquement la tête la première, Chris s'empressait de franchir la clôture. Le chien se coucha en poussant de petits gémissements plaintifs, sans prêter la moindre attention au sac de nuggets.

— On s'casse ! s'écria Chris. Allez viens, Doug ! On va pas flinguer un mec pour une citrouille !

À eux deux, Chris et Cassie réussirent à pousser un Doug plus que récalcitrant dans la jeep. Chris prit le volant et démarra en trombe. Le vendeur de citrouilles les suivait avec son fusil, mais il abandonna quand ils atteignirent la route.

— Ouille ! piailla Chris.

Il secoua son pied, provoquant une embardée. Doug marmonnait dans son coin. Cassie s'adossa à la banquette et soupira.

— Bon, maint'nant, en route pour le Cachot des Sorcières ! claironna Chris.

Le musée du Cachot des Sorcières de Salem avait tout d'une maison ordinaire, vu de l'extérieur. Chris et Doug semblaient parfaitement connaître l'agencement intérieur, quant à eux, parce qu'ils l'entraînèrent sans hésiter à l'arrière du bâtiment pour lui faire emprunter une entrée dérobée.

Par une porte ouverte, Cassie aperçut ce qui ressemblait à un petit théâtre.

— C'est là qu'ils font le procès des sorcières, lui expliqua Chris. Tu sais, genre reconstitution historique pour touristes. Et, après, ils les emmènent en bas.

Il pointait le doigt vers un petit escalier qui plongeait dans l'obscurité.

— Mais pourquoi ?

— C'est l'cachot. Ils leur font faire la visite. Nous, on s'planque dans les coins et, quand ils approchent, on bondit en hurlant. Y en a qu'en font quasiment une crise cardiaque, ricana Doug, avec cette petite étincelle, qui lui donnait toujours l'air à moitié fêlé, dans les prunelles.

Oh ! elle le croyait sans peine. À mesure qu'ils descendaient les marches, les ténèbres s'épaississaient. Une odeur de moisi assaillit ses narines et l'air froid et humide la fit frissonner.

Un étroit couloir s'enfonçait dans le noir. Seules de pâles lumières trouaient l'obscurité. Et encore, à de longs intervalles irréguliers. Des petites cellules s'ouvraient de chaque côté. Brrr ! On avait vraiment la sensation d'être sous terre, dans un endroit pareil.

« Comme dans la chaufferie », songea Cassie.

Ses pieds en restèrent collés au pavé.

— Eh ! avance. Qu'est-ce que t'as ? chuchota Doug, en se tournant vers elle.

À peine si elle le voyait. Chris revint sur ses pas pour la rejoindre au pied de l'escalier et la dévisagea.

— On est pas obligés d'y aller direct, dit-il. On peut attendre ici qu'ils commencent à descendre.

Cassie lui adressa un regard reconnaissant et hocha la tête.

C'était déjà assez terrible comme ça, de rester plantés là, sur le seuil de cet horrible endroit. Elle ne tenait pas à s'y aventurer tant qu'elle n'y serait pas obligée.

— Ou… (Chris semblait entreprendre un prodigieux effort de réflexion.) Ou… on pourrait s'barrer aussi, tu sais.

— S'barrer ? Pourquoi ? s'étonna Doug, en rappliquant illico.

— Parce que… (Chris regarda son frère droit dans les yeux.) Parce que j'le dis.

— Toi ? Mais qu'est-ce qu'on en a à foutre de c'que tu dis ? lui répliqua Doug à mi-voix.

Il semblait avoir du mal à se retenir de hurler et les deux frères ne tardèrent pas à s'échauffer.

« Il n'y a pas vraiment de quoi avoir peur d'eux, songea Cassie, en les regardant se fusiller du regard. Ils me font penser aux Garçons Perdus de *Peter Pan* : un peu spéciaux, mais plutôt mignons, dans leur genre. »

— Ça va, les tranquillisa-t-elle pour les empêcher de s'écharper. On peut rester. Je veux juste m'asseoir deux minutes sur les marches.

Essoufflés par leurs échanges musclés, les deux frères l'imitèrent aussitôt. Chris commença à se masser les orteils à travers l'une de ses bottes.

Cassie s'adossa au mur et ferma les yeux. Elle entendait des voix au-dessus d'eux, quelqu'un qui parlait des procès des sorcières de Salem. Mais seules des bribes lui parvenaient distinctement. Elle était épuisée par toutes les émotions de la journée et cet horrible endroit lui donnait la nausée et l'engourdissait, lui engluant les neurones, comme autant de moucherons empêtrés dans des toiles d'araignée.

Une voix féminine racontait :

— … le gouverneur royal, sir William Phips, mit en place un tribunal d'exception pour traiter ces affaires. On en était arrivé alors à une telle quantité de femmes accusées de sorcellerie…

Tant de fausses sorcières, songeait Cassie dans un semi-brouillard. Si cette femme savait que de vrais sorciers étaient tapis dans son cachot !

— … le 10 juin, la première des sorcières inculpées fut exécutée en place publique : Bridget Bishop fut pendue au sommet de Gallows Hill, juste aux portes de Salem…

« Pauvre Bridget Bishop ! » compatit Cassie.

Elle revit soudain les pieds de Jeffrey se balancer. Elle eut un haut-le-cœur. Sans doute que les pieds de Bridget s'étaient balancés comme ça, eux aussi, quand on l'avait pendue.

— … fin septembre, dix-huit personnes avaient été pendues. Les derniers mots de Sarah Good…

Dix-huit. Ça faisait un sacré paquet de pieds qui se balançaient. « Ouh ! j'me sens pas bien », se dit Cassie.

— … et la dix-neuvième victime fut écrasée jusqu'à ce que mort s'ensuive. L'écrasement était une forme de supplice affectionné des puritains qui consistait à poser une planche sur la poitrine de la victime et à entasser des pierres de plus en plus lourdes sur la planche…

« Argh ! Cette fois, j'me sens vraiment mal. Je me demande ce que ça fait d'être écrasé par des rochers empilés jusqu'à en mourir. Je suppose que je ne le saurai jamais, vu que ça n'arrive pas vraiment tous les jours, par le temps qui court. À moins de se faire prendre par une avalanche ou… »

Cassie se redressa d'un bond. Les toiles d'araignée venaient soudain de se déchirer, comme sous l'effet d'une rafale de vent glacé.

Une avalanche. M. Fogle, le proviseur du lycée, avait découvert, lui, ce que ça faisait d'avoir des rochers empilés sur la poitrine jusqu'à ce que mort s'ensuive.

Étrange coïncidence. Oui, mais c'était tout ce que c'était : une étrange coïncidence. Pourtant…

« Oh mon Dieu ! »

Elle eut l'impression que son corps tout entier venait d'être branché sur une ligne à haute tension. Elle avait le cerveau en ébullition et ses pensées se bousculaient au portillon.

« Avalanche. Mort par écrasement. La même chose, en fait. Et pendaison. Les sorcières avaient été pendues… exactement comme Jeffrey Lovejoy. Oh mon Dieu ! Oh mon Dieu ! » Il devait y avoir un rapport.

— … jamais combien moururent en prison. Comparé aux conditions de détention ici, l'oubli instantané provoqué par une nuque brisée aurait pu sembler un sort enviable. Notre visite va maintenant vous conduire…

Une nuque brisée. Une nuque brisée.

Kori avait eu la nuque brisée !

Cassie crut qu'elle allait s'évanouir.

9

Les voix, au-dessus d'elle, se rapprochaient et, prostrée sur les marches, Cassie ne pouvait plus bouger. C'était comme si une épaisse brume grise l'enveloppait. Chris la tirait par le bras.

— Viens, Cassie ! Viens ! Ils arrivent !

— Si vous voulez bien vous aligner en file indienne, nous allons maintenant descendre l'étroit escalier qui…, entendit-elle vaguement.

Chris essayait de l'écarter de l'escalier.

— Hé, Doug ! Fil'-moi un coup d'main !

Au prix d'un suprême effort, Cassie parvint alors à articuler :

— Faut qu'on rentre.

Elle se leva et tenta de prendre un ton suffisamment autoritaire pour se faire obéir des deux frères.

— Il faut que je rentre pour dire à Diana que… quelque chose. Maint'nant !

Les deux frères se regardèrent, perplexes – mais manifestement impressionnés.

— O.K., acquiesça Chris.

Et Cassie s'écroula, écrasée par l'épaisse brume grise qui, de nouveau, la submergeait.

Doug la tirant en avant et Chris la soulevant tant bien que mal par derrière, ils parvinrent à l'entraîner dans les tortueux couloirs du musée. Aussi vifs et à l'aise dans l'obscurité que des rats, ils la guidèrent sans problème à travers le ténébreux dédale jusqu'à ce qu'apparaisse une enseigne au néon marquée « SORTIE ».

Pendant qu'ils roulaient à fond vers le nord, les citrouilles sautaient et roulaient sur la banquette arrière comme des têtes coupées. Les yeux obstinément fermés, Cassie s'efforçait de respirer normalement. Tout ce qu'elle savait, c'était qu'elle ne pouvait pas dire aux Henderson ce qu'elle suspectait. Si jamais ils apprenaient ce qu'elle croyait avoir découvert à propos de Kori… Elle préférait ne pas y penser.

— Laissez-moi juste chez Diana, leur dit-elle, de retour à Crowhaven Road. Non, non ! pas la peine de venir avec moi. Merci.

— O.K., obtempéra sans discuter Chris.

Alors que le 4 × 4 redémarrait en trombe, il passa la tête par la vitre.

— Hé ! Euh… Merci, au fait, pour m'avoir débarrassé d'ce clebs, lui lança-t-il à la portière.

— Oh ! de rien, lui répondit-elle, l'esprit ailleurs. Quand tu veux.

En les regardant s'éloigner, elle s'aperçut qu'ils ne lui avaient même pas demandé pourquoi elle avait subitement été si pressée de voir Diana. Ils avaient tellement l'habitude d'agir sur un coup de tête que ça devait leur paraître un mode de fonctionnement normal.

Ce fut M. Meade qui lui ouvrit la porte. « Il doit être tard, s'il est déjà rentré », s'affola-t-elle. Pendant que, déjà, elle montait au premier, il avertit sa fille du bas de l'escalier.

— Cassie ! s'exclama Diana (Elle se leva d'un bond en voyant son expression.) Qu'est-ce qui s'passe ?

Assis sur le lit, Adam se leva à son tour, visiblement inquiet.

— Je sais qu'il est supertard… j'suis désolée, bredouilla Cassie. Mais il faut que j'vous parle. J'étais au Cachot des Sorcières et…

— Tu étais où ? l'interrompit Diana. Tiens, mets ça. Tu as les mains gelées. Maintenant, reprends depuis le début. Calmement.

Elle l'avait fait asseoir et l'enveloppait dans un gros pull.

Lentement, butant sur les mots, Cassie leur raconta toute l'histoire : comment Chris et Doug l'avaient emmenée à Salem. Elle fit l'impasse sur le vol de citrouilles, mais leur raconta comment ils étaient entrés dans le Cachot des Sorcières et comment, en entendant la guide, elle avait soudain fait le rapprochement entre le supplice de l'écrasement et l'avalanche, entre les pendaisons et la mort de Jeffrey…

— Mais qu'est-ce que ça signifie ? lui demanda Diana, quand elle eut achevé son récit.

— Je sais pas vraiment. Mais on dirait qu'il y a un rapport entre la manière dont les puritains punissaient les gens et les trois disparitions du lycée.

— Pas difficile de faire le lien, affirma posément Adam. L'énergie négative. Le crâne a été utilisé du temps du premier coven. Autant dire : à l'époque du procès des sorcières de Salem.

— Attendez un peu… Non, ça ne colle pas avec Kori, objecta Diana. Kori était déjà… déjà morte, quand on a activé le crâne.

Adam se décomposa.

— Oui, mais j'ai trouvé le crâne la veille de sa mort. Il était enfoui dans le sable et je l'ai déterré…

Son regard accablé rencontra celui de Cassie qu'une terrible certitude étreignait.

— Le sable. « Pour neutraliser le Mal », chuchota-t-elle. (Elle se tourna vers Diana.) C'est dans ton *Livre des Ombres*. Il faut enterrer un objet ou l'enfouir dans du sable pour l'empêcher de nuire. Exactement comme…

Elle se tut brusquement et se mordit la langue. Moins une ! Elle avait failli dire : « Exactement comme tu as enseveli le crâne sur la plage pour le purifier. »

— Exactement comme je l'ai trouvé, acheva Adam à sa place. Oui. Et tu crois que, quand je l'ai déterré, ça a suffi à l'activer ? Mais alors, ça voudrait dire qu'il est si puissant que…

Il ne put achever sa phrase. Il était évident qu'il luttait désespérément contre une telle idée. Il se refusait même à l'imaginer.

— C'est vrai que j'ai ressenti… quelque chose, quand je l'ai sorti de ce trou dans le sable, ajouta-t-il d'une voix sourde. Ça m'a fait… un drôle d'effet. J'avais des vertiges, des éblouissements... C'était peut-être en réaction à l'énergie négative qui s'échappait… Alors, tu crois que cette énergie-là est venue jusqu'ici pour tuer Kori ? demanda-t-il à Cassie.

— Je… je n'sais plus quoi penser, lui répondit-elle piteusement. Je ne vois pas pourquoi elle aurait fait ça. Mais, apparemment, à chaque fois qu'on touche au crâne, peu de temps après, quelqu'un meurt. Et d'une manière qui rappelle le sort que les puritains réservaient aux sorcières de Salem. Ça n'peut quand même pas être une coïncidence.

— Mais non ! s'exalta soudain Diana. Ça ne marche pas à chaque fois ! Personne n'a touché au crâne avant la mort de Jeffrey. Il était parfaitement en sécurité sur… (Elle hésita, se reprit aussitôt.) Bon, à vous deux, je peux bien l'dire : il était sur la plage. Il y est encore, d'ailleurs. C'est moi qui l'y ai enterré. Et j'ai vérifié pratiquement tous les jours qu'il y était encore. Il n'y a donc pas de correspondance systématique.

Cassie en resta sans voix. Si elle avait cédé à sa première impulsion, elle aurait lâché : « Mais si ! quelqu'un a bien touché au crâne avant la mort de Jeffrey ! » Mais ç'aurait été suicidaire. Elle ne pourrait jamais dire ça à Diana. Et, maintenant, elle était coincée… Un incoercible tremblement commençait à la gagner intérieurement. Oh mon Dieu ! il y avait bien une correspondance systématique !

C'était comme dans ce slogan « Qui utilise une arme, va en prison » : Qui utilise le crâne, assassine quelqu'un. Or, si le crâne avait été activé une troisième fois, c'était bel et bien sa faute. Elle était donc… coupable du meurtre de Jeffrey !

C'est alors qu'elle eut un deuxième coup au cœur. Elle s'aperçut que les yeux gris-bleu d'Adam étaient braqués sur elle.

— Je sais c'que tu penses, lui assena-t-il.

Cassie déglutit, tétanisée.

— Tu essaies de trouver un moyen de me protéger, enchaîna-t-il aussitôt. L'une comme l'autre, vous n'acceptez pas l'idée qu'en sortant le crâne de sa cachette, j'ai indirectement provoqué la mort de Kori. Alors, vous essayez toutes les deux de réfuter cette théorie. Mais ça n'marche pas. Parce qu'il y a manifestement une relation entre le crâne et ces trois disparitions. Y compris celle de Kori.

Cassie était toujours clouée sur place. Diana posa la main sur celle d'Adam.

— Si c'est vrai, alors ce n'est pas ta faute, affirma-t-elle, avec une telle ferveur que le vert de ses prunelles étincelait. Tu ne pouvais pas savoir que déterrer le crâne aurait de telles conséquences. Tu ne pouvais pas le deviner, insista-t-elle.

« Oui mais, moi, je l'savais, se disait Cassie. Ou, du moins, j'aurais dû m'en douter. Je savais que le crâne était maléfique. Je sentais bien qu'il était capable du pire. Et pourtant, j'ai laissé Faye s'en servir. J'aurais dû tout tenter pour l'en empêcher. »

— S'il faut à tout prix accuser quelqu'un, poursuivait Diana, alors, c'est moi. C'est moi qui suis à la tête de ce coven. C'est moi qui ai décidé d'activer le crâne pendant le rituel. Si l'énergie négative, qui a renversé Faye, s'est échappée et a tué M. Fogle avant de tuer Jeffrey, c'est à cause de moi.

N'y tenant plus, Cassie s'écria :

— Mais non ! C'est ma faute à moi ! Ou, du moins, la faute de… de tout l'monde.

Adam jeta un coup d'œil aux deux filles et, se cachant le visage dans la main, partit d'un petit rire amer.

— Mais regardez nous ! ricana-t-il, atterré. Chacun essayant de disculper l'autre et de s'accuser à sa place : c'est nul !

— Plutôt pathétique, en effet, admit Diana, en esquissant un sourire navré.

Cassie avait du mal à retenir ses larmes.

— Au lieu de chercher un coupable, je crois qu'on ferait mieux de commencer à chercher comment réagir, reprit

Adam. Si l'énergie négative, qui s'est échappée pendant le rituel, a tué et M. Fogle et Jeffrey, rien ne dit qu'elle ne peut pas encore frapper. Il faut qu'on trouve le moyen d'l'arrêter.

Ils discutèrent pendant des heures, après ça. Adam pensait qu'ils devraient d'abord la localiser, peut-être en réutilisant un pendule aux alentours du cimetière. Diana pensait qu'ils devraient continuer à décortiquer tous les Livres des Ombres, y compris les parties les plus indéchiffrables, pour voir s'il n'existait pas de sort ou de technique quelconque pour lutter contre un tel maléfice et pour tenter d'en apprendre davantage sur le crâne.

— Et sur Black John aussi, renchérit Cassie.

Diana et Adam approuvèrent. C'était Black John qui s'était servi du crâne, dès l'origine. C'était lui qui l'avait « programmé ». C'étaient peut-être toujours ses motivations qui l'animaient.

Mais tout le temps qu'ils parlaient, Cassie se sentait… en dehors. Exclue. Adam et Diana étaient profondément bons, songeait-elle, en les regardant discuter avec animation. Ils avaient vraiment agi avec les meilleures intentions du monde. Alors qu'elle… elle était différente. Elle était… mauvaise.

Elle savait des choses qu'ils ignoraient. Des choses qu'elle ne pourrait jamais leur révéler.

Comme d'habitude, Diana se montra adorable quand il fut temps pour Cassie de partir.

— Il vaut mieux qu'Adam te raccompagne en voiture, lui assura-t-elle.

Et c'est ce qu'Adam fit. Ils n'ouvrirent pas la bouche de tout le trajet. Ce fut seulement en se garant devant chez elle qu'il lui demanda avec douceur :

— Ça va ? Tu tiens l'coup ?

Elle ne pouvait pas le regarder. Jamais elle n'avait eu tant besoin de réconfort. Jamais elle n'avait eu plus envie de se jeter dans ses bras. Elle brûlait de tout lui raconter au sujet du crâne et de Faye et de l'entendre dire que ce n'était pas grave, qu'il était là, qu'elle n'avait pas à supporter tout ça toute seule. Elle aurait tellement voulu qu'il la serre contre son cœur.

Le pire, c'était qu'elle pouvait sentir qu'il en avait envie aussi, là, juste sur le siège d'à côté, à quelques centimètres à peine.

— Je ferais mieux d'rentrer, murmura-t-elle d'une voix tremblante.

Adam serrait le volant à le briser.

— Bonne nuit, souffla-t-elle sans le regarder.

Il y eut un long silence pendant lequel elle le sentit lutter contre la tentation. Et puis il répondit « Bonne nuit » d'une voix sans timbre.

Cassie se précipita dans la maison. Elle ne pourrait pas en parler avec sa mère, ni avec sa grand-mère, bien sûr. Pas plus que du reste. Elle voyait ça d'ici : « Bonsoir, maman, tu te souviens de Jeffrey Lovejoy ? Eh bien, il a été assassiné. Et je suis complice de son meurtre. » Non merci, sans façon.

Ça faisait bizarre de prendre conscience de ça : d'être foncièrement mauvaise. C'était une drôle d'idée. Une idée qui lui trotta dans la tête, cette nuit-là, pendant qu'elle était allongée dans son lit. Et puis, juste au moment où elle allait s'endormir, vinrent s'y mêler des visions des yeux de Faye avec leurs étranges prunelles couleur de miel.

« Vilaine fille ! put-elle presque entendre Faye railler avec son petit rire de gorge. Tu n'es pas mauvaise, t'es juste… une vilaine fille… très vilaine… comme moi ! »

Le rêve commença merveilleusement bien. Elle se trouvait dans le jardin de sa grand-mère. C'était l'été et toutes les plantes étaient en fleurs. La mélisse éclaboussait le sol comme une grande flaque dorée. La lavande, le muguet et le jasmin l'étourdissaient de leurs doux parfums.

Elle se pencha pour couper une branche de chèvrefeuille constellée de minuscules étoiles blanches et crémeuses. Le soleil, radieux, lui chauffait les épaules. Le ciel, infini, était d'un azur immaculé. L'air était limpide, cristallin. Bizarrement, bien que ce soit le jardin de sa grand-mère, il n'y avait pas de maison à proximité. Elle était là, toute seule, immergée dans cette radieuse lumière dorée.

Soudain, elle vit les roses.

Elles étaient énormes et veloutées. Des rubis. Ces roses-là ne poussaient assurément pas dans la nature. Cassie fit un pas vers le rosier, puis un autre. Il y avait de la rosée sur le bord d'un des pétales, juste une goutte qui tremblotait. Cassie aurait bien voulu en sentir une, mais elle avait peur.

C'est alors qu'un profond rire de gorge s'éleva.

— Faye !

Un sourire étira peu à peu les lèvres vernissées de la belle brune, à côté d'elle.

— Vas-y, lui dit-elle. Sens-les. Elles ne vont pas te mordre.

Mais Cassie secoua la tête. Les battements de son cœur s'étaient brusquement accélérés.

— Oh ! allez, Cassie, roucoula Faye, câline. Viens voir par-là. Est-ce que ce n'est pas fascinant ?

Cassie regarda. De l'autre côté du rosier, il s'était produit un truc incroyable : la nuit était tombée ! Alors même que Cassie se tenait en plein jour, sous un soleil radieux !

Et c'était une nuit glaciale, en plus, noire et mauve, criblée d'étoiles mais sans lune.

— Viens avec moi, Cassie, lui susurrait de nouveau Faye. Tu n'as qu'un pas à faire. Je vais te montrer. C'est facile.

Elle fit le tour du rosier. Sous le regard ébahi de Cassie, ses yeux d'ambre luisant dans l'ombre et sa superbe cascade de cheveux noirs se fondant dans la nuit, Faye se tenait, à présent, dans l'obscurité.

— Un pas d'plus, un pas d'moins… au point où tu en es…, l'amadouait toujours la belle brune, inexorablement. Après tout, tu es déjà comme moi. Ou… aurais-tu oublié ? Tu as déjà choisi ton camp.

Cassie laissa tomber sa branche de chèvrefeuille et, lentement, très lentement, tendit la main pour cueillir une rose. Elle était si belle, si douce et d'un rouge si profond. Cassie y plongea les yeux, s'abîmant dans sa contemplation.

— Magnifique, n'est-ce pas ? murmura Faye. Et, maintenant, apporte-la-moi.

Cassie avança un pied, comme hypnotisée. Il y avait une ligne d'ombre mouvante sur le sol : la limite entre le jour et la nuit. Cassie fit un pas de plus et, soudain, hoqueta de douleur.

La rose l'avait piquée. Le sang coulait le long de son poignet. Elle remarqua alors que toutes les épines des roses étaient d'un rouge écarlate, comme trempées dans le sang.

Épouvantée, elle releva les yeux vers Faye. Mais elle ne vit que les ténèbres et n'entendit que ce rire de gorge moqueur reconnaissable entre tous.

— La prochaine fois, peut-être, ricana la voix de Faye portée par la nuit.

Cassie se réveilla, le cœur battant, pour fouiller les ténèbres de sa chambre. Quand elle alluma la lumière, elle s'attendait presque à voir du sang sur son bras. Mais il n'y avait pas de sang, ni trace de la moindre piqûre d'épine.

« Dieu merci ! songea-t-elle. Ce n'était qu'un rêve, juste un rêve. » Elle mit pourtant bien longtemps avant de parvenir à se rendormir.

La sonnerie du téléphone la tira du sommeil. Rien qu'à l'intensité de la lumière qui pénétrait par la fenêtre côté est, elle sut qu'elle avait dormi tard.

— Allô ?

— Bonjour, Cassie, dit une voix familière.

Elle en eut un coup au cœur. En une fraction de seconde, elle revit tout son rêve défiler. Prise de panique, elle crut que Faye allait se mettre à lui parler de roses et de nuit en plein jour.

Mais la voix de Faye était normale.

— On est samedi, aujourd'hui, Cassie. As-tu quelque chose de prévu pour ce soir ?

— Euh… non. Mais…

— Parce que, avec Deborah et Suzan, on se fait une petite soirée entre filles. On a pensé que ça te dirait peut-être de venir.

— Mais Faye… Je… je croyais que tu m'en voulais.

Éclat de rire à l'autre bout du fil.

— Oh ! j'étais juste légèrement… vexée. Mais c'est du passé. Je suis extrêmement fière du succès que tu as remporté auprès des garçons, en tout cas. Ça montre bien ce qu'on peut obtenir avec un peu de sorcellerie, hmm ?

Cassie ignora la réflexion. Elle venait d'être prise d'un affreux soupçon.

— Faye, si c'est pour activer le crâne encore une fois, tu peux faire une croix d'ssus. Tu veux savoir à quel point c'est dangereux ?

Elle commença à lui raconter ce qu'elle avait découvert dans le Cachot des Sorcières. Mais Faye ne la laissa même pas terminer.

— Oh ! qui pense encore au crâne ? s'exclama-t-elle d'un ton las. Je te parle d'une fête, Cassie. Une fête. Bon, alors on peut compter sur toi vers huit heures ? D'accord, Cassie ? Tu viendras, hein ? Parce que sinon… Salut !

« Deborah et Suzan seront là, se disait Cassie, en se dirigeant vers la maison de Faye, ce soir-là. Elles ne laisseront tout d'même pas Faye me tuer. » Cette idée la rassura. Un peu.

Et, quand elle lui ouvrit la porte, Faye lui parut moins impressionnante que d'habitude. Une étincelle malicieuse faisait briller ses yeux d'or et on aurait presque pu trouver à son sourire un petit côté espiègle.

— Entre, Cassie. Tout l'monde est déjà dans le salon, lui annonça-t-elle.

Quand elles approchèrent d'une des portes qui donnaient sur le hall d'entrée, Cassie entendit de la musique. Et, lorsque Faye la poussa, Cassie découvrit une vaste pièce décorée et meublée avec le même faste et le même luxe que le reste de la maison. La b.o., diffusée par un énorme poste de télé, le disputait à la voix sexy de Madonna, poussée à fond sur les enceintes furieusement design d'une invisible chaîne hi-fi. Au milieu de toute cette technologie, la présence de dizaines de bougies, réparties un peu partout dans la pièce, semblait un peu incongrue.

— Éteignez ça ! ordonna Faye.

Avec une moue boudeuse, Suzan pointa la télécommande vers la chaîne stéréo, tandis que Deborah coupait le son de la télévision – apparemment, Faye leur avait pardonné, à elles aussi.

— Bon, maintenant, reprit Faye, avec un sourire de chat guettant une petite souris, je vais t'expliquer. La gouvernante n'est pas là : c'est son jour de congé. Et ma mère est couchée : elle est malade…

— Comme d'habitude, commenta Deborah. Sa mère passe 95 % de son temps au lit. Les nerfs…

Faye haussa les sourcils.

— Oui, bon, et alors ? C'est plutôt pratique, non ? Surtout dans des moments comme celui-là. (Elle se retourna vers Cassie et enchaîna :) Donc, on va se faire une petite soirée pizza. Tu vas nous aider à tout préparer, hein ?

Cassie retint un gros soupir de soulagement. Une soirée pizza. Elle qui s'était imaginée… oh ! des tas de choses…

— Bien sûr, promit-elle.

— Bon, alors, allons-y. Suzan va te montrer ce que tu dois faire.

Cassie suivit les instructions de Suzan à la lettre. Elles allumèrent d'abord toutes les bougies rouges et roses, puis firent une belle flambée dans la cheminée. Elles firent aussi brûler des bâtons d'encens. Suzan lui précisa qu'ils étaient à base de gingembre, de cardamome et d'huile essentielle de néroli. La fumée était un peu âcre, mais ça sentait délicieusement bon.

Pendant ce temps, Faye disposait des cristaux dans toute la pièce. Cassie reconnut des grenats, des cornalines, des opales de feu et des tourmalines roses. Et Suzan portait un collier de cornalines assorti à sa flamboyante chevelure. Tandis que Faye arborait encore plus de rubis étoilés que d'habitude.

Deborah éteignit les lampes et alla traficoter la stéréo. La musique qui s'éleva, alors, ne ressemblait à rien de ce que Cassie avait déjà entendu. C'était un son grave et syncopé, une sorte de pulsation primale qui paraissait battre en elle comme un cœur. Ça commençait tout doucement, mais ça semblait monter imperceptiblement…

— Bon, dit Faye, en se campant au milieu de la pièce pour juger du résultat. Pas mal. Je vais chercher les verres.

Cassie jeta à son tour un regard circulaire. Une impression de… de chaleur. Oui, c'était chaleureux, et plutôt engageant. Surtout quand on pensait au temps qu'il faisait dehors, par cette froide nuit d'octobre. Les bougies et le feu répandaient une douce lumière rosée qui flattait le teint. La musique douce et sourdement rythmée faisait vibrer l'atmosphère. L'encens, épicé et entêtant, avait quelque chose de discrètement sensuel et l'imperceptible fumée qu'il dégageait créait une ambiance feutrée. Une sorte de léger brouillard flottait dans la pièce la nimbant de mystère.

« Ça rappelle un peu les fumeries d'opium, dans les films », songea Cassie, juste au moment où Faye réapparaissait avec un plateau d'argent.

Cassie ouvrit de grands yeux. Elle s'était attendue à… eh bien, à un pack de canettes de soda, peut-être – ou de quelque chose de beaucoup plus corsé que ça, connaissant Deborah. Elle aurait dû se douter que Faye ne s'abaisserait pas à proposer quoi que ce soit d'aussi trivial. Quelle faute de goût ! Non, sur le plateau d'argent, étaient disposés une carafe et huit petits verres de cristal taillé. La carafe était à moitié pleine d'un liquide rouge rubis translucide.

— Allez, tout le monde s'assied, décréta Faye, en remplissant quatre des petits verres. (En voyant le regard soupçonneux de Cassie, elle sourit.) Il n'y a pas une goutte d'alcool dedans. Essaie, tu verras bien. Oh ! allez !

Cassie prit une toute petite gorgée. Ça avait un très léger goût sucré. Et puis elle eut soudain une bouffée de chaleur qui la submergea jusqu'au bout des doigts.

— Qu'est-ce qu'il y a là-d'dans ? demanda-t-elle, en examinant le contenu de son verre.

— Oh ! un peu de ci, un peu de ça. C'est... stimulant, non ?

— Han han, acquiesça Cassie, en buvant une deuxième gorgée.

— Et maintenant, annonça Faye avec un sourire plein de malice, on va pouvoir jouer à Pizza Man.

Il y eut comme un blanc dans le texte. Et puis, Cassie répéta d'un ton incertain :

— Pizza Man ?

— Pizza Man ou Le Livreur Livré, gloussa Suzan.

— Autrement connu sous le nom de Kleenex Man ou Comment les mecs se font avoir en beauté, lui expliqua Deborah, avec un rictus sardonique.

Elle s'apprêtait déjà à poursuivre, quand Faye lui coupa la parole :

— Tu vas lui gâcher la surprise ! Il ne faut pas lui dire comment on fait. Il faut juste... lui montrer, chantonna-t-elle d'un ton enjoué. Où est le téléphone ?

Deborah lui tendit un combiné sans fil.

— Suzan, je t'écoute, reprit Faye.

L'intéressée consulta les pages jaunes quelques secondes, puis annonça un numéro que Faye composa en même temps sur le clavier de son téléphone.

— Allô ?... Je voudrais commander une grande pizza pepperoni, olives, champignons, demanda-t-elle aimablement. (Elle donna son adresse et son numéro.) C'est ça, La Nouvelle-Salem. Pouvez-vous me dire dans combien d'temps ?… Parfait, merci. Au revoir.

Elle raccrocha et releva les yeux vers Suzan.

— Suivant.

Et, à la stupéfaction de Cassie, elle recommença le même scénario.

Six fois.

Si bien qu'à la fin, Faye avait commandé sept grandes pizzas, et toutes avec la même garniture. Déjà un peu étourdie par les odeurs d'encens, Cassie se demanda combien de gens Faye avait l'intention d'inviter à manger, exactement.

— Mais qui vient à cette soirée ? chuchota-t-elle à l'oreille de Suzan. Tout le chœur de l'église du Saint-Sauveur ?

Suzan pouffa.

— J'espère bien qu'non ! C'est pas vraiment des enfants d'chœur qu'on cherche !

— Ça suffit ! lui intima Faye. Attends un peu, Cassie. Tu vas voir.

Quand le carillon de l'entrée sonna pour la première fois, Faye, Suzan et Deborah se dirigèrent vers une petite pièce, près de l'entrée, pour regarder par la fenêtre. Cassie les imita. Le spot extérieur éclairait un jeune homme avec une boîte en carton dans les mains.

— Hmm, pas mal, commenta Faye. Pas terrible, mais pas mal.

— Il me plaît bien, à moi, frétilla Suzan. Vous avez vu cette carrure. Allez ! On l'prend.

Et, sur ces bonnes paroles, elles sortirent toutes les trois dans le hall. Cassie leur emboîta le pas.

— Bonsoir ! lança Faye, en ouvrant la porte. Ça ne vous dérange pas d'entrer deux minutes et de la déposer par ici ? J'ai laissé mon sac dans le salon.

Sous le regard incrédule de Cassie, les trois filles accompagnèrent le livreur de pizzas jusque dans l'enveloppante chaleur de la splendide pièce parfumée. Elle le vit cligner des yeux en y pénétrant, puis carrément rester bouche bée.

Deborah lui prit la pizza des mains.

— Vous savez, lui susurra Faye, en mordillant son stylo d'un air faussement ingénu, le chéquier à la main, vous avez l'air un peu fatigué. Pourquoi ne pas vous asseoir un instant ? Vous voulez boire quelque chose ?

Déjà, Suzan lui remplissait un verre de liquide rubis. Elle le lui tendit avec un sourire. Le garçon se mouilla les lèvres. Il avait tout du type qui croit rêver. Cassie pouvait le comprendre. Il n'y avait probablement pas un garçon au monde qui pouvait résister au charme de Suzan, avec son halo de cheveux flamboyants et son tee-shirt décolleté, alors qu'elle lui tendait un verre de cristal miroitant. Suzan n'eut qu'à se pencher un peu plus pour que le garçon vide son verre d'un trait.

Faye et Deborah échangèrent un regard entendu.

— Je vais garer sa voiture derrière, chuchota Deborah, avant de quitter la pièce.

— Je m'appelle Suzan, disait, pendant ce temps, la vaporeuse rousse, en se calant dans les coussins du profond canapé, à côté du jeune homme brun. Et toi ?

À peine Deborah était-elle de retour que le carillon de l'entrée retentissait.

10

— Planquez-vous ! s'écria Deborah, tandis qu'elles épiaient de nouveau le perron éclairé, par la fenêtre.

Le deuxième livreur de pizzas était maigre, avec des cheveux gras et des joues rongées d'acné.

Faye était déjà dans l'entrée.

— Une pizza ? Quelle pizza ? On n'a jamais commandé de pizza. Qu'est-ce vous voulez que ça m'fasse que vous ayez téléphoné pour confirmer ? Vous pouvez la remporter.

Et elle lui claqua la porte au nez. Après quelques minutes à tourner en rond sur le perron, le garçon s'en alla.

Il démarrait sa camionnette de livraison, quand une deuxième se gara derrière lui. Le grand blond avec une boîte en carton carrée dans les mains ne semblait pas pouvoir s'empêcher de regarder la camionnette de son concurrent s'éloigner en montant les marches du perron.

— Ah ! voilà qui est mieux ! approuva Faye.

Lorsqu'elles emmenèrent le grand blond dans le salon, Suzan et le baraqué étaient étroitement enlacés dans le canapé. Quand ils se détachèrent l'un de l'autre, le garçon avait toujours cette même expression rêveuse. Faye servit un verre au nouvel arrivant.

Dans l'heure qui suivit, le carillon sonna encore quatre fois et elles sélectionnèrent deux autres livreurs. Suzan partagea ses attentions entre le baraqué et un petit nouveau aux pommettes saillantes qui disait être à moitié Cherokee. L'autre nouveau – qui semblait plus jeune que les précédents – posa le doux regard de ses yeux de velours sur Cassie et, quoiqu'un peu nerveux, vint s'asseoir à côté d'elle.

— C'est zarb', ici, commenta-t-il, en examinant la pièce, avant de boire une deuxième gorgée de liquide rubis. C'est trop zarbi... J'comprends pas c'qui s'passe. J'ai d'autres livraisons à faire... (Et puis il s'exclama tout à coup :) P'tain ! T'es superjolie !

« "P'tain" ? se dit Cassie. Houla ! Oh-mon-Dieu ! »

— Merci, répondit-elle d'un air contraint, en jetant autour d'elle un coup d'œil affolé qui signifiait clairement « À l'aide ! »

Mais elle n'avait aucune aide à espérer de personne. Les lèvres entrouvertes, débordante de sensualité, Faye faisait monter et descendre une longue griffe écarlate sur le bras du grand blond. Suzan avait pratiquement disparu dans le canapé avec un admirateur de chaque côté. Les yeux plissés, la moue dédaigneuse, assise à califourchon sur l'accoudoir d'un fauteuil rembourré, Deborah semblait surveiller la scène avec un mépris souverain.

— J'peux mettre mon bras là ? demanda, d'une voix hésitante, le garçon aux yeux de velours, en faisant le geste de lui passer le bras autour des épaules.

demandé ce que Faye allait lui faire. Mais, maintenant, elle était sauvée !

La voix de Faye l'arrêta dans son élan, juste au moment où elle franchissait le seuil. La brune incendiaire attendit d'avoir toute son attention avant de parler.

— La prochaine fois, peut-être..., lui lança-t-elle, d'un ton lourd de sous-entendus.

Déjà, Cassie s'éloignait de la maison de Faye. Elle en avait des frissons partout. Elle ne rêvait plus que d'une seule chose : rentrer, se sentir en sécurité...

— Hé ! Attends deux s'condes !

Elle s'arrêta à contrecœur et, prenant son courage à deux mains, se retourna, prête à se défendre.

En quelques enjambées, la démarche légère et le pas assuré – comme toujours –, Deborah l'avait rejointe. Les boucles brunes, qui encadraient sa ravissante frimousse de sauvageonne, lui tombaient dans les yeux. Elle avançait pourtant la tête haute, pointant le menton en avant – comme toujours. Mais son expression n'avait rien d'hostile.

— J'm'en vais aussi. Tu veux que j'te dépose ?

Cassie fut aussitôt assaillie de visions : la dernière fois qu'on l'avait « déposée ». Mais elle n'avait pas vraiment envie de dire non à Deborah. Après la menace que Faye lui avait lancée à mots couverts, quand elle était partie, elle se sentait toute petite, abandonnée, vulnérable... comme quelque chose que l'on peut facilement écraser. Et puis... eh bien, ce n'était pas si fréquent que Deborah fasse une telle proposition.

— O.K., merci, lui répondit-elle, après une perceptible hésitation.

Elle ne demanda pas à Deborah où elle avait caché leurs casques. La motarde n'aurait sans doute pas apprécié la question.

Cassie n'avait jamais fait de moto avant. Quand elle grimpa dessus – tant bien que mal –, l'engin lui parut plus massif qu'il ne l'avait semblé de loin. Et, quand elle fut assise à l'arrière de la selle, bien installée sur les cale-pieds, elle fut surprise de la sensation de stabilité qu'on éprouvait. Elle n'avait plus peur de se retrouver par terre au premier tournant. C'était déjà ça.

— Tiens-toi à moi, lui intima Deborah.

Et, dans un rugissement d'enfer, elles décollèrent.

C'était incroyablement grisant comme sensation, cette impression de… de voler dans les airs. Comme des sorcières sur leurs balais. Le vent lui fouettait le visage et lui ébouriffait les cheveux. Il lui envoyait les cheveux de Deborah dans la figure et elle n'y voyait plus rien.

Quand Deborah accéléra, elle commença à trouver ça moins amusant. Carrément flippant, en fait. Jamais elle n'était allée aussi vite de toute sa vie, elle en était sûre. Le vent était devenu glacial et lui écrasait les joues. Elles fonçaient dans la nuit, bien au-delà de la vitesse autorisée sur une route de campagne. Elles avaient déjà laissé les maisons de Crowhaven Road loin derrière. Cassie ne pouvait plus ni respirer ni parler. Elle ne percevait plus que le vent, les cahots de la route et une sensation de vitesse hallucinante.

« J'vais mourir », se dit-elle. Mais elle s'en fichait un peu, en fait. Pour vivre un truc aussi électrisant, ça valait presque le coup. Elle était persuadée que Deborah ne réussirait pas à négocier le prochain virage.

— Cool ! lui cria la motarde. Cool ! Résiste pas quand j'me penche.

Comment être « cool » quand on plongeait dans les ténèbres à plus de cent cinquante à l'heure ? Et puis, elle trouva la réponse : il suffisait de se laisser aller, de s'abandonner. Cassie se résigna à son sort et laissa le vent et la vitesse l'emporter. Son stress disparut alors comme par enchantement. Il ne restait plus que l'ivresse.

Elle eut vaguement conscience qu'elles retournaient vers Crowhaven Road, qu'elles passaient devant la maison de Diana, puis devant toutes les autres. Elles dépassèrent la maison de sa grand-mère en trombe et déboulèrent dans le cul-de-sac, au bout du promontoire, en prenant un virage à la corde, à ras de la falaise. Et puis elles se mirent à tourner en rond, en projetant des nuages de poussière.

Cassie vit la falaise arriver sur elle à toute allure et enfouit son visage dans le blouson de Deborah. Et puis, elles se penchèrent à en toucher le sol, ralentirent et s'arrêtèrent dans une ultime volte.

— Alors ? lui demanda Deborah, quand le monde fut redevenu à l'endroit. Comment c'était ?

Cassie releva la tête et s'obligea à desserrer les doigts. Elle était glacée, de la racine des cheveux à la pointe des pieds. À croire qu'elle sortait du congélateur. Elle ne sentait plus ni ses joues, ni ses lèvres, ni ses oreilles, ni son nez et elle avait un casque à pointes sur la tête.

— C'était génial, haleta-t-elle. Comme si on volait.

Deborah éclata de rire, sauta à terre et lui donna une petite tape dans le dos. Et puis elle l'aida à descendre. Secouée d'irrépressibles tremblements, Cassie claquait des dents.

— Viens voir, lui lança Deborah, en s'approchant du bord de la falaise.

Elle la suivit. Là-bas, tout en bas, les eaux noires explosaient sur les rochers dans une gerbe d'écume. Elle se disait que ça faisait tout de même une sacrée plongée.

Mais c'était tellement beau, en même temps. Au-dessus de la vaste étendue grise de l'océan, un croissant de lune – une demi-lune presque – était accroché au drap noir de la nuit. Il projetait une longue traînée de lumière à la surface de l'eau, un chemin d'argent fendant les ténèbres.

— On dirait une route, murmura Cassie, entre deux claquements de dents. Comme si on pouvait rouler dessus.

Elle coula alors un coup d'œil vers Deborah. Elle ne savait pas comment la motarde allait prendre ce genre de « délire » – ce serait sans doute le mot qu'elle emploierait. Mais Deborah hocha la tête, ses petits yeux plissés toujours rivés à la route d'argent.

— Alors là, ce s'serait le top du top. Foncer droit dans l'vide et décoller du bord direct. J'parie que c'était ça qu'elles cherchaient, les premières sorcières : voler.

Deborah ressentait la même chose qu'elle. Elle avait beau frissonner de partout, ça lui fit chaud au cœur. Elle comprenait mieux, maintenant, pourquoi Deborah faisait de la moto.

— On f'rait mieux d'y aller, déclara brusquement la motarde.

En revenant vers le deux roues, Cassie trébucha sur quelque chose et tomba à genoux. Elle se retourna et s'aperçut qu'elle avait buté sur ce qui devait être une brique ou un parpaing.

— J'ai oublié d'te dire : il y avait une maison, ici, avant, lui lança Deborah, en la voyant se relever. Ça fait un moment qu'elle a été détruite, mais il reste des bouts d'fondations.

— Eh bien, je crois que je viens d'en trouver un, grommela Cassie, en se frottant les genoux.

Elle se détournait déjà quand elle remarqua quelque chose à côté de la brique. Ça lui avait attiré l'œil parce que c'était encore plus noir que le sol et ça scintillait légèrement, dans la clarté lunaire.

Ça ressemblait à un gros caillou. Elle le souleva. Ouah ! c'était drôlement lourd. Et ça brillait effectivement : la surface, parfaitement lisse, reflétait le clair de lune comme un miroir. Un miroir noir.

— De l'hématite, l'informa Deborah, qui était revenue sur ses pas pour voir ce qu'elle faisait. Puissant, comme pierre – la force du fer, comme dit Mélanie. (Elle s'agenouilla à côté de Cassie et repoussa d'un geste agacé les boucles qui lui tombaient dans les yeux.) Hé ! s'exclama-t-elle tout à coup. Mais c'est ton cristal, Cassie ! Ton cristal de sorcière !

Une vague d'excitation, qui semblait provenir de la pierre elle-même, la parcourut de part en part. Quand elle serrait l'hématite, elle avait pourtant l'impression de tenir un glaçon. Elle n'en éprouvait pas moins tous les trucs que Mélanie lui avait décrits, tout ce qu'elle était censée ressentir quand elle trouverait son cristal de prédilection : il épousait parfaitement sa paume et il semblait y trouver naturellement sa place. Elle aimait bien cette façon qu'il avait de peser dans sa main. Pas de doute, il était fait pour elle. C'était son cristal à elle, rien qu'à elle !

Euphorique, elle leva la tête vers Deborah, un sourire radieux aux lèvres. Et, dans la froide clarté lunaire, la fière rebelle lui rendit son sourire.

Ce fut seulement quand elle déposa Cassie au numéro 12 qu'elle lui balança :

— Paraît qu't'es v'nue voir Nick, hier…

— Oh ! euh… hum ! s'étrangla Cassie.

Cette entrevue avec Nick, dans son garage, lui semblait déjà à des années-lumière.

— Euh, je suis pas allée le... le voir, bégaya-t-elle. Je n'faisais que passer...

Deborah haussa les épaules.

— En tout cas, j'voulais t'dire : il a ses humeurs, comme tout l'monde, mais c'est pas pour ça qu'il faut lâcher l'affaire. Y a des jours où il peut être cool.

— Euh... eh bien... je n'voulais pas..., bredouilla-t-elle, carrément sciée – Deborah ? Parler de Nick avec elle ? Elle n'en revenait pas. Eh bien, euh, merci. Mais je cherchais pas vraiment à...

Elle ne savait plus comment s'en sortir. De toute façon, Deborah ne la laissa pas finir.

— C'est ça. À plus. Et la perds pas, cette pierre, hein !

Et, les cheveux au vent, la motarde disparut en un éclair, dans un nuage de poussière.

Une fois dans sa chambre, Cassie sentit la fatigue lui tomber dessus comme une masse. Elle avait les jambes encore flageolantes, après toutes ces émotions. Elle resta pourtant longtemps allongée dans son lit à contempler l'hématite, la tournant d'un côté et de l'autre pour faire jouer la lumière sur le miroir noir. « La force du fer », songeait-elle.

Rien à voir avec la rose de calcédoine que lui avait donnée Adam. Contrairement à la petite pierre bleue, elle ne lui procurait ni chaleur ni réconfort. Cela dit, la calcédoine était tellement associée à Adam et à ses yeux bleu-gris, dans son esprit... C'était Diana qui avait la rose de cristal, à présent. Et c'était Diana qui avait Adam.

Alors qu'elle, Cassie, avait une pierre qui apportait une étrange froideur à ses réflexions, une froideur qui semblait la pénétrer jusqu'au cœur. « La force du fer », se dit-elle encore. L'idée lui plaisait assez.

— … donc, Cassie pense que chaque disparition – y compris celle de Kori – est liée au crâne et à la façon dont les puritains exécutaient leurs contemporains, disait Diana. (Elle balaya du regard les visages autour d'elle.) Et, maintenant, c'est à nous d'agir, de trouver la parade.

Cassie observait Faye. Elle voulait voir la réaction qui se peindrait dans ces étranges yeux d'or, sous le couvert de leurs lourdes paupières, quand Diana expliquerait que l'énergie négative, libérée pendant le rituel du crâne, avait tué Jeffrey. Elle ne fut pas déçue : lorsque Diana en vint à cet épisode, Faye lui lança un coup d'œil. Mais elle n'y lut aucun remords, aucune culpabilité. Bien au contraire, c'était un regard complice, un regard qui signifiait : « On est les seules à savoir, toi et moi. Et, si tu sais tenir ta langue, je saurai tenir la mienne. »

« Pas si bête », lui télégraphia, à son tour, Cassie, des étincelles meurtrières dans les prunelles.

Faye sourit.

Ce dimanche soir, ils s'étaient tous réunis sur la plage. Diana n'avait pas réussi à tirer grand-chose de son *Livre des Ombres.* Elle n'avait pas trouvé de recette miracle pour contrôler des objets magiques aussi maléfiques que le crâne. Elle en appelait donc à la bonne volonté de tous. Elle avait besoin d'aide.

C'était la première véritable assemblée du Cercle en trois semaines – depuis que M. Fogle avait été retrouvé mort à Devil's Cove, en fait. Cassie passa en revue les visages qui disparaissaient dans les grosses vestes à capuche, les bonnets enfoncés jusqu'aux yeux et les épaisses écharpes, en se demandant ce qui pouvait bien se passer dans la tête de chacun – même les gens du coin s'emmitouflaient, par ce temps de chien.

Fidèle à elle-même, Mélanie avait l'air grave et cogitait, comme si elle ne croyait pas plus aux hypothèses de Cassie qu'elle ne les rejetait, toute prête qu'elle était à les soumettre à des tests scientifiques pour en juger. Laurel avait juste l'air atterrée. Suzan examinait les coutures de ses gants. Deborah faisait la tête. Elle était toujours aussi convaincue que c'étaient « ceux de l'extérieur » qui avaient tué Kori et elle ne voulait pas en démordre. Nick… eh bien, qui pouvait dire ce que Nick pensait ? Sean se rongeait les ongles.

Les frères Henderson étaient très remontés. Pendant un instant, Cassie crut qu'ils allaient se défouler sur Adam, l'accuser d'avoir causé la mort de leur sœur. Et puis, tout à coup, Doug prit la parole :

— Ben'lors, qu'est-ce qu'on fout encore assis là ? Filez-le-moi, le crâne. J'vais m'en occuper, moi, gronda-t-il, montrant les dents.

— Ouais, on n'a qu'à l'filer à Doug, approuva Sean.

— On ne peut pas le détruire, Doug, lui rappela patiemment Mélanie.

— Ah ouais ? railla Chris, bravache. Collez-lui une de nos bombes maison sous l'menton, vous allez voir !

— On ne verra rien du tout, lui répondit Mélanie. Les crânes de cristal sont indestructibles. C'est écrit dans tous les grimoires des anciens. Il s'en sortirait sans une égratignure.

— Et il n'existe malheureusement aucun endroit assez sûr où l'enfermer, renchérit Diana. Je peux aussi bien vous le dire : je l'ai enterré quelque part et, hier, j'ai jeté un sort de protection qui m'avertira si quelqu'un s'en approche. Il est absolument vital que le crâne reste enfoui.

Cassie en avait mal au ventre. Diana passait le groupe en revue, arrêtant successivement son regard sur Deborah, sur

Faye et sur les frères Henderson. « Ça n'lui viendrait jamais à l'esprit de me soupçonner, moi », songeait Cassie. Rien que d'y penser, ça la rendait encore plus malade.

— Pourquoi on l'rapporte pas sur son île ? demanda subitement Suzan – démontrant, par là même, qu'elle écoutait, finalement.

Tranquillement assis à sa place – à côté de Diana –, son beau visage rieur anormalement maussade, Adam lui répondit :

— Parce que l'île en question ne nous en protégera pas. Plus maint'nant. Dès que j'ai déterré le crâne, le sort de protection a été rompu.

— Un peu comme dans ces anciens tombeaux égyptiens sur lesquels ils avaient jeté une malédiction, intervint Laurel. Une fois qu'on a violé la tombe, on ne peut plus revenir en arrière.

La bouche d'Adam s'incurva en une moue sinistre.

— C'est ça. Et on n'a pas les pouvoirs de jeter un nouveau sort assez puissant pour le contrôler. Ce crâne est maléfique, insista-t-il. Si maléfique que l'enfouir dans le sable ne sert à rien, si ce n'est à empêcher qu'il ne soit activé – pour le moment. Mais il n'existe aucun moyen de le purifier, dit-il, en se tournant vers Laurel. Aucun moyen de le détruire (il se tourna vers les frères Henderson) et aucun endroit où l'enfermer pour nous en protéger, conclut-il, en se retournant vers Suzan.

— Eh bien alors, qu'est-ce qu'on peut faire ? s'impatienta Deborah.

Et Sean couina à sa suite :

— Ben ouais, qu'est-ce qu'on en fait ?

— On met notre mouchoir par-dessus et on passe à autre chose ? suggéra Faye, avec un sourire alangui.

Adam lui décocha un regard noir.

— Adam pensait qu'on pourrait recommencer à chercher l'énergie négative avec un pendule, pour voir si on n'obtient pas d'autres pistes, proposa Diana. Qu'est-ce que tu en dis, Cassie ?

Elle dévisageait son amie. Cassie serra les poings. Si jamais ils traquaient l'énergie négative et que ça les menait directement là où elle s'était échappée en dernier... Faye avait les yeux braqués sur elle, une dangereuse lueur dans les prunelles. Elle attendait que Cassie rejette catégoriquement cette proposition. Mais Cassie avait déjà sa petite idée sur la question.

— Je crois qu'on devrait essayer, répondit-elle à Diana, d'une voix égale.

Le regard de Faye flamboya de colère. Mais elle ne pouvait rien dire, de toute façon.

Diana hocha la tête.

— Bon. Dans ce cas, autant nous y mettre tout de suite. Ça fait un bon bout de chemin jusqu'au cimetière. Alors, je me disais qu'on pourrait plutôt tenter de retrouver la piste dans les environs. On va aller sur Crowhaven Road et on verra bien si on trouve une trace à suivre.

Cassie sentait son cœur cogner contre ses côtes, quand ils quittèrent la plage. Elle plongea la main dans sa poche pour toucher la surface froide et douce du morceau d'hématite. « La force du fer » : exactement ce dont elle avait besoin en ce moment.

— T'es dingue ou quoi ? siffla une voix de vipère à son oreille, tandis qu'ils escaladaient la falaise pour remonter vers la route. (Faye attrapa Cassie, lui broyant le bras pour la retenir en arrière.) Tu sais où elle va, cette piste ?

Cassie s'arracha violemment à son emprise.

— Fais-moi confiance, souffla-t-elle.

— Quoi ? s'étrangla l'autre.

Cassie pivota d'un bloc pour affronter la grande brune.

— J'ai dit : « Fais-moi confiance » ! Je sais c'que j'fais. Pas toi.

Et, sur ces bonnes paroles, elle se retourna pour poursuivre l'ascension de la falaise. « La force du fer », se dit-elle, un peu sonnée par sa propre réaction. Ouah ! il y avait vraiment des moments où elle s'impressionnait.

Elle n'en eut pas moins du mal à respirer, quand Diana se campa au milieu de Crowhaven Road – devant le numéro 2 : chez Deborah – et leva le péridot pendu au bout de sa chaîne.

Cassie le regarda et sentit la concentration de tous les autres autour d'elle. Elle s'attendait à le voir décrire des cercles.

Et c'est ce qu'il fit… au début. La chaîne s'entortilla dans un sens, puis dans l'autre, comme les cordes d'une balançoire dans un jardin d'enfants. Mais, soudain, horrifiée, Cassie la vit commencer à se balancer d'avant en arrière, s'alignant exactement dans l'axe de Crowhaven Road. En arrière, vers le chemin qu'ils avaient emprunté la première fois, quand ils avaient finalement atterri au cimetière, et en avant, vers la pointe du promontoire.

Vers la maison de Faye.

Cassie crut que ses jambes se gélifiaient quand elle se força à suivre le groupe. Faye n'eut aucun mal à la retenir, cette fois.

— J'te l'avais bien dit ! pesta la brune incendiaire, du coin de la bouche. Et maintenant, Cassie ? Je te préviens, si cette piste mène chez moi, je ne tomberai pas toute seule.

Cassie serra les dents et lâcha d'une voix étouffée :

— Je croyais qu'on n'pourrait pas la détecter au niveau du sol. Cette énergie-là s'est échappée par le plafond de ta chambre, au premier, et elle filait droit vers le ciel. J'ai pensé qu'elle serait trop haut pour qu'on repère sa trace.

— Eh bien, tu t'es manifestement trompée, fulmina Faye.

Ils étaient en train de passer devant le numéro 3 – une maison vide. Et, maintenant, devant la maison de Mélanie. Celle de Laurel se profilait. Voilà, ils passaient devant. La maison de Faye était juste après.

Cassie crut qu'elle allait tomber dans les pommes. Elle ne se rendait même pas compte qu'elle s'agrippait au bras de Faye, le serrant aussi fort que Faye étreignait le sien. Elle s'attendait à voir le péridot changer brutalement de direction pour les conduire jusqu'à la porte des Chamberlain.

Mais Diana continuait.

Quel soulagement ! Soulagée, oui, elle l'était. Formidablement. Mais troublée aussi. S'ils n'allaient pas chez Faye, où allaient-ils donc ? Ils venaient de passer devant le numéro 7 – une autre maison vide. Ils passaient devant chez les Henderson, devant chez Adam, devant chez Suzan. Ils passaient devant chez Sean… « Oh ! Seigneur ! se dit Cassie, on va chez moi ! »

Mais ils avaient dépassé le numéro 12 aussi. Diana suivait toujours le balancement du pendule, les entraînant vers la pointe du promontoire.

Et, tout à coup, le péridot se remit à tourner en rond.

— C'est quoi, cette histoire ? s'étonna Laurel, en jetant un regard incrédule autour d'elle. Qu'est-ce qu'on fait là ?

Adam et Diana se regardaient. Et puis, dans un bel ensemble, ils se tournèrent vers Cassie qui s'avançait lentement, quittant l'arrière du groupe pour venir les rejoindre. Elle haussa les épaules.

— C'est l'emplacement du numéro 13, déclara Diana. C'est bien ça, Adam ? C'est la maison qui a été détruite ?

— J'ai entendu dire qu'elle avait brûlé, lui répondit l'intéressé. On n'était même pas nés.

— Non, non, ce n'est pas si vieux qu'ça, intervint Mélanie. Ça ne fait pas plus de seize ou dix-sept ans. Enfin, c'est ce qu'on m'a dit. Et, avant ça, la maison est restée vide pendant des siècles. Littéralement.

— Combien de siècles exactement ?

La voix de Cassie résonna, plus fort qu'elle ne l'aurait voulu. Bizarrement, elle s'aperçut que sa main s'était refermée sur le morceau d'hématite, dans sa poche, et le serrait à s'en écorcher les doigts.

Tous les membres du coven tournèrent les yeux vers elle, des yeux qui semblaient luire, dans la faible clarté lunaire.

— À peu près trois, l'informa Mélanie. C'était la maison de Black John. Personne n'y a vécu après sa mort, en 1696.

L'hématite lui brûla la paume d'un feu glacé.

11

— Hou ! C'est vraiment trop space pour moi, commenta Laurel en frissonnant.

— Mais ça nous dit quoi ? s'énerva Deborah.

— C'est juste un nouveau lien avec Black John, lui répondit Adam. À part ça, rien.

— Donc, c'est l'impasse, comme pour le cimetière, en conclut Faye, ravie.

Cassie avait l'impression qu'ils faisaient fausse route, mais elle n'aurait pas su expliquer pourquoi et préféra se taire. Il y avait autre chose qui l'inquiétait, qui l'inquiétait terriblement : le morceau d'hématite qui, à l'instant même, pesait dans sa poche aussi lourd qu'une étoile à neutrons… Or, il venait des ruines de la maison de Black John. Il lui avait peut-être même appartenu. Ce qui signifiait qu'elle devait en parler à Diana.

Les autres s'éparpillaient, se divisaient en petits groupes. Techniquement, l'assemblée était terminée. Cassie prit une profonde inspiration et se dirigea vers Diana.

— Je n'ai pas eu le temps d'en discuter avec toi avant, se lança-t-elle, mais je voulais te parler d'un truc qui est arrivé hier.

— Écoute, Cassie, tu n'as pas à m'en parler. Je sais que ça ne s'est pas passé comme Faye l'a raconté.

Prise au dépourvu, Cassie cligna des yeux.

— Qu'est-ce que Faye a raconté ?

— Ce n'est même pas la peine. Je sais que ce n'est pas vrai.

— Mais qu'est-ce qu'elle a dit ?

Diana avait l'air mal à l'aise.

— Elle a dit… que tu es allée chez elle, hier soir, jouer à… à un jeu quelconque.

— Pizza Man, articula distinctement Cassie. (Comme Diana écarquillait les yeux, elle ajouta :) Aussi appelé Le Livreur Livr…

— Je connais ce jeu, l'interrompit Diana, en la dévisageant d'un air incrédule. Mais je suis sûre que jamais tu n…

— Tu es sûre ? Comment tu peux en être si sûre ? s'énerva brusquement Cassie.

C'était insupportable, à la fin, cette confiance aveugle que Diana avait en elle. Elle ne se rendait donc pas compte qu'elle était mauvaise, foncièrement mauvaise ?

— Je te connais, Cassie. Je sais que tu ne ferais jamais une chose pareille.

Cette conviction, cette foi en son innocence l'agaça plus que tout. Elle devenait de plus en plus nerveuse. Elle sentait qu'elle était à deux doigts de craquer.

— Eh bien si, j'y étais, lui rétorqua-t-elle, avec une expression de défi dans les prunelles. Et je l'ai fait. Et… (elle se rapprochait de la cause de cette anxiété qui la rongeait) et tu ne sais pas de quoi je suis capable. J'ai déjà fait des choses…

— Allons, Cassie, calme-t…

— Mais je suis calme ! s'écria-t-elle, en reculant d'un pas chancelant, piquée au vif. Tu n'as pas à me dire de me calmer !

— Cassie, mais qu'est-ce qui t'arrive ?

— Rien. Je veux juste qu'on me fiche la paix !

Les yeux verts étincelèrent. Diana était fatiguée, elle le savait, et stressée. Et peut-être bien qu'elle aussi, elle était à deux doigts de craquer. Peut-être qu'il ne fallait pas trop tirer sur la corde non plus.

— Je vais te laisser tranquille, alors, lui dit posément Diana.

— C'est ça, lui répliqua Cassie, la gorge serrée et les yeux brûlants de larmes.

Elle ne voulait pas se disputer avec Diana. Mais toute cette douleur, cette rancœur… Il fallait bien que ça sorte, d'une façon ou d'une autre. Elle n'avait encore jamais imaginé ce que ça faisait, l'horreur que c'était de se voir ainsi parée de toutes les vertus, défendue bec et ongles par des gens certains d'avoir affaire à quelqu'un de bien, alors qu'on ne l'était pas.

Ses doigts cessèrent de se cramponner au morceau d'hématite. Au moment où elle se détournait, elle le laissa tomber au fond de sa poche et s'en alla. Elle resta à regarder les vagues se fracasser contre la falaise en contrebas.

Faye s'approcha, apportant avec elle l'odeur sucrée d'un parfum musqué.

— Montre-le-moi.

— Hein ?

— Je veux voir ce que tu as de si important dans la poche pour que tu t'y agrippes comme s'il risquait de t'échapper.

Cassie hésita. Mais ce parfum lui montait à la tête… Elle sortit la lourde pierre luisante.

Toujours face à l'océan, Faye l'examina.

— Un cristal d'hématite. Voilà qui n'est pas banal. (Elle le leva au clair de lune et émit une sorte de petit ricanement silencieux.) Est-ce que Mélanie t'a parlé de certaines des plus… singulières propriétés de l'hématite ? Non ? Eh bien, quoiqu'elle soit noire, vue de l'extérieur, si on la coupe en fines lamelles, on découvre qu'elles sont translucides et rouges. Et la poussière tombant de la pierre colore le liquide utilisé pour refroidir la meule qui la scie en un rouge si vif qu'on dirait du sang… D'où son nom de « pierre de sang », peut-être…

Elle la rendit à Cassie, qui la garda, un instant, posée sur sa paume pour la contempler. Mais peu importait d'où elle provenait, cette pierre noire qui pleurait du sang. C'était son cristal, désormais. Elle l'avait su à la seconde où elle l'avait vue. Comment pourrait-elle s'en séparer, maintenant ?

— Je l'ai trouvée ici, près des anciennes fondations de la maison brûlée, avoua-t-elle sans grand enthousiasme.

Les sourcils de Faye bondirent sur son front. Mais la belle brune se reprit aussitôt.

— Hmm… Eh bien… évidemment, en trois siècles, n'importe qui peut l'avoir laissée tomber là.

Une étrange sensation de soulagement mêlé d'excitation gagna Cassie.

— Oui, dit-elle. Évidemment. N'importe qui…

Elle rangea le cristal dans sa poche. Les yeux de Faye braqués sur elle luisaient dans l'ombre et Cassie se sentit hocher machinalement la tête. Elle n'aurait pas besoin de s'en séparer, finalement.

Adam hélait les autres pour les regrouper.

— Encore une chose, avant que tout l'monde s'en aille, déclara-t-il.

Il ne semblait pas avoir remarqué le petit drame qui s'était joué entre elle et Diana, quelques minutes plus tôt.

— J'ai une idée, annonça-t-il, quand le Cercle fut de nouveau réuni autour de lui. Je viens de réaliser que tout ce qui concerne, de près ou de loin, l'énergie négative se rapporte à la mort, aux morts : le cimetière ; cette espèce de fantôme qu'on a vu, Cassie, Deborah, Nick et moi sur le chemin, et même cet endroit – une maison brûlée construite par un mort. Et… eh bien, comme le week-end prochain, c'est Samain…

Un murmure parcourut le groupe.

— Enfin, Halloween, la Toussaint, le 1er novembre, la fête des Morts, etc., expliqua-t-il, en se tournant vers Cassie. Quel que soit le nom qu'on lui donne, en tout cas, c'est la nuit où les morts se lèvent. Et – je sais que ce serait peut-être dangereux mais – je crois qu'on devrait organiser un rituel, soit ici, soit au cimetière, pour Halloween. On verra bien qui on peut évoquer. (Il leva les yeux vers Diana.) Qu'est-ce que tu en penses ?

Seul un silence lui répondit. Diana semblait inquiète ; Mélanie, incertaine et Sean, carrément terrorisé. Doug et Chris avaient un sourire jusqu'aux oreilles et Deborah opinait du bonnet avec virulence. La tête penchée sur le côté, Faye semblait réfléchir. Le visage de marbre, les bras croisés, Nick se tenait debout, impassible. Seules Laurel et Suzan osèrent protester :

— Et la fête du lycée ? s'écria Laurel, au moment même où Suzan disait :

— Mais, samedi, c'est la Fête de Halloween ! J'ai déjà acheté mes pompes, moi !

— On organise toujours une grande fête pour Halloween, précisa Mélanie, s'adressant à Cassie. C'est une date très importante pour les sorcières et toujours un jour férié. Mais, cette année, Halloween tombe un samedi, en même temps que la fête du lycée. N'empêche, ajouta-t-elle, en se tournant vers les autres, je ne vois pas pourquoi on ne pourrait pas faire les deux. On pourrait quitter le gymnase vers onze heures et demie : on aurait encore plein de temps pour le rituel ici.

— Je crois que ça devrait se passer ici et pas dans le cimetière, intervint alors Diana. Ce serait vraiment trop dangereux : on pourrait se retrouver avec plus… d'invités que prévus.

Cassie repensa à la forme noire qu'ils avaient vue dans le cimetière avec Adam et les autres.

— Et qu'est-ce qu'on est censés faire avec ce qu'on réussira à… à invoquer – si on y arrive ? lança-t-elle – d'un ton un peu trop agressif peut-être.

— Parler, s'empressa de l'informer Adam. Autrefois, les gens appelaient les esprits des morts à Halloween et leur posaient des questions. Les esprits étaient obligés de répondre.

— C'est le jour où le voile qui sépare les deux mondes est le plus perméable, expliqua Laurel. Les morts viennent visiter les vivants, leurs parents, leurs amis. (Elle jeta un regard circulaire.) Je crois qu'on devrait faire le rituel.

Hochements de tête à la ronde, certains un peu hésitants, d'autres plus enthousiastes. Mais, en définitive, tout le monde acquiesça.

— Bien, conclut Adam. Rendez-vous à Halloween, alors.

Cassie trouvait bizarre qu'il accapare le rôle de chef du coven de cette façon. Et puis elle vit Diana, son expression. Diana avait tout de quelqu'un qui, en proie à une vive agitation, ne la contient qu'en prenant énormément sur soi. Pendant un instant, Cassie fut triste pour elle. Et puis ses propres conflits intérieurs, et les tourments qui allaient avec, remontèrent à la surface. Elle quitta l'assemblée aussitôt, sans même saluer Diana. Elle n'aurait pas pu lui décrocher un mot.

Même si les feuilles sont encore d'un joli jaune d'or et d'un beau rouge flamboyant, c'est dans les semaines précédant Halloween que le froid s'installe vraiment. Dans la chambre de Cassie, ça sentait la naphtaline : sa grand-mère avait sorti des armoires de vieux édredons pour les empiler sur son lit. Les dernières herbes avaient été cueillies et, sur les meubles, trônaient des bouquets d'asters mauves et de soucis. Tous les jours, Cassie trouvait sa grand-mère aux fourneaux, en train de cuire des tonnes de compote pour « faire des conserves pour l'hiver », tant et si bien que toute la maison embaumait la pomme et la cannelle.

Du jour au lendemain, des citrouilles étaient mystérieusement apparues sur le pas-de-porte de toutes les maisons de Crowhaven Road – seuls Cassie et les Henderson savaient d'où elles venaient.

Les choses ne s'étaient pas améliorées avec Diana.

La partie qui, au fond d'elle, se rongeait de culpabilité savait bien pourquoi. Ce n'était pas qu'elle voulait vraiment se fâcher avec Diana. Mais c'était tellement plus facile de ne pas devoir s'occuper d'elle tout le temps. Ne plus avoir à parler constamment avec elle, à aller tous les jours chez elle, lui permettait de ne plus avoir à penser au mal que ça lui ferait, si Diana découvrait un jour la vérité. Les honteux secrets, que Cassie traînait désormais comme un boulet, la blessaient moins quand Diana n'était pas là pour les lui rappeler.

Alors, quand Diana essaya de recoller les morceaux, Cassie se montra polie, mais sans plus. Un peu distante même. Et, quand Diana lui demanda pourquoi elle lui en voulait encore, Cassie lui répondit qu'elle ne lui en voulait pas. Pourquoi elle lui en voudrait ? Mais est-ce qu'elle ne pouvait donc pas arrêter de toujours chercher la petite bête ? Après ça, Diana n'y revint pas.

Cassie avait l'impression qu'une fine carapace – fine, mais d'acier trempé – peu à peu, la recouvrait.

Elle repensait à ce que Deborah lui avait dit : que Nick avait ses humeurs, mais que ce n'était pas une raison pour « lâcher l'affaire ». Il était hors de question qu'elle retourne voir Nick pour lui demander d'être son cavalier, ça c'était clair. Enfin, pour l'ancienne Cassie, du moins. Mais une nouvelle Cassie semblait maintenant avoir pris le relais, une Cassie plus forte, plus dure – vue de l'extérieur, en tout cas. Et il fallait absolument qu'elle fasse quelque chose parce qu'elle n'en pouvait plus de souffrir en pensant à Adam, toutes les nuits, et elle avait peur de ce qui risquait d'arriver, si elle se rendait toute seule à la fête du lycée.

La veille de Halloween, elle se représenta donc devant le garage de Nick.

La fameuse voiture de collection avait toujours tout d'un squelette de ferraille sur cales. L'intégralité du moteur avait été sortie et posée sur une sorte de table sans fond confectionnée avec des tuyaux. Et, sous la table, se trouvait... Nick.

Cette fois, Cassie se garda bien de lui demander ce qu'il faisait. Elle vit son regard s'arrêter sur ses pieds puis, lentement, remonter. Et puis, il sortit sous la table en glissant sur le dos et se leva.

Il avait les cheveux ébouriffés et le front luisant de sueur. Il s'essuya d'un revers de main graisseuse. Et puis il resta planté là, à la regarder, sans broncher.

Cassie ne se laissa pas le temps de réfléchir. Focalisant toute son attention sur une tache d'huile qui maculait son tee-shirt, elle débita d'une traite :

— Tu-vas-à-la-Fête-de-Halloween-demain ?

Il y eut un long – mais alors mégalong – silence. Cassie gardait les yeux braqués sur la tache d'huile, alors que Nick avait les yeux braqués sur elle. Elle parvenait à discerner des relents de graisse, de métal chaud, de caoutchouc et même une très légère odeur d'essence. Elle avait la sensation d'être suspendue dans le vide.

Et puis Nick répondit :

— Non.

Et tout s'écroula autour d'elle. Enfin ce fut ce qu'elle ressentit et, bizarrement, ça lui donna le courage de lever les yeux vers Nick.

— Ah ! lâcha-t-elle platement.

« Oh mais quelle idiote ! Quelle idiote ! » se maudit-elle intérieurement. La nouvelle Cassie était aussi nulle que l'ancienne. Elle n'aurait jamais dû venir.

— J'vois pas en quoi ça t'regarde, déjà, lui balança alors Nick, avant d'ajouter : Ça a à voir avec Conant, hein ?

Cassie se raidit.

— Avec Adam ? Mais de quoi tu parles ? Quel rapport il peut bien y avoir entre le fait que je t'invite à une soirée et Adam ?

Mais elle sentait bien le sang lui monter au visage.

Nick hocha la tête.

— C'est bien c'que j'pensais. T'es grave accro. Et tu veux pas qu'il le sache, alors tu cherches un remplaçant, hein ? À moins que tu cherches à le rendre jaloux ?

Elle avait le feu aux joues, à présent, mais plus brûlantes encore étaient sa rage et son humiliation. Ah ça ! elle ne pleurerait pas devant Nick ! Elle ne pleu-re-rait pas.

— Pardon de t'avoir dérangé, articula-t-elle d'une voix monocorde, avant de se retourner, raide comme un piquet, l'estomac noué.

— Attends une seconde !

Les yeux rivés au feuillage écarlate d'un érable rouge, de l'autre côté de la rue, Cassie continua à marcher pour enfin replonger dans la lumière blonde d'un doux soleil d'octobre.

— Attends ! répéta Nick, plus près.

Il l'avait suivie.

— À quelle heure tu veux que j'passe te prendre ?

Cassie fit volte-face, sciée.

Ouah ! C'est vrai qu'il était drôlement beau ! Mais tellement froid… même maintenant. Il avait l'air complètement indifférent, blasé. Le soleil accrochait des reflets bleutés à ses cheveux noirs et son visage aux traits parfaits semblait sculpté dans la glace.

— Je ne veux plus y aller avec toi, lui répondit-elle, d'un ton morne.

Et elle fit demi-tour.

Il lui barra la route.

— Désolé pour c'que j'ai dit comme quoi tu voulais rendre Conant jaloux. C'était juste… (Il se tut et haussa les épaules.) J'le pensais pas. Je sais pas c'que c'est qu'cette histoire et c'est pas mon problème. Mais j'aimerais bien aller à la fête avec toi.

« J'hal-lu-cine ! pensa Cassie. C'est pas possible autrement. Je crois que je viens d'entendre Nick me faire des excuses… Et puis me dire qu'il aimerait… que lui, Nick, aimerait venir avec moi : j'dois être malade. »

— Alors, à quelle heure tu veux qu'je vienne te chercher ?

Elle avait du mal à respirer.

— Euh… vers huit heures, ce serait bien, bredouilla-t-elle d'une voix à peine audible. On se déguise toutes chez Suzan.

— O.K. On s'voit là-bas.

Le soir de Halloween, dans la maison « néogrecque de mauvais goût » de Suzan, Cassie et les filles de Crowhaven Road se préparaient pour la fête. Cette soirée était bien différente de celle qui avait précédé la Fête de la Rentrée. Déjà, Cassie savait comment s'y prendre : Suzan lui avait appris à se maquiller. En échange, Cassie l'avait aidée à trouver son costume.

Elles avaient toutes pris un bain avec des feuilles de sauge fraîche : ordre de Laurel pour « accroître leurs pouvoirs médiumniques ». Cassie s'était aussi baignée dans du lait de roses – eau de rose et lait d'amande douce – pour avoir une peau de velours délicatement parfumée. Sa grand-mère lui avait prodigué des conseils pour créer et confectionner son déguisement – essentiellement à base de fins rectangles de voile moiré.

Au final, quand Cassie se regarda dans la psyché, elle vit une fille, fine et souple comme une flamme, qui semblait nimbée d'un halo nébuleux légèrement irisé, une fille d'une insaisissable et mystérieuse beauté. Sa mousseuse chevelure, couleur topaze fumé, auréolait son visage aux traits délicats et, comme elle l'examinait, des roses parurent éclore sur ses joues d'opaline.

Elle dégageait quelque chose de doux, de sensuel qui appelait la caresse. Mais ce n'était pas grave puisqu'elle serait avec Nick. Elle se mit un peu de parfum derrière les oreilles – rien de magnétique, cette fois : une simple essence de rose – et rejeta ses cheveux en arrière. Certes, il flottait une certaine mélancolie dans le bleu myosotis de ses prunelles, mais qu'est-ce qu'elle aurait pu y faire ? Il n'y avait pas de remède. Il n'y en aurait jamais. Aucun.

Elle n'avait pas ajouté de cristal pour renforcer son pouvoir de séduction, seulement le morceau d'hématite – pour « la force du fer » – qu'elle avait glissé dans une poche, sous son costume.

— T'es en quoi ? lui demanda Deborah, qui regardait dans le miroir par-dessus son épaule.

— En muse. C'est un truc de la Grèce antique. Ma grand-mère m'a montré une illustration dans un livre. Les Muses n'étaient pas des divinités, juste des sortes de guides dotés de talents divins. Elles inspiraient les artistes, stimulaient leur créativité. (Elle jeta à son reflet un regard incertain). Je suppose que je suis Calliope : la Muse de la poésie ? Mais il y avait aussi des Muses pour l'histoire, la musique, tout ça.

— Les sorcières croient qu'il n'y avait qu'une seule muse avant qu'elle ne soit divisée en neuf, intervint alors Mélanie. Cette muse primordiale était la muse des arts, de tous les arts. Peut-être que c'est toi, ce soir.

Cassie se retourna pour, à son tour, admirer leurs costumes. Deborah était en rockeuse, toute de chaînes, de pointes métalliques et de cuir noir vêtue. Un voile sur le visage et une couronne d'étoiles d'argent dans les cheveux, Mélanie incarnait Sophie, figure biblique de la sagesse.

Suzan avait retenu la suggestion de Cassie et s'était déguisée en Aphrodite, déesse de l'amour. Cassie tenait cette idée des gravures accrochées aux murs, dans la chambre de Diana, et d'une description trouvée dans la *Mythologie de la Rome antique* de sa grand-mère.

— D'après la légende, Aphrodite est née de la mer, expliquait-elle aux autres filles. D'où les coquillages.

La chevelure d'or flamboyant de Suzan cascadait sur ses épaules et sa robe semblait d'écume. Paillettes, minuscules perles irisées et coquillages nacrés ornaient le masque qu'elle tenait à la main.

Laurel était une créature de magie, une sylphide.

— Un esprit de la Nature, insista-t-elle, en tournant sur elle-même pour lui montrer les longues ailes de libellule qu'elle avait dans le dos.

Elle portait aussi une guirlande de feuilles et de fleurs de soie tressée dans les cheveux.

— Vous êtes toutes magnifiques ! s'extasia alors une douce voix mélodieuse.

Cassie leva les yeux et retint son souffle. Diana ne s'était même pas déguisée ou, du moins, elle portait simplement sa tenue de cérémonie, celle qu'elle revêtait pour toutes les assemblées du Cercle. Mais elle semblait illuminée de sa propre lumière intérieure et elle était d'une beauté éblouissante.

— Ce n'est pas qu'elle joue avec son personnage ni rien, lui murmura Laurel, qui s'était penchée à son oreille. Pour nous, sorcières, Halloween est la fête la plus sacrée de l'année. Elle a donc mis sa tenue officielle en cet honneur.

— Ah ! souffla Cassie, en tournant malgré elle les yeux vers Faye.

Faye était apparemment en… sorcière. Le genre de sorcière qui faisait flipper même les mecs les plus baraqués. Elle portait un fourreau noir sans manches, comme une parodie de l'aube virginale de Diana. Sa robe était fendue des deux côtés, jusqu'à la hanche, et elle était coupée de façon à mettre en valeur toutes les courbes de son corps parfait. Le tissu crissait comme de la soie quand elle marchait et avait, du taffetas, les changeants reflets moirés.

« Il va y en avoir des cœurs brisés au bal, ce soir ! » songea-t-elle.

Le carillon de la porte d'entrée annonça l'arrivée des garçons et toutes les filles descendirent à leur rencontre dans une envolée d'étoffes diaprées et le froufrou des robes virevoltantes. Il était prévu que le Club se rende à cette soirée en bande, puisqu'ils devaient partir tous ensemble à onze heures et demie.

Nick avait beau être son cavalier, en le voyant apparaître, Cassie n'eut d'yeux que pour Adam. Il était… hallucinant. Les andouillers d'une ramure de cerf émergeaient d'une couronne de feuilles de chêne qui lui ceignait le front et il portait un masque fait de feuilles de chêne et de glands.

— C'est Herne, le Dieu Cornu, lui murmura discrètement Mélanie. Un peu comme Pan, tu vois, une divinité de la Nature. Il est aussi le dieu des animaux. C'est pour ça qu'il est venu avec Raj.

Raj était bel et bien là et… tirait désespérément sur sa laisse pour réserver à Cassie un de ces chaleureux accueils dont il avait le secret. Adam – ou Pan. (Ça la troublait de voir avec quel naturel il portait la parure du Dieu Cornu.) – le retenait d'une poigne de fer.

Pendant ce temps, les autres filles se moquaient du déguisement des garçons.

— Oh Sean ! s'esclaffa Laurel, tu as déjà suffisamment l'air d'un sac d'os sans avoir besoin d'les montrer !

Il était déguisé en squelette.

Chris et Doug arboraient d'étranges symboles peints sur le visage : des triangles rouges et noirs et des éclairs jaunes. Leurs longs cheveux blonds étaient encore plus en pétard que d'habitude.

— On est en Zax, annoncèrent-ils.

— En quoi ? demandèrent tous les autres d'une seule voix.

— En Zax, le magicien, répondit Chris. Il fait apparaître des clopes rien qu'en claquant des doigts. Trop cool !

— Ça vient d'un spectacle qu'ils ont vu, expliqua finalement Suzan.

— Et tu es censé être en quoi, au juste, Nick ? railla la voix suave de Faye. En Homme en Noir, peut-être, Maître du Royaume des Ombres ?

Cassie regarda alors Nick pour la première fois. Il n'était pas déguisé. Il portait juste un jean noir, un col roulé noir et des boots noires : le beau ténébreux dans toute sa splendeur. Classe et zen.

— Je suis censé être SON rencard, lui répliqua-t-il, sans un regard, en tendant la main vers Cassie.

« Qu'est-ce que Faye en a à faire, de toute façon ? se raisonnait Cassie, tandis qu'ils rejoignaient tous ensemble les voitures garées en rang d'oignons devant la maison. Elle veut plus d'lui. Alors, elle ne devrait pas s'occuper de ses fréquentations. » Mais elle sentait comme un léger malaise lui nouer tout doucement l'estomac en suivant Nick jusqu'à la voiture des Armstrong. Deborah et Laurel montèrent à l'arrière.

Sur tous les pas-de-porte, autour d'eux, les citrouilles avaient, maintenant, des sourires grimaçants et des yeux de feu. La lune s'était levée et la nuit était claire ; l'air, cristallin.

— Une nuit hantée, commenta Laurel, derrière elle, sur la banquette. Ce soir, les esprits se rassemblent devant toutes les portes et toutes les fenêtres pour regarder à l'intérieur des maisons. On met toujours une bougie blanche, sur le rebord des fenêtres, pour les guider.

— Ou une assiette bien remplie pour qu'ils essaient pas de rentrer…, ajouta Deborah, d'une voix sépulcrale.

Cassie se marra avec elle, mais son rire sonnait un peu faux. Elle ne voulait pas d'esprits regardant à sa fenêtre. Et, quant à ce qu'avait dit Laurel au sujet des parents défunts venant visiter les vivants, eh bien… elle n'était pas très chaude non plus. Elle ne connaissait aucun de ses parents décédés, sauf son père – qui n'était probablement pas vraiment mort, de toute façon. Non, tout bien considéré, elle préférait laisser les morts tranquilles. Franchement.

Pourtant, le Cercle avait prévu de faire exactement le contraire…

Le gymnase avait été décoré avec des chouettes, des chauves-souris et des sorcières traversant de grosses lunes jaunes, à cheval sur leur balai. Des guirlandes de papier crépon orange et noires avaient été entortillées autour des poutrelles et tombaient des paniers de basket. Des squelettes dansant la gigue, des chats toutes griffes dehors faisant le gros dos et des fantômes ahuris avaient été accrochés aux murs.

Tout ça était si naïf, si bon enfant. Les autres lycéens – ceux qui étaient venus danser, parader dans leur déguisement et boire du punch empoisonné violet – n'avaient absolument aucune idée du sens réel de la fête qu'ils célébraient. Ni de ce qui se cachait dans la nuit, là, dehors. Même ceux qui détestaient le Club et ses pratiques ne savaient pas toute la vérité à ce sujet.

Diana et Adam arrivèrent ensemble et firent ce qui devait être la plus fracassante entrée que le lycée de La Nouvelle-Salem ait jamais connue.

Dans sa simple robe blanche qui dénudait sa gorge et ses bras, découvrant le crémeux velouté d'une peau de bébé, Diana, avec sa cascade de cheveux d'or et d'argent ruisselant dans son dos, apparut comme un rayon de soleil – ou de lune, plutôt – qui se serait égaré dans le gymnase.

Et Adam... Adam avait toujours cette incroyable présence, cette façon innée de forcer le respect de tous ceux qui étaient assez intelligents pour bien le regarder. Ce soir, sous l'apparence de Pan, il était plus impressionnant que jamais. Il incarnait si parfaitement le dieu de la forêt : dangereux, malicieux, inspirant la crainte, quoique capable de bonté. Mais, surtout, il avait l'air fougueux comme un cheval sauvage : indomptable, il était fait pour les grands espaces, pour caracoler sous les étoiles. Raj se tenait à côté de lui. Il ressemblait plus à un loup qu'à un chien et, en le voyant arriver, aucun des surveillants du lycée n'osa émettre la moindre objection.

— Tu sais ce qui va se passer, cette nuit, murmura une voix rauque.

Cassie sentit un souffle chaud dans sa nuque.

— Quoi, Faye ? demanda-t-elle, sans se retourner.

— Eh bien, les leaders du coven qui représentent la déesse Diane et le Dieu Cornu doivent conclure une alliance. Ils doivent... (Faye marqua un temps sans doute censé ménager les chastes oreilles de son interlocutrice) se joindre, en quelque sorte. Pour concrétiser l'union des principes mâle et femelle.

— Tu veux dire qu'ils…

— Ça peut rester purement symbolique, mais, je ne sais pas pourquoi, je ne crois pas qu'Adam et Diana se limiteront au côté symbolique de la chose, lâcha-t-elle d'un ton narquois. Et toi ?

12

Cassie en resta pétrifiée. Son cœur jouait les marteaux-piqueurs, mais c'était bien la seule partie de son corps qui pouvait encore bouger.

Adam et Diana… Non, ils ne pouvaient pas faire ça. Sauf que… bien sûr que si, ils pouvaient. Le visage levé vers Adam, Diana riait en rejetant ses ruisselants cheveux de lumière. Et, bien que Cassie ne puisse pas voir les yeux d'Adam sous le masque, ses lèvres souriaient.

Elle pivota d'un bloc et, butant presque dans Nick qui lui apportait un verre de punch, se rua vers le fond du gymnase.

Elle trouva refuge dans un coin sombre, sous un lampion qui s'était éteint. Cachée derrière un rideau de serpentins orange et noirs, elle resta plantée là, haletante et tremblante. Il fallait qu'elle essaie de se reprendre. Et… de ne pas voir les images, les intolérables images dont son imagination la bombardait.

Tout ce qu'elle savait, c'était qu'à un moment, une odeur de feu de bois et d'air marin, avec une subtile pointe de feuilles d'automne et de quelque chose de plus animal, la tira de sa torpeur : Adam.

— Cassie.

Il ne dit rien de plus. Simplement ça. Son nom. Comme si Pan l'appelait dans ses rêves, l'invitant à sortir de son lit, au beau milieu de la nuit, pour aller danser dans les bois avec lui.

Et puis, d'un ton qui lui parut moins solennel, il ajouta avec douceur :

— Cassie, ça va ? Diana dit que…

— Que quoi ? le coupa-t-elle, d'une voix qui aurait sans doute pu paraître revêche, si elle n'avait été si chevrotante.

— C'est juste qu'elle s'inquiète. Elle craint que tu n'ailles pas bien.

— Je vais très bien ! affirma-t-elle avec force. (Elle avait du mal à retenir ses larmes.) Et, de toute façon, ça me fatigue, tous ces gens qui parlent de moi derrière mon dos : « Faye dit que… » ; « Diana dit que… ». Ça me fatigue.

Adam prit alors ses mains froides dans les siennes.

— Je crois que tu es seulement fatiguée, point, murmura-t-il.

« Oh ! je le suis, pensa Cassie. Fatiguée de tous ces secrets à garder. Fatiguée de me battre contre moi-même. Après tout, puisque je suis déjà si mauvaise, à quoi ça sert de lutter ? »

Sur le moment, elle n'alla pas chercher plus loin : de la théorie, elle passa directement à la pratique. Avant qu'elle s'en rende compte, ses mains s'étaient tournées dans celles d'Adam et ses doigts s'étaient mêlés aux siens. « “Ni en parole ni en acte", se remémora-t-elle. Tu parles ! On a déjà violé ce serment des centaines de fois. Alors pourquoi ne pas le rompre carrément ? Comme ça, au moins, j'aurai une bonne raison de me sentir coupable. Comme ça, au moins, Diana ne l'aura pas en premier. »

Parce que c'était ça, le truc. Diana pouvait avoir tout ce qu'elle voulait, mais elle n'aurait pas Adam en premier.

« Mais moi… », songea-t-elle.

C'est alors que, dans sa tête, la machine se mit en marche. Son cerveau travaillait, froidement, rationnellement, à des kilomètres de toute cette douleur qui lui broyait le cœur. Adam était vulnérable parce qu'il était trop honnête, trop droit, pour seulement imaginer qu'elle puisse lui tendre un piège.

Si elle se mettait à pleurer maintenant… Si elle se débrouillait pour qu'il se rapproche, pour qu'il soit tenté de la prendre dans ses bras et si elle se laissait aller contre lui, s'abandonnant à son étreinte… Si elle posait la tête sur son épaule pour qu'il sente la caresse de ses cheveux parfumés… Si elle soupirait et laissait sa tête partir en arrière… est-ce qu'il résisterait à l'envie de l'embrasser ?

Elle en doutait.

Il y avait des endroits encore plus sombres que celui-là. Des endroits sûrs, à l'intérieur du lycée : l'économat, avec son verrou que tout le monde pouvait crocheter ; le local à matériel du gymnase, où on entreposait les tapis de gym… Si Adam l'embrassait et si elle répondait à ses baisers, est-ce que quelque chose pourrait les empêcher d'aller plus loin ?

Elle en doutait.

Et Diana, la douce Diana, l'innocente Diana, cette pauvre gourde de Diana, n'y verrait que du feu. Si Adam lui disait qu'il avait dû emmener Cassie prendre l'air pour qu'elle puisse se calmer, elle le goberait.

Non, rien ne pourrait les arrêter. Sauf… le serment. Comment c'était déjà ? « Que le feu me consume, que l'air me suffoque, que la terre m'engloutisse et que l'eau recouvre ma tombe. » Oh ! Ça ne lui faisait pas peur. Le feu la consumait déjà : son corps brûlait de fièvre. Et l'air la suffoquait déjà : elle ne pouvait plus respirer. Non, rien ne pouvait plus l'arrêter. Elle se laissa aller contre Adam, pencha la tête comme une fleur chargée de rosée sur une tige trop fine. Déjà les premières larmes montaient. Elle entendit ce sanglot étouffé dans sa propre voix, si émouvant, et sentit aussitôt la réponse d'Adam : son inquiétude, son attention, dans la façon dont il lui étreignit les doigts.

— Cassie… Oh ! Mon Dieu !…, chuchota-t-il.

Ce sentiment de triomphe qu'elle ressentait ! Comme un geyser qui jaillissait en elle. Il ne pouvait pas s'en empêcher. Il allait craquer. Elle exultait.

Chêne et houx, sève et fleur
Allumez en son cœur cette secrète ardeur !

Mais qu'est-ce qu'elle faisait ?

Elle jetait un sort à Adam ? À Adam ? Elle essayait de l'ensorceler avec des paroles surgies on ne sait d'où, de quelque souterraine source, au fond d'elle, d'où coulait un savoir qu'elle ignorait posséder ? Mais c'était lamentable ! C'était abject ! Et pas seulement parce que les membres du Cercle juraient de ne jamais user de magie les uns contre les autres.

C'était abject à cause de Diana.

Diana, qui avait été son amie quand personne ne voulait lui parler. Diana, qui l'avait défendue contre Faye et contre tout le lycée. Même si elle ne pouvait plus supporter cette intimité avec Diana, en ce moment, le souvenir de ce qu'elle avait été pour elle brillait comme une étoile dans ces ténèbres où elle se noyait. Si elle trahissait ça, alors plus rien, jamais, n'aurait de valeur à ses yeux.

Non, mauvaise ou pas, elle ne pouvait pas faire ça.

Elle retira ses mains.

— Ça va, souffla-t-elle d'une petite voix brisée.

Il essayait de lui reprendre les mains – c'était ça le problème, avec la magie : on ne pouvait pas toujours arrêter ce qu'on avait déclenché.

— Je t'assure, Adam, insista-t-elle, puis, la mort dans l'âme, elle ajouta : Diana t'attend.

Le nom de Diana agissait comme un véritable exorcisme. Il resta près d'elle encore un moment, et puis il la raccompagna : Pan ramenant une nymphe égarée dans le Cercle. Cassie se dirigea aussitôt vers Laurel, par sécurité. Nick n'était nulle part en vue – elle ne pouvait pas vraiment lui en vouloir, hein ?

Diana discutait avec Sally Waltman – qui, bien qu'en deuil de Jeffrey, s'efforçait de tenir sa place et affichait un air bravache. De tout le Cercle, il ne restait plus qu'Adam et Cassie, avec Laurel et Mélanie – accompagnées de leurs cavaliers – et Sean et Deborah : quelle joyeuse bande de sorciers ! Près d'eux, se tenait un groupe de lycéens de l'extérieur.

Un slow venait de commencer. Le groupe se disloqua et tous se dirigèrent vers la piste. Tous sauf une.

Elle restait plantée là, toute seule, juste en marge du Club. C'était une petite seconde que Cassie reconnaissait vaguement pour l'avoir aperçue en cours de français, une fille timide. Ce n'était pas une beauté, mais pas un laideron non plus. Pour l'heure, elle essayait juste de faire croire qu'elle s'en fichait d'avoir été abandonnée, que ça l'indifférait totalement de faire tapisserie pendant que les autres s'amusaient.

Cassie eut pitié d'elle. La pauvre ! Elle aussi, elle avait été comme ça, avant.

— Tu danses ?

La voix d'Adam, chaude et amicale. Mais ce n'était pas à elle qu'il s'adressait. Il parlait à la fille esseulée. Le visage de la lycéenne s'illumina et elle se laissa guider, rayonnante, sur la piste. Son costume de sirène scintillait, accrochant les lumières colorées des spots à chaque pas. Cassie les regarda partir avec un petit pincement au cœur.

Pas de jalousie, non. Mais d'amour. D'amour et de respect.

— Le « *Parfit gentil knight* », commenta Mélanie, entre haut et bas.

— Le quoi ?

— C'est de Chaucer. On a appris ça en littérature anglaise. C'est tout à fait Adam, ça : le noble chevalier défendant la veuve et l'orphelin, lui expliqua Mélanie.

Cassie médita cette réflexion un moment. Et puis elle se tourna vers Sean.

— Hé ! le squelette, ça te dirait de te remuer les os ? lui lança-t-elle.

Sean lui adressa un sourire jusqu'aux oreilles.

« Eh bien, se dit Cassie, pendant qu'elle s'employait à suivre le mouvement de roulis qu'avait adopté Sean, une chose est sûre : cette fête n'a rien à voir avec celle de la rentrée ! » Avec Adam, le gymnase lui avait paru féerique, un écrin de beauté et de magie. Maintenant, elle ne voyait que les bouts de papier décollés et les tuyaux du plafond. Encore une chance, Sean-le-squelette-pot-de-colle-fluo ne chercha pas à la serrer de trop près.

À la fin du morceau, d'autres garçons tentèrent bien de l'approcher, mais elle fila droit sur Nick – qui avait réapparu comme par enchantement – pour se cacher derrière lui. Au moins une partie de son plan qui marchait : les autres garçons battirent aussitôt en retraite. Ça faisait bizarre d'être un objet de convoitise que tous désiraient, mais qu'aucun ne pouvait avoir. Nick ne lui demanda pas pourquoi elle était subitement allée se cacher, en début de soirée, et elle ne lui demanda pas où il était passé.

Ils dansèrent ensemble plusieurs fois. Nick n'essaya pas de l'embrasser.

Et puis vint le moment de partir. Après avoir pris congé de leurs cavaliers et cavalières respectifs – indignés qu'on les laisse tomber comme de vieilles chaussettes –, les membres du Club se regroupèrent devant la sortie. Même la flamboyante Aphrodite était à l'heure. Les deux Zax eux-mêmes les attendaient dehors, les yeux brillants. Ils purent alors tous se fondre dans la nuit. La lune s'était couchée, mais les étoiles n'en paraissaient que plus étincelantes encore.

Il faisait froid, à la pointe du promontoire. Ils s'installèrent sur les restes des fondations de la maison brûlée, autour du feu de camp que Faye et Deborah étaient en train d'allumer. Certains étaient partis chercher des provisions dans les voitures. Cassie s'était attendue à quelque chose de solennel, mais l'ambiance était plutôt à la fête. Excités par cette belle nuit étoilée, les membres du Cercle plaisantaient, chahutaient, riaient, semblant défier le danger que, dans moins d'une heure, ils allaient devoir affronter. Bien décidée à jouir du moment présent, Cassie participa aux festivités sans se poser de questions – et dut bien constater qu'elle s'amusait vraiment.

Ils ne risquaient pas de mourir de faim, en tout cas. Et il y en avait pour tous les goûts : des graines de courge grillées (« Sans sel », tint à préciser Laurel) ; du cake au potiron et du pain d'épice maison que Diana avait faits ; des paquets de beignets nappage chocolat noir – et orange – qu'Adam avait apportés ; un saladier entier de bonbons de halloween – orange et noirs – gracieusement offerts par Suzan ; des jus de fruits, des sodas, du cidre chaud aux épices et un grand sac que Chris secouait comme un prunier et qui produisait un bruit de crécelle.

— Des noisettes ! Yé ! Pour nous, les mecs ! beugla Doug à l'intention des autres garçons, en faisant un geste plus qu'éloquent.

— Les noisettes sont un symbole de sagesse, le reprit patiemment Mélanie.

— Où ça va s'nicher ! commenta Chris, en ricanant avec son frère.

Et puis il y avait des pommes, toutes sortes de pommes : Jonagold, Red Delicious, Golden…

— Des pommes, pour l'amour et la mort, déclama Diana. Surtout à Halloween. Vous saviez qu'elles étaient sacrées pour la déesse Héra ?

— Vous saviez que les pépins contiennent du cyanure ? enchaîna aussitôt Faye, avec un drôle de sourire.

Depuis que Cassie était réapparue devant le rideau de serpentins avec Adam, à la soirée du lycée, Faye n'avait cessé de la regarder en souriant bizarrement. Comme elle se penchait pour prendre une tranche de pain d'épice, la belle brune lui murmura à l'oreille :

— Qu'est-ce qui s'est passé, là-bas, quand il t'a suivie ? Ne me dis pas que tu as laissé passer ta chance…

— Ce n'est pas gentil de tourner autour des garçons qui sont déjà pris, chuchota Cassie, d'un ton un peu las, comme si elle sermonnait une enfant de cinq ans.

Faye gloussa.

— « Gentil » ? C'est ce que tu veux qu'on mette sur ta tombe comme épitaphe ? « Ci-gît Cassie. Elle fut... gentille » ?

Cassie détourna la tête.

— Je connais un truc magique qu'on peut faire avec une pomme, disait Laurel à la cantonade. Tu pèles ta pomme en faisant une seule longue spirale avec la peau et tu jettes l'épluchure par-dessus ton épaule. Si elle ne se casse pas, en tombant, elle écrit l'initiale de l'amour de ta vie.

Ils essayèrent tous aussitôt – sauf les frères Henderson qui se gavaient de noisettes. Sans grand succès. Les pelures se cassaient toujours avant la fin. Suzan se coupa avec le cran d'arrêt de Deborah et, quand Diana réussit enfin à jeter une spirale entière par-dessus son épaule, en tombant, elle dessina juste... une spirale.

— Eh bien, au moins, c'est le fruit sacré de la Déesse, conclut une Laurel dépitée, en fronçant les sourcils. Ou du Dieu Cornu, ajouta-t-elle malicieusement, en coulant un regard vers Adam.

Cassie avait volontairement brisé ses pelures de pommes : ils la perturbaient avec toutes leurs histoires de prédictions. Et pas seulement parce que Mélanie leur avait annoncé gaiement qu'on « exécutait les sorcières pour ce genre de divination à Halloween ».

— J'en ai une autre, annonça Laurel. Tu lances une noisette dans l'feu ; tu dis deux noms et tu regardes c'qui s'passe. Suzan et David Downey, par exemple, fredonna-t-elle d'un air espiègle. Si la noisette éclate, c'est qu'ils sont faits l'un pour l'autre. Sinon, c'est perdu d'avance.

— « S'il est amoureux, craque et monte aux cieux ; si ce n'est qu'un jeu, rôtis dans le feu ! » récita Suzan avec ferveur, pendant que Laurel lançait une noisette sur les braises.

La petite bille brune crépita et… grilla.

— Laurel et Doug ! s'écria Chris, en en lançant une autre.

Il était mort de rire rien que de voir la tête de son frère.

— Chris et Sally Waltman ! contre-attaqua Doug.

— Cassie et Nick !

Un sourire goguenard aux lèvres, Deborah en catapulta une grosse dans les flammes. Faye ne sembla pas trouver ça drôle du tout.

— Adam et…, dit-elle, en brandissant une noisette entre ses longs ongles écarlates.

Elle attendit d'avoir l'attention de tous, ménageant son effet. Cassie la regardait fixement, cramponnée à la brique sur le bord de laquelle elle était assise.

— … Diana, acheva finalement la brune incendiaire, avant d'envoyer d'une pichenette la noisette dans le feu.

Aimantée, Cassie suivit la trajectoire du projectile jusqu'à ce qu'il atterrisse sur les braises incandescentes. Elle ne le quitta plus des yeux. Elle ne voulait pas regarder, mais elle ne pouvait pas s'en empêcher.

— Il y a plein d'autres traditions, à Halloween, continuait Laurel. C'est le moment de penser aux vi… aux personnes âgées, aux « gens qui arrivent à l'automne de leur vie » … Enfin, c'est ce que dit ma grand-mère Quincey.

Cassie avait toujours les yeux rivés à cette maudite noisette. On aurait dit qu'elle tressautait… Oui mais, est-ce qu'elle allait éclater ?

— Bon, il se fait tard, déclara alors Adam. On pourrait peut-être commencer, non ?

Diana ôta les miettes de cake sur sa robe, s'essuya les mains et se leva.

— Oui.

Cassie n'avait pas détourné les yeux plus d'un quart de seconde lorsqu'une pétarade se fit entendre : deux ou trois noisettes avaient éclaté en même temps. Quand elle chercha celle que Faye avait lancée, elle ne put la trouver. La noisette avait sauté en l'air ou… elle ne savait plus où elle était. Elle ne parvenait pas à trancher.

L'instant d'après, une autre idée lui traversait l'esprit : et la noisette de Deborah – celle pour Nick et Cassie –, qu'est-ce qu'elle était devenue ? Mais elle n'aurait pas su le dire non plus.

— Bien, poursuivit Diana d'une voix forte. Ce qui se prépare va être différent de tout ce que le Cercle a connu auparavant. C'est un rituel beaucoup plus puissant. C'est pourquoi nous allons devoir recourir à une protection encore plus puissante que toutes celles dont nous nous sommes entourés jusqu'à maintenant. Nous allons donc avoir besoin de la participation active de tous, insista-t-elle, en braquant les yeux sur Faye – qui cligna des paupières, en affichant la plus parfaite innocence.

Cassie regarda Diana tracer le cercle. Il s'inscrivait à l'intérieur des fondations de la maison brûlée, autour du feu de camp qui en occupait le centre. Personne ne plaisantait plus, à présent. Tous les yeux suivaient la trajectoire du couteau à manche noir – l'athamé : la dague sacrée, lui avait soufflé Mélanie – qui dessinait, sur le sol, un rond presque parfait. Il restait une brèche au nord-est.

— Entrez tous pour que je puisse le fermer, ordonna Diana.

Ils pénétrèrent dans le cercle en file indienne, avant de s'asseoir en rond à l'intérieur. Seul Raj resta à l'extérieur. Il semblait les observer avec anxiété, un petit gémissement plaintif dans la gorge.

— Maintenant, reprit Diana, en fermant la brèche d'un simple coup de lame, plus personne ne sort du cercle. Ce que nous allons invoquer, à l'intérieur de ce cercle de protection, sera extrêmement dangereux. Mais ce qui rôdera autour de nous le sera encore plus.

— Comment ça, dangereux ? demanda Sean, d'une voix tendue. C'qui sera à l'intérieur, j'veux dire.

— Tant que nous ne nous approcherons pas du feu et que nous ne chercherons pas à y toucher, nous serons en sécurité, lui expliqua Diana, avec ce même ton solennel qu'elle avait adopté. Aussi puissant qu'il soit, l'esprit qui nous apparaîtra ne pourra pas se détacher du feu que nous utiliserons pour l'invoquer. Bien, reprit-elle brusquement, en jetant un regard circulaire. Maintenant, je vais demander la protection des puissances élémentaires. J'en appelle au Gardien de la Tour du Levant, clama-t-elle. Pouvoirs de l'Air, protégez-nous !

Debout face à l'étendue noire de l'océan et à l'immensité des ténèbres célestes, Diana brandit un bâton d'encens allumé et souffla la fumée vers l'est, la poussant au-delà du cercle.

— Concentrez-vous ! leur intima-t-elle. Pensez à tout ce que vous inspire l'air !

Mais Cassie n'avait pas besoin de cette injonction : déjà, non seulement elle pensait à l'air, mais elle le sentait, elle l'entendait. D'abord, une petite brise venant de l'est, qui souffla bientôt en rafales, puis se mua en bourrasque. Un sifflant ouragan qui leur fouettait le visage et faisait voler les cheveux de Diana comme une bannière claquant au vent. Et puis il changea brusquement de direction pour se mettre à tourner autour du cercle, les enfermant au cœur d'un tourbillon rugissant.

« L'œil du cyclone », pensa Cassie.

Diana sortit alors une brindille enflammée du feu et se déplaça pour venir se planter devant elle, face au sud. Agitant son brandon au-dessus de la tête de son amie, elle proclama :

— J'en appelle au Gardien de la Tour du Midi. Pouvoirs du Feu, protégez-nous !

Elle ne dit pas « Pensez au feu ». C'était inutile. Cassie sentait déjà la chaleur irradier dans son dos et se représentait parfaitement la colonne ignée qui avait surgi derrière elle pour se mettre à courir autour d'eux, se répandant comme une traînée de poudre, pour bientôt former un mur de flammes, juste à l'extérieur de la tornade qui faisait rage sur le pourtour du cercle.

« C'est une illusion, se rappela Cassie. De simples représentations symboliques qu'on se fait dans la tête. » Mais elles étaient drôlement réalistes, ces illusions.

Diana se déplaça de nouveau. Plongeant les doigts dans un gobelet en carton, elle aspergea d'eau le périmètre du cercle, entre Sean et Deborah.

— J'en appelle au Gardien de la Tour du Couchant, déclama-t-elle. Pouvoirs de l'Eau, protégez-nous !

C'est alors que se dressa une fantomatique vague, une montagne d'un vert translucide, immense, et elle montait, montait, toujours plus haut. Elle s'écrasa soudain avec fracas pour courir autour d'eux et ceindre le cercle d'un rempart d'eau mouvante.

Enfin, Diana se décala pour prendre place devant Adam et répandit du sel par-delà le trait qui délimitait le cercle au nord.

— J'en appelle au Gardien de la Tour du Septentrion ! déclara-t-elle d'une voix légèrement chancelante – ce rituel exigeait d'elle une énorme énergie. Pouvoirs de la Terre, protégez-nous !

Le sol gronda.

Cassie ne s'y attendait pas et, à voir leur affolement, les autres s'y attendaient encore moins. Ils n'étaient pas habitués aux tremblements de terre, en Nouvelle-Angleterre. Mais Cassie était née en Californie où le risque sismique était connu. Elle vit alors que, pris de panique, Sean était sur le point de décamper.

— Deborah ! s'écria-t-elle. Retiens Sean !

En un éclair, la motarde avait agrippé le squelette fluo par le bras et, d'une poigne de fer, le maintenait assis. Les secousses se firent de plus en plus violentes. C'est alors qu'avec un roulement de tonnerre, la terre s'ouvrit. La faille courut tout le long du cercle, créant un abîme circulaire dont émanait une forte odeur de soufre.

« C'est une illusion, psalmodiait Cassie. Juste une illusion. » Mais, autour d'elle, elle pouvait voir le spectre des quatre éléments que Diana avait invoqués : un cercle de vent tournoyant, un anneau de feu, une vague haute comme une muraille et, enfin, une faille circulaire qui ouvrait la terre et les rejetait sur une sorte d'île coupée du monde. Rien ni personne, à l'extérieur de ces quatre cercles de protection, ne pouvait les franchir – et Cassie ne donnait pas cher de la peau de celui de l'intérieur qui s'y risquerait.

D'un pas mal assuré, Diana regagna sa place entre Nick et Faye.

— Bien, dit-elle. (C'était presque un murmure.) Maintenant, nous allons tous nous concentrer sur le feu. Gardez les yeux rivés aux flammes et laissez faire la magie de la nuit. Nous allons bien voir si un esprit vient nous parler.

Cassie lorgna vers sa voisine.

— Mais si on est si bien protégés de l'extérieur, qui va bien pouvoir réussir à venir nous parler ? demanda-t-elle tout bas à Mélanie.

— Un esprit d'ici, chuchota Mélanie, en désignant le sol à l'intérieur du cercle.

Autrement dit à l'intérieur des fondations de la maison.

— Oh !

Cassie plongea les yeux dans les flammes, en essayant de faire le vide dans son esprit pour s'ouvrir à tout ce qui pourrait tenter de franchir le voile qui séparait le monde visible de l'autre monde. Cette nuit était LA nuit et ce moment était LE moment.

Le feu se mit à fumer.

Juste un petit peu, au début, comme quand on fait une flambée avec du bois mouillé. Mais, peu à peu, la fumée s'épaississait. On pouvait toujours voir au travers, mais elle était plus sombre. Une colonne de fumée qui s'élevait pour former une masse nébuleuse juste au-dessus du foyer.

Soudain, la fumée commença à se transformer.

Elle tourbillonnait, enflait, tels de noirs nuages s'agglutinant avant l'orage. Et, sous les yeux fascinés de Cassie, elle se façonna, comme sous la main d'un sculpteur, pour créer une forme.

Une forme humaine.

Elle semblait se dessiner de haut en bas. D'abord le chapeau, tout en hauteur avec un bord rigide. Puis une sorte de cape tombant de larges épaules masculines et, en dessous, un col amidonné, strict. Plus bas, des culottes serrées aux genoux. C'étaient des vêtements d'une autre époque, comme sur une illustration tirée d'un livre d'histoire. Cassie crut même distinguer des chaussures à bout carré, sauf que, par moments, les mollets se confondaient avec la colonne de fumée. La seule chose qu'elle remarqua, c'était que la colonne de fumée ne se détachait jamais du feu. Même si elle s'étirait, elle lui restait toujours liée par un filet vaporeux.

La silhouette spectrale flottait là, immobile. Seuls de vagues remous internes l'agitaient.

Et puis elle flotta vers Cassie qui, bizarrement, se trouvait juste en face d'elle.

C'est alors qu'un truc lui revint subitement à l'esprit : quand Adam avait sorti le crâne, pour la première fois, de son sac, sur la plage, elle avait eu l'impression qu'il la regardait. « Et pendant le rituel aussi ! » se souvint-elle tout à coup avec incrédulité. Quand Diana avait enlevé le bout d'étoffe noire qui le dissimulait, ces horribles orbites caverneuses avaient semblé braquées droit sur elle.

Et voilà que cette… forme avait les yeux rivés sur elle, elle aussi, exactement pareil.

— On devrait l'interroger, souffla Mélanie.

Même sa voix, habituellement si posée, frémissait. Il fallait dire que l'apparition avait quelque chose de foncièrement menaçant, de maléfique. Comme l'énergie négative qui s'était échappée du crâne, mais en plus fort. En plus… palpable.

« Qui êtes-vous ? » pensa Cassie. Mais sa langue resta collée à son palais et, de toute façon, elle connaissait déjà la réponse. Dans son esprit, il n'y avait absolument aucun doute quant à l'identité de ce qui se tenait devant elle :

Black John.

La voix de Diana s'éleva, claire et d'un calme circonspect :

— Nous vous avons invité ici parce que nous avons trouvé quelque chose qui vous appartient, déclara-t-elle. Nous avons besoin de savoir comment le contrôler. Acceptez-vous de nous parler ?

Pas de réponse. Cassie trouva que l'apparition se rapprochait d'elle – mais peut-être que c'était juste une impression ?

— Il se passe ici des choses terribles, déclara Adam. Il faut arrêter cette hécatombe.

Non, ce n'était pas une illusion : elle se rapprochait.

— Est-ce que c'est vous qui contrôlez l'énergie négative ? demanda brusquement Mélanie.

La voix de Laurel vint se confondre avec la sienne :

— Vous êtes mort : vous n'avez pas le droit de vous mêler des affaires des vivants !

— C'est quoi vot'problème, à la fin ? grommela Deborah.

« Trop, se dit Cassie. Trop de gens qui posent trop de questions en même temps. » La forme ne cessait de se rapprocher. Cassie était tétanisée. C'était comme si elle était la seule à voir le danger. Et il fonçait droit sur elle !

— C'est qui qu'a tué Kori ? grogna Doug Henderson, hargneux.

— Pourquoi l'énergie négative nous a baladés au cimetière ? embraya Deborah.

— Et qu'est-ce qui est arrivé à Jeffrey ? renchérit Suzan.

Le filet de fumée qui reliait encore la forme au feu s'était démesurément étiré et l'apparition était juste devant elle, à présent. Elle redoutait de plonger les yeux dans ceux de ce visage nébuleux, mais il le fallait. Dans ses contours indistincts, il lui semblait reconnaître le visage qu'elle avait aperçu à l'intérieur du crâne de cristal.

Lève-toi, Cassie.

Ces paroles-là n'étaient pas des vraies paroles : elle ne les entendait que dans sa tête. Et elles avaient un pouvoir sur elle. Cassie se sentit changer de position, prête à se redresser.

Viens avec moi, Cassie.

Les autres en étaient encore à poser des questions et elle pouvait entendre un aboiement au loin. Mais la voix dans sa tête était bien plus forte.

Viens, Cassie.

Elle se leva. La noirceur mouvante semblait moins diaphane, maintenant. Plus solide. Elle tendait vers Cassie un bras immatériel.

Cassie répondit à son invite et… lui prit la main.

13

— Cassie ! Non !

Sur le moment, les mots ne lui étaient parvenus qu'à travers un épais brouillard : pâteux, étirés, comme au ralenti, sans plus de signification que ces incessants aboiements rageurs qui s'élevaient, quelque part, là-bas, tout là-bas. Ses doigts frôlèrent ceux de la main immatérielle tendue vers elle et…

Ce fut comme une décharge. Un peu comme cette excitation qu'elle avait ressentie en touchant l'hématite. Elle leva brusquement la tête vers le visage nébuleux et… le reconnut !

Soudain, tout vola en éclats.

Il y eut un grand splash ! et elle fut aspergée de liquide glacé de la tête aux pieds. Au même moment se fit entendre une sorte de sifflement crépitant, de ceux qu'émettent les braises incandescentes quand on les noie. L'homme de fumée commença à se ratatiner, à se dissiper, comme s'il était aspiré par le feu – qui n'était plus, désormais, qu'un amas de bouts de bois calcinés trempant dans une flaque d'eau noire.

Adam se tenait de l'autre côté du cercle, la glacière vide à la main. Derrière lui, les babines retroussées et tous les poils hérissés, Raj grondait.

Cassie vit cette main qu'elle tendait, les yeux exorbités d'Adam, sentit ses jambes se dérober, chancela, et puis tout devint gris et flou et… ce fut le noir complet.

— Tu es en sécurité, maintenant. Reste allongée et tout ira bien.

La voix semblait venir de très, très loin. Elle n'en conservait pas moins son autorité naturelle. « Diana », pensa vaguement Cassie. La voix qui avait crié son nom avant qu'elle ne… « Oh ! Diana. » Qu'est-ce qu'elle n'aurait pas donné pour ne serait-ce que lui tenir la main ! Mais il aurait fallu bouger, ouvrir les yeux… Trop dur.

— Tiens, c'est de l'eau de lavande, dit une autre voix, plus jeune, plus vive. (« Laurel ».) Tu lui en tamponnes les tempes, comme ça…

Une sensation de fraîcheur sur son front, ses poignets. Un subtil parfum sucré qui semblait lui éclaircir un peu les idées.

Elle entendait d'autres voix, à présent.

— … peut-être, mais j'comprends toujours pas comment Adam a fait. Je pouvais pas bouger… comme si j'étais pétrifiée.

Ça, c'était Deborah.

— Moi aussi ! Comme si j'étais collé par terre.

Et ça, c'était Sean.

— Adam, tu veux bien t'asseoir, maintenant, que Laurel puisse t'examiner ? Adam, s'il te plaît ? Tu es blessé.

Mélanie.

Et, soudain, Cassie put ouvrir les yeux. Elle se redressa brusquement et quelque chose de mouillé lui tomba sur les genoux.

— Non, non… Reste allongée, Cassie, lui ordonna Diana, en essayant de la repousser.

Mais Cassie regardait fixement Adam.

Sa magnifique crinière fauve partait dans tous les sens. Il était rouge comme un homard et ses fringues mouillées étaient à moitié déchirées…

— Je vais bien, assura-t-il à Mélanie, qui tentait toujours vainement de le faire asseoir.

— Qu'est-ce qui s'est passé ? Où on est ? bredouilla-t-elle.

Elle était étendue sur un canapé avachi, dans un salon au décor passé qui lui disait vaguement quelque chose. Elle aurait dû le reconnaître, elle en était sûre. Mais elle se sentait complètement perdue.

— On t'a emmenée chez Laurel, lui expliqua Diana. On ne voulait pas effrayer ta mère et ta grand-mère. Tu t'es évanouie. Mais Adam t'a sauvé la vie.

— Il a traversé les cercles de protection ! précisa Suzan, une évidente admiration dans la voix. Les quatre cercles de protection !

— Complèt'ment débile, commenta Deborah. Mais impressionnant.

C'est alors que s'éleva une voix languide, un peu rauque, une voix reconnaissable entre toutes.

— Moi, je trouve que c'était un suprême acte de dévouement. Et une extraordinaire preuve d'am… itié…

Un silence salua cette sortie.

— Oh ! tu connais Adam et son sens du devoir ! plaisanta finalement Laurel, d'un ton enjoué. Ça, pour être dévoué, on peut dire qu'il est dévoué ! Et j'imagine que, pour lui, l'amitié, c'est sacré. N'est-ce pas, Monsieur le Chevalier Servant ?

— J'l'aurais fait, moi ! Et Doug aussi, se défendit soudain Chris. Si on avait pu s'décoller le... Si on avait pu.

— Et si t'avais pu y penser – ce qui risquait pas d'arriver, lui balança Nick, d'un ton sarcastique et... inutilement agressif.

Il avait sa tête des mauvais jours.

Cassie observait Laurel qui tamponnait le visage et les mains d'Adam avec un gant mouillé.

— C'est de l'aloès et de l'écorce de saule blanc, lui expliquait-elle. Ça devrait apaiser tes brûlures.

— Cassie, intervint alors Diana. Est-ce que tu te souviens de ce qui s'est passé avant ton évanouissement ?

— Euh... vous étiez en train de poser des questions – trop de questions. Et puis... je n'sais pas... il y a eu cette voix qui s'est mise à parler dans ma tête. Cette... chose qui me regardait... Au fait, Diana, je voulais te demander : pendant le rituel dans ton garage... Tu avais recouvert le crâne d'un bout de tissu noir, tu te rappelles ?

Diana acquiesça en silence.

— Est-ce que... est-ce que tu l'avais orienté dans une direction précise ?

Diana sembla stupéfaite.

— Puisque tu en parles, il y avait justement quelque chose à ce sujet qui me chagrinait. J'ai posé le crâne face à moi. Mais, quand j'ai enlevé le tissu noir, il regardait de l'autre côté.

— C'était moi qu'il regardait, confirma Cassie. Ce qui veut dire que quelqu'un l'a déplacé ou… qu'il a bougé tout seul…

Ils échangeaient tous des coups d'œil intrigués et inquiets. Ils ne se disaient rien, mais nul doute qu'ils… communiquaient. Cassie se sentit alors plus proche de Diana qu'elle ne l'avait été depuis des semaines. « Si tu veux te réconcilier avec elle, c'est le moment ou jamais », se dit-elle.

— Diana…

Et puis elle remarqua un truc. Le masque avec les bois de cerf et les feuilles de chêne était posé sur une chaise, à côté de Diana, et une de ses délicates mains était posée dessus. Elle le caressait machinalement comme pour se rassurer. C'était un geste inconscient. Il n'en était que plus révélateur. Ce fut comme un coup de poignard au creux de la poitrine. La lame de la rancœur. Le Dieu Cornu et la déesse Diane : ils étaient faits l'un pour l'autre, hein ? Et Diana le savait. Cette nuit, tout à l'heure, ils allaient probablement procéder à cette petite cérémonie dont Faye avait parlé.

Cassie leva les yeux et surprit le regard de Faye posé sur elle. Un étrange regard doré, sous de lourdes paupières mi-closes. Un regard ironique. Faye esquissa un sourire.

— Oui, Cassie ? s'étonna Diana. Cassie ?

— Rien.

Elle s'abîma dans la contemplation du tapis. Un tapis violet et élimé qui laissait apparaître, par endroits, les lames du plancher.

— Rien. Je me sens très bien, maintenant, affirma-t-elle.

C'était vrai. La sensation de désorientation avait pratiquement disparu. Mais le souvenir de ce visage nébuleux ne la quittait pas.

— Quel coup de théâtre pour finir Halloween ! s'exclama Laurel à voix basse.

— On aurait dû rester à la fête, soupira Suzan, en croisant les jambes. On n'y a rien gagné. Et Cassie a failli y passer, en plus ! ajouta-t-elle, après un temps de réflexion.

— Mais si, on y a gagné quelque chose, protesta Adam. On a appris que le spectre de Black John rôde toujours dans les parages. Et qu'il est malveillant. Il ne voulait certainement pas répondre à nos questions, en tout cas.

— Et qu'il est puissant, renchérit Diana. Assez puissant pour tous nous ensorceler au point de nous empêcher de bouger. Sauf Cassie, ajouta-t-elle d'un ton préoccupé, en se tournant vers l'intéressée. Je me demande bien pourquoi.

Cassie chassa le malaise qui la saisissait d'un haussement d'épaules.

— Tout puissant qu'il soit, Halloween prendra fin dans quelques heures et, après ça, il n'aura plus aucun pouvoir, affirma Mélanie.

— Mais on est toujours pas plus avancés sur le crâne. Ni sur Kori, leur fit remarquer Doug, étonnamment grave, tout à coup.

— Et moi, je ne crois pas qu'on sache vraiment si Black John est… comment tu as dit ça, Adam ? « Malveillant » ? déclara Faye, cette langueur habituelle dans le ton. Peut-être qu'il n'avait tout simplement pas envie de parler.

— Oh ! arrête de faire l'imbécile, hein ! s'énerva Laurel.

Avant qu'une dispute ne puisse éclater, Diana s'empressa d'apaiser les esprits.

— Écoutez, il est tard et on est tous très fatigués. On ne va rien résoudre, ce soir. Si Cassie est vraiment remise de ses émotions, je pense qu'on devrait tous rentrer et prendre quelques heures de repos.

Il y eut un temps de réaction. Et puis des hochements de tête à la ronde.

— On pourra en reparler au lycée… ou à l'anniversaire de Nick, proposa Laurel.

— Je vais raccompagner Cassie, annonça justement le beau ténébreux, quand ils furent à la porte.

Cassie lui jeta un coup d'œil incertain. Il n'avait pas dit grand-chose, pendant qu'elle était allongée sur le canapé. Mais il était resté là. Il avait suivi les autres jusque chez Laurel pour s'assurer qu'elle allait bien.

— Bon, alors Deborah peut venir avec moi, lança Mélanie. Elle est venue avec vous, non ?

— Tu peux me déposer aussi ? demanda Diana.

Mélanie acquiesça sans hésiter.

Cassie ne suivit pas vraiment la fin des au revoir. Tout ce qu'elle savait, c'était qu'Adam partait dans sa jeep Cherokee, en direction du nord, et que Diana rentrait avec Mélanie et Deborah, en direction du sud.

« Pas d'union de Pan et de Diane, cette nuit », se disait-elle, avec un immense soulagement.

Un immense soulagement, oui, et… une bouffée de joie mauvaise. Elle ju-bi-lait. Il ne fallait pas. C'était mesquin, c'était malsain. Mais c'était ce qu'elle ressentait.

Juste au moment où elle montait dans la voiture de Nick, elle vit Faye qui lui souriait avec un haussement de sourcils entendu. Et, avant même de savoir ce qu'elle faisait, elle lui avait déjà répondu.

Le lendemain, quand Cassie sortit de chez elle, elle eut un choc. L'érable à sucre, de l'autre côté de la route ! Ces éclatantes couleurs de l'automne, qui la faisaient toujours penser à un incendie de forêt, avaient disparu. Et les feuilles aussi. Toutes les branches étaient nues.

On aurait dit un squelette de halloween.

— Nick ne veut pas nous laisser fêter dignement son anniversaire demain, déplora Laurel. J'aimerais pouvoir lui organiser une vraie… « surprise party ».

Deborah ricana.

— Il se cass'rait direct.

— Je sais. Eh bien, on va essayer de lui trouver quelque chose qu'il ne jugera pas trop puéril. Et puis… (le visage de Laurel s'éclaira) on pourra toujours se rattraper avec les autres anniversaires.

— Quels autres anniversaires ? s'étonna Cassie.

Les filles se tournèrent toutes vers elle comme un seul homme. La gent féminine du Club au grand complet s'était réunie dans l'arrière-salle de la cafétéria pour une conférence au sommet, pendant que les garçons retenaient Nick à l'extérieur.

— Tu veux dire que t'es même pas au courant pour la saison des anniversaires ! s'exclama Suzan, incrédule. Diana t'en a pas parlé ?

Diana ouvrit la bouche, puis la referma. « Elle ne doit pas savoir comment leur dire qu'on ne se parle plus tant qu'ça, elle et moi, supposa Cassie – en privé, en tout cas. »

— Voyons si je peux y arriver d'une seule traite sans me tromper, annonça alors Faye, en regardant le plafond. (Elle se mit à compter sur ses doigts aux longs ongles rouge sang.) Nick est du 3 novembre ; Adam est du 5 novembre ; Mélanie est du 7 novembre ; Moi – Ah oui ! et Diana, aussi – du 10…

— Tu veux rire ? l'interrompit Cassie.

Laurel secoua solennellement la tête, pendant que Faye continuait imperturbablement :

— Chris et Doug sont du 17 novembre ; Suzan, du 24 et Deborah du 28. Laurel est… hum !

— Du 1er décembre, compléta l'intéressée. Et Sean du 3. Et voilà.

— Mais c'est…

Cassie n'en revenait pas. Nick n'avait qu'un mois de plus que Sean ! Et ils n'avaient tous que huit ou neuf mois de plus qu'elle !

— Mais, vous êtes en première, comme moi, Sean et toi, fit-elle remarquer à Laurel. Et je suis du 23 juillet.

— On a raté la date limite, lui répondit la sylphide brune. Ceux qui sont nés après le 13 novembre perdent une année. Alors on a été obligés de regarder tous les autres partir pour l'école maternelle pendant que, nous, on restait enfermés à la maison, ajouta-t-elle, des trémolos dans la voix. Bouhouhou !

Elle essuya des larmes imaginaires.

— N'empêche…, insista Cassie. (Elle ne savait pas comment exprimer ce qu'elle ressentait.) Vous trouvez pas qu'c'est… ? Enfin, c'est assez hallucinant, tout d'même. Vous avez quasiment tous moins d'un mois d'écart…

— Le mois d'avril avait été très pluvieux, cette année-là…, lui fit remarquer Suzan, un petit sourire malicieux creusant de ravissantes fossettes dans ses joues rondes. Les gens ne sortaient pas…

— Ça peut paraître étrange, je reconnais, concéda Mélanie. Mais le fait est que tous nos parents ou presque se sont mariés le printemps précédent. Donc, ça n'a rien de vraiment surprenant.

— Mais…

Cassie n'en trouvait pas moins ça toujours aussi troublant, elle, quand bien même tous les membres du Club y étaient manifestement tellement habitués qu'ils ne s'en étonnaient plus. « Et pourquoi pas moi ? s'interrogeait-elle. Sans doute parce que je suis à moitié de l'extérieur. » Elle haussa les épaules. Mélanie avait probablement raison. Et puis il n'y avait pas de quoi en faire un plat. Elle laissa tomber le sujet et se replongea, avec les autres, dans l'organisation de l'anniversaire de Nick.

Elles décidèrent finalement de regrouper les trois anniversaires de la première semaine – ceux de Nick, d'Adam et de Mélanie – et de tous les fêter le samedi suivant : le 7 novembre.

— Et..., dit Laurel, d'un ton emphatique, quand elles exposèrent leur projet aux garçons, ça va être vraiment, mais alors vraiment spécial. Tss tss ! Pas de questions maintenant. Mais ça va juste être... i-nou-bli-able.

— Euh, c'est pas un truc genre bio-écolo-sain-machin, hein ? s'alarma Doug, en regardant Laurel d'un air soupçonneux.

Les filles échangèrent un coup d'œil en coin et gloussèrent en sourdine.

— Eh bien... en un sens, c'est écolo et... c'est très sain – enfin, pour certains, du moins, lui affirma Mélanie, le plus sérieusement du monde. Venez, vous verrez bien.

— Mais on va crever d'froid ! s'étrangla Sean, horrifié.

— Pas avec ça, lui assura Laurel, en se marrant.

Elle brandissait une Thermos.

— Laurel, lui répliqua posément Adam, qui avait lui-même du mal à se retenir de rire, peu importe si ce que tu as dans ce truc-ci est bouillant. Ça ne nous réchauffera jamais assez pour aller dans ce truc-là !

Une demi-lune argentée dansait sur une mer d'obsidienne – enfin, un peu plus de la moitié, en fait. Et c'était l'océan que montrait Adam.

— Hé ! c'est pas d'l'Ovomaltine ! s'énerva Deborah. C'est du cocktail maison.

Les cinq garçons avaient été placés en face des filles alignées derrière Laurel. Il y avait bien un feu de camp sur la plage, mais, vu la distance, il ne pouvait pas faire grand-chose contre le vent glacé.

— Ils ne vont jamais nous croire, commenta Faye.

— On va être obligées de leur montrer, embraya Diana.

Laurel fit tourner la Thermos. Cassie respira un bon coup et prit une grande gorgée. Le liquide était bouillant et avait un goût de médicament – comme l'une des pires infusions de Laurel –, mais, à peine l'avait-elle avalé, qu'un torrent de feu coulait dans ses veines. Brusquement, son gros pull lui parut complètement superflu. Pouh ! Il faisait une chaleur de bête sur cette plage !

— À l'eau, les mystiques ! s'exclama Mélanie.

Cassie ne savait pas trop ce que ça signifiait, mais, comme les autres filles, elle enlevait à toute vitesse ses fringues devenues soudain insupportables. Les garçons avaient les yeux qui leur sortaient de la tête.

— J'veux un anniv' comme ça, moi, s'écria Sean, d'une voix étrangement essoufflée, au moment où Faye enlevait sa veste rouge. O.K. ? O.K. ? J'veux…

Les garçons furent un peu déçus en découvrant le maillot de bain que les filles portaient en dessous.

— Mais qu'est-ce qu'on est censés faire, nous ? demanda Adam, en reniflant avec une grimace le contenu de la Thermos, un œil rieur sur les filles en bikini.

— Eh bien…, lui répondit Faye avec un sourire ironique, vous pouvez toujours improviser.

— Ou, intervint Diana, vous pouvez regarder derrière ce gros rocher. Qui sait ? Vous pourriez peut-être y trouver une pile de slips de bain…

— Alors ça, pour être spécial, c'est spécial comme anniversaire ! s'exclama, quelque temps plus tard, une Laurel ravie, en faisant la planche à côté de Cassie. Un bain de minuit au mois d'novembre. Ça, c'est vraiment un truc de sorcières !

— C'qu'aurait vraiment été un truc de sorcières, ç'aurait été d'le faire à poil, commenta Chris, en secouant sa crinière blonde comme un chien mouillé.

Cassie et Laurel se jetèrent un coup d'œil complice, puis lancèrent un regard entendu à Deborah qui faisait du surplace, non loin de là.

— Bonne idée ! approuva cette dernière, en hochant la tête à l'attention des autres filles. Et si tu nous montrais un peu comment ça fait, Chris ?

— Euh ! Attendez deux s'condes… J'voulais pas… Hé ! Doug ! Doug ! Au secours !

— Allez, les filles, s'écria Laurel. Chris veut un vrai bain d'minuit, mais il ose pas. Et si on l'aidait ?

— Au secours, les mecs ! Au secours !

Ça se finit en un mélange de course-poursuite et de lutte aquatiques. Tout le monde se mit de la partie. Se voyant poursuivie par Nick, Cassie prit la fuite, battant des jambes dans des gerbes d'écume et moulinant des bras à tout va, alors que Nick fendait souplement les flots derrière elle. Il ne tarda pas à la rattraper, assez pour pouvoir l'agripper par les pieds.

— Au secours ! s'égosilla Cassie en riant – ce qui eut pour effet de lui faire boire la tasse, forcément.

Mais il n'y avait aucun secours en vue. Laurel et Deborah menaient une rude offensive contre les frères Henderson et, leurs deux têtes émergeant côte à côte, Adam et Diana étaient trop loin.

Nick repoussa les mèches mouillées qu'il avait dans les yeux – plus noires que l'onyx, au clair de lune – et lui adressa un sourire canaille. Waouh ! C'était la première fois qu'elle le voyait sourire.

— Rends-toi, lui ordonna-t-il, d'un ton impérieux.

— Jamais ! lui rétorqua-t-elle, avec autant de dignité qu'on pouvait en afficher quand on se prenait des vagues dans le nez.

« C'est vrai qu'il est beau », se dit-elle. Raison de plus pour ne pas se laisser attraper, alors qu'elle était seule avec lui, au milieu de nulle part. Il attaqua de nouveau et elle poussa des cris d'orfraie, appelant à l'aide de plus belle. Soudain, de violents remous se formèrent entre eux, comme dans le sillage d'un squale.

— Allez ! Allez ! fiche le camp d'ici ! Laisse-la tranquille ! s'écria Faye, les yeux luisant de malice sous le voile de ses longs cils noirs. Ou est-ce qu'il va falloir qu'on t'y oblige ? Cassie, chope-le par le cou, pendant que j'lui tire son maillot !

Cassie ne voyait pas vraiment comment on pouvait « choper par le cou » un mec aussi balèze que Nick, surtout quand elle riait à s'en étouffer, mais elle s'élança bravement vers le beau ténébreux. Faye plongea comme un dauphin et Nick en profita pour battre précipitamment en retraite, nageant vers la côte aussi vite que s'il voulait battre un record olympique.

Quand Faye remonta, elle regarda Cassie avec un petit sourire en coin. Cassie pouffa.

— Merci, lui dit-elle.

— C'est quand tu veux, lui assura la sculpturale brune. Tu sais que je suis toujours ravie de faire tout ce que je peux pour mes amis. Et on est amies, Cassie, non ?

Cassie réfléchit à la question, tandis qu'elles regagnaient toutes les deux tranquillement le rivage.

— Je… crois, oui, lui répondit-elle finalement.

— Tant mieux. Parce que, tu vois, Cassie, l'heure approche où je vais avoir vraiment besoin de tous mes amis. Mardi prochain, à la pleine lune, le Cercle se réunira.

Cassie hocha la tête, sans trop savoir où elle voulait en venir. Évidemment qu'il y aurait une assemblée puisque c'était la pleine lune. Et une autre fête, puisque c'était l'anniversaire de Diana. Et celui de Faye, d'ailleurs. Elles allaient toutes les deux avoir dix-sept…

— L'élection ! s'écria Cassie, buvant la tasse pour la seconde fois. (Elle regarda Faye avec une terrible appréhension.) Faye…

— C'est ça, lui confirma la grande brune.

Sa somptueuse cascade de cheveux noirs flottait dans son dos comme de longues algues entrelacées. On aurait dit une sirène, au clair de lune. Elle ne la quittait pas des yeux.

— Je veux devenir leader de ce coven, Cassie. Je serai leader de ce coven. Et tu vas m'y aider.

Cassie lâcha un « non ! » horrifié dans un murmure.

— Si. Parce que, cette fois, je ne plaisante pas. Je t'ai laissé la bride sur le cou, Cassie : je t'ai laissée faire ce que tu voulais, même quand tu ne respectais pas les règles du jeu. Mais c'est fini, Cassie. C'est ce que je désire le plus au monde. Et tu vas m'aider à l'obtenir. Sinon… (Elle jeta un coup d'œil vers les deux têtes d'Adam et de Diana qu'on apercevait toujours au loin, puis se retourna.) Sinon, je le ferai.

» Je raconterai tout à Diana. Et pas juste cette histoire de pelotage sur la falaise. Je lui dirai comment vous vous êtes embrassés, Adam et toi, à la Fête de la Rentrée – tu croyais vraiment que personne ne vous avait vus ? Et je lui révélerai la véritable raison pour laquelle Adam a franchi les quatre cercles de protection, la nuit de Halloween. Et… (elle se rapprocha encore, le regard de ses prunelles d'or aussi fixe que celui d'un faucon sous ses paupières mi-closes) je lui parlerai du crâne. Je lui dirai comment tu l'as trompée pour le voler et comment tu me l'as apporté pour qu'on puisse tuer Jeffrey.

— C'est pas comme ça qu'ça s'est passé ! Je n'te l'aurais jamais apporté si j'avais su…

— En es-tu sûre, Cassie ? (Sur les lèvres vernissées de la belle brune, se dessinait lentement un sourire de connivence.) Moi, je crois qu'au fond, on est pareilles, toi et moi. On est… des sœurs de feu. Et, si tu ne votes pas pour moi, mardi, je balancerai à tout l'monde la vérité sur toi. Je leur dirai ce que tu es vraiment, à l'intérieur…

« Mauvaise », compléta mentalement Cassie, les yeux perdus sur l'océan.

Il reflétait le clair de lune comme un miroir noir, comme une énorme hématite. Et il l'encerclait. Et elle ne pouvait plus parler.

— Réfléchis bien, Cassie, reprit Faye, d'un ton léger. Tu as jusqu'à mardi soir pour te décider.

Et elle s'éloigna dans un crawl parfait.

Le soir fatidique était arrivé.

La pleine lune était pile à la verticale. Le cercle avait été tracé. Les membres du Club avaient pris place à l'intérieur. Diana portait tous les emblèmes de la Reine des Sorcières. Elle avait invoqué la protection des quatre éléments, mais, maintenant, elle se taisait. C'était Mélanie qui procédait au vote, en interpellant chaque électeur du plus âgé au plus jeune :

— Nicholas ?

— J'vous l'ai déjà dit : j'voterai pas. J'suis venu parce que vous avez lourdement insisté toutes les deux, leur rappela Nick, en jetant un coup d'œil à Faye et à Diana. Mais je m'abstiens.

Avec une étrange sensation d'irréalité, Cassie le dévisagea. Beau, froid, imperturbable, comme d'habitude. Nick s'était abstenu. Pourquoi pas elle ? Mais elle savait que Faye ne se satisferait jamais d'une seconde abstention. Sauf si elle avait déjà remporté l'élection. Et Cassie ne savait pas plus comment voter, ce soir, que trois jours auparavant. Si seulement elle pouvait avoir un peu plus de temps…

Mais le temps lui était compté. Déjà, Mélanie poursuivait :

— Adam ?

Adam parla d'une voix claire et ferme :

— Diana.

Des deux piles de petits cailloux rouges et blancs, en face d'elle, Mélanie avança un caillou blanc.

— Quant à moi, je vote également pour Diana, déclara-t-elle, en avançant un deuxième caillou blanc. Faye ?

Un sourire doucereux étira lentement les lèvres écarlates de la brune incendiaire.

— Je vote pour moi.

Mélanie avança une petite pierre rouge.

— Diana ?

— Je vote pour moi aussi, répondit posément Diana.

Troisième caillou blanc.

— Douglas ?

Doug afficha un de ses rictus les plus sardoniques.

— J'vote pour Faye, forcément.

— Christopher ?

— Euh… (Christopher avait l'air troublé. En dépit du froncement de sourcils de Faye et des frénétiques simagrées de son frère, il plongeait un regard perdu dans le néant, scrutant le vide comme à la recherche d'une ancienne décision qu'il aurait égarée. Il sembla finir par la trouver et leva les yeux vers Mélanie.) O.K., dit-il d'un ton décidé. Diana.

Tous se tournèrent vers lui, médusés. Il les défia du regard. Les doigts de Cassie s'étaient refermés sur le morceau d'hématite dans sa poche.

— Chris ! s'écria Doug, outré. Espèce de…

Mélanie le fit taire.

— Personne ne parle, ordonna-t-elle, tout en avançant une quatrième pierre blanche à côté des deux rouges. Suzan ?

— Faye.

Trois rouges, quatre blanches.

— Deborah ?

— À ton avis ? Faye.

Quatre rouges, quatre blanches.

— Laurel ?

— Diana a toujours été notre leader et elle le sera toujours, affirma-t-elle. Je vote pour elle.

Mélanie plaça une cinquième pierre blanche sur la rangée. Une ébauche de sourire se dessinait déjà sur ses lèvres.

— Sean ?

Sean détourna les yeux, manifestement mal à l'aise.

— Je…

Faye braquait sur lui un regard assassin.

— Je… je… Faye, souffla-t-il, en rentrant la tête dans les épaules.

Mélanie avança une autre pierre rouge d'un air dégoûté. Cinq rouges, cinq blanches. Mais, si le regard de ses yeux gris demeurait grave, sa bouche s'incurvait résolument en un sourire triomphant. Tous les partisans de Diana se détendaient et se souriaient de part et d'autre du cercle.

Mélanie se tourna en toute confiance vers le dernier membre du coven et demanda :

— Cassandre ?

14

Sous le disque argenté de la Lune ne régnait plus que le silence, un silence de mort.

— Cassie, répéta Mélanie.

Tout le monde la regardait, à présent. Cassie pouvait sentir les yeux brûlants de Faye braqués sur elle. Elle comprenait, maintenant, pourquoi Sean s'était tant agité, sous ce regard, tout à l'heure. Il était plus ardent que le mur de feu invoqué par Diana pour les protéger, à Halloween.

Elle parvint pourtant à s'y arracher pour tourner la tête de l'autre côté. Comme si on l'avait appelée. Car Diana aussi la regardait. Ses prunelles ressemblaient à deux sources claires où se miraient les feuilles des arbres reverdis, les toutes premières. Cassie ne semblait plus pouvoir en détacher les yeux.

— Cassie ? répéta Mélanie pour la deuxième fois, l'ombre d'un doute dans la voix.

Les yeux toujours rivés au regard limpide de Diana, Cassie souffla :

— Faye.

— QUOI ? s'exclama Laurel.

— Faye, redit Cassie – trop fort, cette fois-ci.

Elle se cramponnait au morceau d'hématite dans sa poche. Le froid de la pierre semblait s'infiltrer en elle.

— J'ai dit « Faye », O.K. ? lança-t-elle à Mélanie.

Mais c'était toujours Diana qu'elle regardait.

Il y avait de l'incompréhension dans ses beaux yeux verts. Et puis, tout à coup, la lumière se fit dans son esprit et ce fut comme si une pierre avait été jetée dans l'eau si tranquille de ces sources si claires. Et, quand Cassie le vit, quand elle vit Diana prendre pleinement conscience de ce qui se passait, quelque chose, en elle, mourut à jamais.

Elle ne savait plus pourquoi elle avait voté pour Faye. Elle ne parvenait plus à se rappeler comment tout ça avait commencé, comment, à un moment, elle s'était retrouvée engagée dans cette voie. Tout ce qu'elle savait, c'était que le froid qui remontait de sa main le long de son bras la gagnait, à présent, tout entière et qu'à partir de maintenant, elle ne pourrait plus revenir en arrière.

Mélanie était restée figée, comme assommée. Elle paraissait avoir tout oublié des petits cailloux rouges et blancs. Ce fut Deborah qui se pencha pour ajouter une sixième pierre rouge à l'alignement.

Et, d'une certaine façon, ce fut cet acte, et la vue de ces six pierres rouges alignées à côté des cinq pierres blanches, qui donnèrent à ce vote tout son sens. Qu'ils l'acceptent ou non, la réalité, désormais, leur crevait les yeux. Ça leur fit l'effet d'un électrochoc et tout le monde se redressa.

Mélanie annonça d'une voix monocorde :

— Faye est le nouveau leader de ce coven.

Faye se leva.

Jamais elle n'avait paru si grande, si belle.

Sans un mot, elle tendit la main vers Diana.

Mais ce n'était pas un geste d'amitié, non. La main aux longs ongles écarlates réclamait son dû. En réponse, Diana se leva à son tour. Très lentement. Elle commença à détacher le brassard d'argent qui lui enserrait le bras gauche.

Adam observait la scène, comme foudroyé. Et puis il se redressa d'un bond.

— Eh ! attendez un p...

— C'est inutile, Adam, l'interrompit Mélanie d'une voix d'outre-tombe. L'élection s'est déroulée dans les règles. On ne peut plus rien y changer, maintenant.

Faye s'empara du bracelet ciselé de mystérieuses runes et le referma sur son bras nu. Il scintilla sur sa peau d'albâtre.

Les doigts de Diana tremblaient, quand elle dégrafa sa jarretière. Sans cesser de marmonner, essuyant ses larmes d'un geste rageur, Laurel se précipita à son secours. Elle s'agenouilla devant Diana et tira nerveusement sur la lanière de cuir vert doublée de soie bleue. La boucle d'argent s'ouvrit. Lorsque Laurel se releva, elle fusilla Faye du regard, comme si elle allait la lui balancer à la figure.

Mais Diana la lui prit des mains et la remit solennellement à sa rivale.

Faye avait revêtu la longue robe noire qu'elle portait à la fête de Halloween, celle qui était fendue des deux côtés jusqu'à la hanche. Elle attacha elle-même la jarretière sur sa cuisse gauche.

Diana leva alors les bras pour ôter le diadème qui lui ceignait le front. Quand elle le souleva, de fines mèches, rayons de soleil et clair de lune mêlés, restèrent accrochées.

Faye le lui arracha pratiquement des mains.

Elle le brandit alors au-dessus de sa tête, comme pour le montrer à tout le coven, aux quatre éléments, à la terre entière : sa victoire, son trophée. Et puis elle le posa triomphalement sur son front. Le croissant de lune semblait briller de mille feux sur le noir corbeau de sa somptueuse chevelure d'ébène.

Une sorte de soupir collectif s'éleva alors du Cercle.

Cassie ne s'était même pas rendu compte qu'elle s'était levée que déjà elle courait. Elle bondit hors du cercle et longea la mer à toutes jambes, ses pieds s'enfonçant dans le sable mouillé. Elle courut à perdre haleine jusqu'à ce qu'une main la retienne.

— Cassie ! s'écria Adam.

Il scrutait ses yeux d'un regard pénétrant, comme s'il voulait la fouiller jusqu'à l'âme.

Cassie se libéra d'un geste brusque et courut de plus belle. Il la rattrapa aussitôt.

— Cassie ! Je sais que tu n'voulais pas l'faire ! Elle t'y a obligée, hein ? Cassie, dis-moi !

Elle tenta de lui échapper une nouvelle fois. Pourquoi la harcelait-il ? Et, brusquement, elle eut un violent renvoi de rancune : elle lui en voulait, à lui, et à Diana aussi, de cette inébranlable foi qu'ils avaient en elle.

— Je suis sûr qu'elle t'a forcée, insista Adam avec conviction.

— Personne ne m'a forcée !

Elle hurlait presque. Et puis, tout à coup, elle cessa de se débattre. Et ils restèrent ainsi, debout, face à face, les yeux dans les yeux, tremblants et haletants.

— Tu ferais mieux de retourner là-bas, lui dit-elle. On n'est pas censés se retrouver tout seuls tous les deux, tu t'rappelles ? Tu t'rappelles le serment ? Non que tu doives avoir bien besoin de te le rappeler, j'imagine. Il ne doit pas être très difficile à respecter, en ce moment, hein ?

— Cassie, mais qu'est-ce qui t'arrive ?

— Rien, il m'arrive rien ! Va-t'en, Adam ! Juste...

Avant qu'elle n'ait pu s'en empêcher, elle agrippa Adam par les bras et l'attira à elle. Et puis elle l'embrassa, sauvagement, rageusement. Et, quand, l'instant d'après, elle le lâcha, une même stupeur se lisait dans leurs yeux.

Ils se dévisagèrent, sans voix.

— Retourne là-bas, répéta-t-elle, finalement.

À peine si elle pouvait s'entendre parler avec le sang qui lui martelait les tympans. Elle avait tellement froid... et pas seulement dans sa chair, mais à l'intérieur, jusqu'aux tréfonds de son être. Elle était en train de geler. Elle se solidifiait comme de la glace noire. Tout était noir autour d'elle.

Elle poussa Adam et se dirigea vers le feu de camp.

— Cassie !

— J'y retourne, moi, en tout cas. Pour féliciter notre nouveau leader.

C'était la pagaille, là-bas : Laurel pleurait ; Deborah hurlait ; Chris et Doug se fusillaient du regard et se traitaient de tous les noms comme s'ils allaient se sauter à la gorge ; Sean se planquait derrière Faye pour se garder d'une Mélanie souveraine de mépris ; Suzan disait à Chris et Doug d'arrêter leurs gamineries et Faye... Faye riait. De tous, seuls Nick et Diana étaient parfaitement calmes. Nick fumait en silence, à l'écart du groupe, les surveillant à travers la fente de ses yeux plissés.

Quant à Diana, elle était juste restée plantée là, exactement au même endroit. Elle semblait ne rien voir, ne rien entendre de toute cette folie qui régnait autour d'elle.

— Vous allez tous la boucler, ouais ! aboyait Deborah, quand Cassie les rejoignit. C'est Faye qui commande, maint'nant.

— Exactement, renchérit Suzan.

Chris et Doug en étaient arrivés aux mains. C'est alors que Suzan aperçut Cassie et lui lança, d'un ton presque implorant :

— Hein, c'est vrai, Cassie ?

Étrange comment, d'un seul coup, le silence s'abattit sur le Cercle. Elle était redevenue le point de mire.

— Parfaitement, acquiesça-t-elle, d'une voix minérale.

Chris et Doug cessèrent de se bagarrer. Laurel cessa de pleurer. Et, quand Cassie vint prendre place derrière Faye, plus personne ne bougea. En adoptant cette position, elle pouvait tout aussi bien manifester à Faye son soutien que… lui planter un couteau dans le dos.

Si Faye le redouta, elle n'en laissa rien paraître, en tout cas.

— Bien. Vous avez entendu : c'est moi qui commande, maint'nant, déclara-t-elle avec hauteur. Voici donc mon premier ordre de leader. (Elle se retourna légèrement vers Cassie.) Je veux que tu ailles chercher le crâne. Quant à vous autres… direction le cimetière.

— Quoi ? s'étrangla Laurel.

— C'est moi le chef et j'ai bien l'intention de faire quelque chose de mon pouvoir, au lieu de rester bien gentiment assise dessus. Il y a de l'énergie emprisonnée dans ce crâne, de l'énergie qu'on peut utiliser. Cassie, va le chercher.

Tout le monde se mit à parler en même temps, à s'invectiver, à s'insulter. Ça ne s'était jamais produit, du temp de Diana. Adam incendiait Faye, en lui demandant si elle n'était pas devenue folle. Seuls Nick et Diana demeuraient imperturbables. Nick, parce qu'il assistait tranquillement au spectacle, et Diana, parce qu'elle regardait… quelque chose qu'elle seule pouvait voir.

Mélanie essayait bien de rétablir le calme, mais n'arrivait à rien. Quelque part, dans cette partie cartésienne tout enfouie au fond de son esprit, Cassie savait que, si Diana était intervenue à ce moment-là, si Diana s'était avancée pour prendre les choses en main, le coven l'aurait écoutée. Mais Diana ne bougea pas. Et l'hystérie ne fit que gagner du terrain.

— Va le chercher, Cassie, gronda Faye, entre ses dents serrées. Ou j'y vais moi-même.

Cassie sentait quelque chose tout autour d'elle… Au-dessus d'elle, le ciel était tendu comme une peau de tambour, comme la corde d'une harpe n'attendant plus que la main qui la ferait vibrer. Derrière elle, l'océan piaffait, comme un cheval sauvage qui retenait à grand-peine sa course folle. Elle le sentait aussi dans le sable, sous ses pieds, et dans les flammes du feu qui rugissait. Les quatre éléments ! Le Pouvoir !

Elle se souvint alors de ce qu'elle avait fait au doberman, dans le plant de citrouilles. De cette force qui avait jailli hors d'elle, focalisée comme un rayon laser. Elle avait l'impression que c'était quelque chose comme ça qui se rassemblait en elle, tel un fauve prêt à bondir. Elle se sentait intimement connectée au monde, en phase avec toute cette énergie qui l'entourait. Elle savait qu'un seul geste d'elle suffirait à la déchaîner.

— Black John nous livrera son pouvoir… Il nous le donnera, même, si on s'y prend bien pour le lui demander, braillait Faye pour couvrir la cacophonie ambiante. Je le sais : j'ai parlé avec lui. Mais il faut qu'on aille le lui demander.

« “Parlé avec lui” ? s’étonna Cassie. Quand ça ? » Quand elle lui avait apporté le crâne la première fois ? Ou à un autre moment, plus tard ?

— Mais pourquoi le cimetière ? protestait Mélanie. Pourquoi là-bas ?

— Parce-que-c’est-ce-qu’il-a-dit ! martela Faye, à bout de nerfs. Cassie, pour la dernière fois, va chercher ce crâne !

Les éléments s’étaient rangés à ses côtés… Il aurait suffi d’un geste… Cassie regardait la nuque de Faye. Et puis elle se souvint de quelque chose : cette expression dans les yeux de Diana quand elle avait voté contre elle… À quoi bon tuer Faye, maintenant ? Tout était déjà fini, de toute façon.

Cassie pivota d’un bloc et se dirigea vers le cercle de cailloux noircis au centre duquel le crâne était enfoui.

— Mais… comment elle sait… ? s’exclama Mélanie.

Le ricanement de Faye l’interrompit. Donc, ça aussi, c’était fini. Le secret était éventé. Tout le monde savait, désormais. Diana n’avait jamais précisé l’endroit où elle avait enseveli le crâne. Même Adam l’ignorait. Cassie partit en courant pour ne pas en entendre davantage.

Elle creusa au milieu du cercle de galets noirs de suie jusqu’à ce que ses doigts touchent le linge blanc qui enveloppait le crâne. Elle creusa ensuite tout autour et le sortit de son trou, surprise, comme à chaque fois, de le trouver si lourd. Elle chancela en le soulevant pour se diriger vers Faye.

Deborah vint à sa rencontre.

— Par là, lui dit-elle, en l’attirant à l’écart avant qu’elles n’atteignent le Cercle. Allez, viens !

Elles escaladèrent la falaise. Cassie aperçut la moto de Deborah au sommet.

— Faye avait tout calculé, souffla-t-elle. (Elle darda un regard noir sur Deborah et répéta plus fort :) Faye avait tout calculé !

— Ouais. Et alors ? (Deborah avait l'air perplexe : un brave petit lieutenant habitué à exécuter les ordres de son officier. Qu'est-ce que ça changeait, si Faye avait tout organisé ?) Elle s'était dit qu'elle aurait sans doute du mal à faire aller les autres là-bas. Mais elle voulait s'assurer que nous, on y arriverait, lui expliqua la motarde.

— Je n'vois pas comment elle pourrait réussir à pousser ne serait-ce qu'un seul des autres à aller là-bas, lui rétorqua-t-elle, en jetant un coup d'œil au groupe, en contrebas.

Une étrange folie semblait s'être emparée d'eux. Quoi qu'elle puisse être en train de leur dire, Faye était parvenue à les faire réagir : Suzan se dirigeait vers la falaise et Doug tirait tant bien que mal son frère derrière lui. Faye poussait Sean devant elle.

— Ça fait sept. Faye a dit qu'on aurait pas besoin d'plus, commenta Deborah, en se détournant de la plage. Allez, viens !

La virée à moto ressembla à la précédente, sauf que Deborah allait encore plus vite et que la lune était encore plus claire. Mais, cette fois, Cassie n'avait pas peur, bien qu'elle n'ait pourtant qu'un bras pour se tenir à Deborah – l'autre lui servait à serrer le crâne contre elle. Elles atteignirent le cimetière en un éclair. Quelques minutes plus tard, elles entendirent des bruits de moteur. Le 4 × 4 noir des Henderson fut le premier à arriver avec Doug, Chris et Suzan à l'intérieur. La Corvette de Faye les suivait. Faye descendit côté conducteur et Sean bascula par la portière côté passager.

— Suivez-moi ! ordonna Faye.

Sa cascade de cheveux noirs se balançant en cadence, elle se dirigea vers l'angle nord-est du cimetière. À chacun de ses pas, ses jambes fuselées cisaillaient l'obscurité de leur blancheur nacrée, découvrant la lame scintillante de la dague noire glissée sous la jarretière qui lui ceignait la cuisse. Quand le terrain commença à monter, elle s'immobilisa.

Horriblement consciente de l'endroit où ils se trouvaient, serrant le crâne contre elle comme un bouclier, Cassie s'arrêta derrière Faye. Alignées ici, de part et d'autre de la petite butte de terre, se dressaient les tombes du père de Faye, de la mère de Sean et de tous les autres parents disparus de Crowhaven Road. Sean pleurnichait, à présent, et seule la poigne de fer de Deborah l'empêchait de partir en courant.

Faye se retourna vers eux. Même dans les pires circonstances, avec sa stature et sa beauté de femme fatale, la grande brune exerçait un ascendant naturel sur les autres. Elle intimidait. Mais, maintenant, avec ses attributs de Reine des Sorcières – le diadème, le bracelet et la jarretière –, l'effet était encore plus frappant : une aura de pouvoir et de prestige l'entourait. Elle était… ensorcelante.

— L'heure est venue d'entrer en possession de l'énergie qui appartenait au coven des origines et que Black John a emmagasinée dans le crâne, déclara-t-elle, solennelle. Black John veut qu'on possède ce pouvoir pour qu'on puisse s'en servir contre nos ennemis. Et on peut le récupérer. Main-tenant !

Dégainant brusquement la dague de sa jarretière, Faye dessina alors à la va-vite un semblant de cercle dans l'herbe jaunie.

— Prenez vos places ! leur ordonna-t-elle, avec un geste vif de sa lame qui leur désignait l'intérieur du cercle imparfait.

Ils obéirent tous sans hésiter.

« Elle enchaîne les ordres à une telle vitesse qu'ils n'ont pas le temps de réfléchir », pensa Cassie. Personne ne la défiait. Tout le monde semblait pris dans ce tourbillon d'agitation frénétique, cette sensation d'urgence que Faye suscitait. Même Sean en oubliait de larmoyer et la regardait, comme hypnotisé.

Il faut dire qu'elle offrait un spectacle saisissant, cette ténébreuse Reine des Sorcières, avec sa dague brandie à la face du ciel pour invoquer les éléments. « Trop vite, se dit Cassie. Elle va trop vite. » Une si piètre protection, alors que tous les efforts de Diana à Halloween n'y avaient pas suffi. Elle ne protesta pas, elle non plus, pourtant. Ils étaient tous embarqués sur le Grand Huit et plus rien ni personne ne pouvait l'arrêter. Cassie moins que tout autre, elle qui était si engourdie, si transie…

— Pose le crâne au milieu, Cassie, lui intima Faye, d'une voix haletante.

L'impérieuse brune avait le souffle court et sa poitrine se soulevait à un rythme étonnamment rapide. Elle paraissait plus excitée qu'elle ne l'avait jamais été pour Jeffrey, ou Nick, ou même ce livreur de pizza qu'elle avait pourtant fait monter dans sa chambre.

Cassie s'agenouilla et plaça l'artéfact encore enveloppé de son linge blanc au centre du semblant de cercle.

— Et maintenant, reprit Faye, avec un alarmant accent triomphant dans la voix, sans quitter des yeux la forme blanchâtre recouverte de sable posée à ses pieds, on va pouvoir réclamer le pouvoir qui aurait dû être le nôtre dès l'départ. Je prends les éléments à témoin…

— Arrête, Faye !

Adam venait de surgir en courant entre les tombes.

Il avait entraîné le reste du coven dans son sillage, y compris Diana – une Diana qui semblait se mouvoir comme une somnambule. Même Nick – qui ne s'était apparemment pas départi de son silence, ni de son regard critique, depuis la plage – fermait la marche.

Faye s'empara du crâne voilé et, le projetant bras tendus, le leur présenta comme un reproche qu'elle leur lançait à la face.

— Vous avez eu votre chance, leur cracha-t-elle. Maintenant, c'est mon tour.

— Faye, réfléchis deux s'condes, tenta de la raisonner Adam. Black John n'est pas ton ami. S'il t'a vraiment parlé, il n'a pu te dire que des mensong…

— C'est toi qui mens ! riposta Faye.

— Chris, Doug, ce crâne a tué Kori. Si vous la laissez libérer cette énerg…

— Ne l'écoutez pas ! hurla Faye.

Telle qu'elle était là, les jambes écartées, l'argent de ses emblèmes royaux étincelant sur l'écrin noir de sa somptueuse chevelure de nuit et de son fourreau de soie, le crâne projeté en avant à deux mains comme un trophée, elle ressemblait à quelque reine barbare brandissant la tête tranchée de l'ennemi vaincu. Cassie se rendit soudain compte que, pendant qu'Adam lui parlait, Laurel et Mélanie avaient contourné le cercle, une de chaque côté.

Faye s'en était aperçue aussi.

— Je n'vous laisserai pas faire ! fulmina-t-elle. Avec moi, commence un nouveau Cercle !

— Je t'en prie, Faye ! s'écria alors Diana – qui semblait s'être enfin réveillée –, d'un ton désespéré.

— Par le Feu, par l'Air, par l'Eau, par la Terre ! déclama Faye à pleine voix.

Elle arracha le voile et brandit le crâne à deux mains au-dessus de sa tête.

Argent. La pleine lune projetait sa clarté argentée sur le crâne et semblait s'y refléter. Et c'était comme si un autre visage avait été suspendu au-dessus de celui de Faye, un visage vivant, mais étrange qui faisait immanquablement penser à un squelette. Et soudain, ce visage se mit à vomir quelque chose de noir. Quelque chose de plus noir que le ciel entre les étoiles, quelque chose qui sortait de ses orbites, de ses narines et entre les dents de sa bouche grimaçante. « Des serpents », pensa Cassie, qui, fascinée, ne parvenait pas à détacher les yeux de ce qu'elle voyait. Des serpents et des vers, et des dragons, de ceux qui écorchaient la terre de leurs lourdes écailles, lacéraient les cieux de leurs échines hérissées de pointes acérées et crachaient du poison quand ils respiraient. Tout ce qu'il y avait de mal, tout ce qu'il y avait d'obscur, de démoniaque, tout ce qu'il y avait de vil, de rampant, de révulsant semblait surgir de ce crâne de pierre. Sauf que rien de tout ça n'était réel. Juste de la noirceur. Juste un déferlement de ténèbres.

Alors s'éleva une sorte de vrombissement, comme un essaim d'abeilles, en plus fort, en plus… létal. Et ça s'amplifiait. Faye se tenait sous cette cascade de noirceur et ce bruit était comme deux pics à glace dans les tympans de Cassie. Quelque part, un chien aboyait…

« Il faut que quelqu'un arrête ça, comprit Cassie. Non, pas "quelqu'un", moi… il faut que j'arrête ça. Et tout de suite. »

Déjà, elle se relevait quand… le crâne explosa.

Tout était calme et noir.

Parfait. Cassie ne voulait pas se réveiller.

Un grognement à côté d'elle.

Elle se redressa lentement, regarda autour d'elle, essayant de recoller ses bouts de souvenirs pour savoir ce qui s'était passé. Le cimetière ressemblait à un champ de bataille jonché de cadavres. Il y avait des corps partout. Adam était là-bas, gisant dans l'herbe jaunie, un bras tendu vers le cercle, Raj couché à côté de lui. Et là, Diana, ses cheveux de lumière, piqués de feuilles mortes, traînant dans la terre et dans la poussière. Et, un peu plus loin, Nick qui se mettait à quatre pattes en secouant la tête.

Faye gisait dans une flaque de soie noire. Ses cheveux épars couvraient son visage. Ses mains étaient ouvertes, mais… vides. Aucun signe du crâne.

Quelqu'un grogna de nouveau près d'elle. Cassie tourna la tête. Deborah s'asseyait, prenant appui d'une main tout en se frottant la figure de l'autre. Sean gémissait. Suzan aussi. Deborah rampa jusqu'à Faye et lui dégagea le visage.

— Elle respire, annonça-t-elle.

Cassie acquiesça en silence. Elle ne savait pas quoi dire. Adam se penchait sur Diana. Elle se détourna brusquement : elle ne voulait pas voir ça. Mélanie et Laurel étaient déjà debout. Chris et Doug avaient tout l'air de deux catcheurs se relevant d'un K.-O. Apparemment, tout le monde était vivant.

C'est alors que Cassie vit Laurel pointer le doigt avec un hoquet de stupeur.

— Oh mon Dieu ! s'exclama-t-elle. La butte. Regardez la butte !

À la vue de ce spectacle, Cassie se figea. Ses yeux écarquillés allaient et venaient, embrassant toute la scène, mais elle ne parvenait pas à croire ce qu'elle voyait.

Le tertre. Celui dont sa grand-mère lui avait dit qu'il s'agissait d'une sorte de bunker pour stocker les munitions pendant la guerre. Ce tertre-là était éventré. Le cadenas rouillé avait disparu et la porte de fer était écrasée contre le bloc de béton. Et ce n'était pas tout. Le sommet du monticule, là où l'herbe jaunie du cimetière avait fini par repousser… Eh bien, il avait éclaté comme la peau d'une prune trop mûre. « Comme le cocon déchiré d'un insecte », songea-t-elle.

Et, de part et d'autre, tout le long du grillage, les pierres tombales étaient penchées dans tous les sens. Celles qui étaient les plus proches de la butte – celles qui portaient le nom des parents disparus de Crowhaven Road – étaient même fendues et renversées. « "Prophanées" », pensa Cassie. Elle ne savait pas d'où lui venait ce mot, surtout tel qu'elle se le représentait mentalement – écrit avec cette graphie d'un autre âge –, mais, en l'occurrence, il était on ne peut plus approprié.

De la crevasse, au sommet du monticule, s'échappait une odeur… pestilentielle.

— Faut qu'j'aille voir, marmonna Deborah.

Cassie n'avait jamais eu autant d'admiration pour quelqu'un qu'elle en eut, en cet instant, pour Deborah, en la voyant se diriger, en titubant, vers le tertre éventré. Elle n'avait jamais connu personne de plus courageux que cette fille-là. Elle se leva à son tour – oh ! là, là ! elle avait la tête qui tournait – et rejoignit tant bien que mal la motarde. Elles tombèrent toutes les deux à genoux sur les bords de la crevasse qui exhalait cette irrespirable puanteur.

Au clair de lune, on pouvait voir que le trou était vide. Mais il y avait quelque chose qui tapissait la terre là-dedans, comme un film graisseux.

C'est alors qu'une lumière et un mouvement détournèrent son attention.

C'était dans le ciel, vers le nord-est. On aurait dit une aurore boréale, sauf que ça clignotait et que c'était uniformément rouge.

— C'est au-d'ssus de Crowhaven Road, affirma Nick.

— Oh mon Dieu ! qu'est-ce qui s'passe chez nous ? s'écria Laurel.

— On dirait un incendie, maugréa Deborah, d'une voix encore éraillée.

— En tout cas, on f'rait mieux d'y aller, reprit Nick.

Adam soutenait Diana et essayait de la faire revenir à elle. Suzan et Sean s'étaient recroquevillés sur place et les frères Henderson avaient toujours l'air à moitié assommés. Quoique sonnées, Mélanie et Laurel étaient debout.

— Nick a raison, dit Mélanie. On n'a qu'à laisser Adam gérer la situation ici. Il se passe quelque chose là-bas.

Cassie jeta un coup d'œil à Faye, son leader terrassé. Et puis elle se tourna vers Mélanie et, sans un mot, la suivit.

Quelle importance si les cinq qui se dirigeaient vers le sentier, d'un pas mal assuré, avaient été ennemis, dans la récente querelle qui les avait opposés ? Il n'était plus temps de s'intéresser à ces mesquineries, maintenant. Cassie monta sur la moto de Deborah, pendant que Mélanie et Laurel sautaient dans la voiture de Nick. Les autres devraient se débrouiller pour les suivre quand ils le pourraient – encore aurait-il fallu qu'ils le veuillent, bien entendu…

Le vent rugissait à ses oreilles comme une mer déchaînée. Mais le pouvoir qu'elle avait ressenti, un peu plus tôt, cette osmose avec les éléments, avait disparu. Elle ne parvenait pas à réfléchir : elle avait le cerveau embrumé et les idées embrouillées, comme quand on a un mauvais rhume. Tout ce qu'elle savait, c'était qu'elle devait rentrer à Crowhaven Road.

— C'est pas un incendie, lui cria Deborah, alors qu'elles rejoignaient la route. Pas de fumée : pas d'feu.

Les maisons ensevelies par la nuit défilaient : celle de Diana ; celle de Deborah ; la demeure géorgienne au numéro 3 ; celle de Mélanie ; celle de Laurel ; celle de Faye ; la maison victorienne vide ; celle des Henderson ; celle d'Adam ; celle de Suzan ; celle de Sean…

— C'est chez toi, Cassie, s'égosilla la motarde.

Oui. Cassie l'avait toujours su. Quelque chose en elle le lui avait dit, avant même qu'ils ne quittent le cimetière.

Un érable se découpait tel un squelette noir sur le fond de lumière rouge qui inondait le numéro 12. Mais ce rouge-là n'était pas celui des flammes. C'était une lumière ensorcelée : l'aura cramoisie du Mal.

Cassie se souvint alors combien elle avait détesté cette maison, quand elle l'avait vue pour la première fois. Elle avait haï sa masse grise, sa laideur d'un autre âge, le bardage nu de ses murs, son toit avachi et ses fenêtres sales. Cependant, maintenant, elle s'y était attachée. C'était sa maison de famille. Sa maison. Elle y tenait. Et, surtout, c'était là que vivaient sa mère et sa grand-mère. Sa mère et sa grand-mère qui dormaient… à l'intérieur.

15

Cassie sauta de la moto et remonta l'allée en courant. Mais, dès qu'elle pénétra dans le halo rougeoyant, elle se sentit freinée dans son élan. Quelque chose, dans la consistance même de la lumière, entravait les mouvements, bloquait la respiration. Comme si l'air était plus épais, plus dense.

Elle dut lutter pour atteindre l'entrée – comme si elle courait au ralenti. La porte était ouverte. À l'intérieur, l'éclairage normal du vestibule semblait bien faible et un peu ridicule, dans ce rougeoiement qui avait tout envahi, comme des torches électriques allumées en plein jour.

C'est alors qu'elle aperçut… « Oh mon Dieu ! » Sa gorge se contracta. Elle en eut le souffle coupé.

Des traces de pas !

Quelqu'un ou… quelque chose avait traîné de la boue sur le plancher ciré de sa grand-mère. Sauf que… ce n'était pas de la boue. C'était noir comme du goudron et ça… ça fumait légèrement, comme quelque magma primordial remonté des enfers. Les empreintes se dirigeaient vers l'escalier et en revenaient.

Saisie d'effroi, Cassie n'osait plus bouger.

— Qu'est-ce que c'est qu'ça ? demanda posément Nick, en entrant dans la maison derrière elle.

Sa voix ne portait pas très loin. L'air – si dense qu'on aurait presque cru de la mélasse – l'étouffait, la déformait. Cassie se retourna vers lui. C'était comme si elle se déplaçait dans un rêve, ou comme ces cosmonautes dans l'espace : chaque geste semblait se décomposer en petits mouvements lents et un peu mous.

— Viens, dit Nick, en la tirant par la main.

Deborah, Mélanie et Laurel venaient de s'encadrer dans l'entrée. Elles aussi donnaient l'impression de se mouvoir au ralenti.

Cassie se laissa guider vers l'escalier. La montée des marches lui parut interminable : un vrai parcours du combattant. Le halo rougeoyant était moins intense, en haut, et les empreintes devenaient moins faciles à repérer. Cassie se fiait plus à son intuition qu'à ses sens pour les suivre. Ses pas la menèrent pourtant directement à la chambre de sa mère. Elle était tellement terrorisée qu'elle ne put que pointer la porte du doigt, absolument incapable qu'elle était de franchir le seuil toute seule.

Nick tourna la clenche et le vantail s'ouvrit lentement, révélant un grand lit. Vide.

— Non ! hurla Cassie.

Le rougeoiement sembla s'emparer de son cri pour l'étirer indéfiniment. Soudain, elle oublia sa peur et se rua – mollement – dans la pièce. Le lit était défait, mais les couvertures avaient été rejetées et il n'y avait aucun signe de sa mère.

Suffocante d'angoisse, Cassie jeta un regard circulaire. La fenêtre était fermée. Une terrible sensation de perte, de manque lui nouait déjà le ventre. Elle avait un horrible pressentiment. Ces empreintes de goudron fumant se dirigeaient vers le côté du lit. Quelque chose s'était donc tenu là, au-dessus de sa mère et…

— Viens ! On descend, lui lança Nick.

Cassie se retourna et… cria.

En se refermant tout seul, le vantail venait de lui révéler ce qui se cachait dans l'ombre, derrière la porte.

Une silhouette blême, spectrale.

Son second cri lui resta dans la gorge. La forme blanche venait d'avancer dans le halo rougeoyant, découvrant un visage hâve, livide, des cheveux noirs tombant sur des épaules chétives et une longue robe blanche. Non, une chemise de nuit, plutôt.

— Maman ! s'écria Cassie, en se jetant dans les bras de sa mère.

« Oh ! merci mon Dieu ! pria-t-elle intérieurement. Tout ira bien, maintenant. » Sa mère était saine et sauve ; sa mère allait prendre les choses en main.

— Oh maman ! j'ai eu si peur ! souffla-t-elle, d'une voix étranglée.

Il y avait un truc qui clochait, pourtant : sa mère ne répondait pas à son étreinte. Le fragile corps voilé de blanc n'avait aucune réaction. Il demeurait debout, immobile, sans bouger, inerte. Quand Cassie recula pour la regarder, sa mère ne lui rendit pas son regard. Elle ne voyait que le vide.

— Maman ? Maman ? (Elle la secoua.) Maman ! mais qu'est-ce que t'as ?

Mangés par de grands cernes noirs, les beaux yeux de sa mère étaient vitreux, comme ceux d'une poupée. Aveugles. Et ses bras restaient ballants, le long de son corps rigide.

— Maman, répéta Cassie, des larmes dans la voix.

Nick avait repoussé la porte.

— Faut qu'on s'tire d'ici, Cassie, lui dit-il d'un ton pressant.

« Oui », songea Cassie. Elle essaya de se persuader que c'était cette maudite lumière ensorcelée, qu'une fois sortie de ce rougeoiement infernal, sa mère reviendrait à elle. Ils la prirent chacun par un bras pour l'emmener dans le couloir. Ce fut à ce moment-là que Mélanie, Laurel et Deborah les rejoignirent. Elles semblaient venir de trois directions différentes.

— On a passé en revue toutes les pièces de l'étage, déclara Mélanie. Il n'y a personne d'autre, ici.

— Ma grand-mère…, commença Cassie.

— Aidez-nous à descendre Mme Blake, demandait Nick au même moment.

Au bas de l'escalier, les empreintes tournaient vers la gauche, puis se croisaient et se recroisaient. Une idée lui vint soudain à l'esprit.

— Mélanie, Laurel, est-ce que vous pourriez emmener ma mère dehors ? La mettre en sécurité ?

Mélanie hocha solennellement la tête.

— Je vous rejoins dès que je peux.

— Fais attention à toi, l'implora Laurel.

Cassie les regarda conduire sa mère vers la porte. Et puis elle se força à détourner les yeux.

— Venez, lança-t-elle à Nick et à Deborah. Je crois que ma grand-mère est dans la cuisine.

Une des lignes de pas se dirigeait par là. Mais ce n'était pas tout. Elle le sentait. Elle sentait que sa grand-mère était dans la partie la plus ancienne de la maison et… qu'elle n'était pas seule.

Deborah ouvrait la marche, avançant comme un limier sur les traces d'un gros gibier. Elle suivit les empreintes à travers le dédale des couloirs qui conduisait à la maison des origines, celle qui avait été construite par les vraies sorcières de Salem en… 1693.

Nick fermait la marche. Cassie se rendit alors compte qu'ils la protégeaient, qu'ils lui avaient donné la place la plus sûre dans la colonne. Mais aucune place n'était plus sûre pour personne, dans cette maison, maintenant. Quand ils franchirent la limite qui séparait le corps de logis de la partie la plus récente, le rougeoiement sembla soudain plus intense et l'air encore plus dense. Elle avait de plus en plus de mal à respirer.

« Oh ! Seigneur ! c'est un vrai four là-d'dans ! » se dit-elle. La lumière infernale était partout et elle en sentait la brûlure sur sa peau. Deborah s'arrêta net, si brusquement qu'elle faillit lui rentrer dedans. Son sang ne fit qu'un tour. Elle essayait bien de regarder par-dessus l'épaule de la motarde, mais ses yeux la brûlaient et elle n'y voyait rien tant ils larmoyaient.

Elle sentit la main de Nick se refermer sur son épaule. Il la serrait, fort. Elle clignait des paupières, écarquillait les yeux, tentait de percer l'épais voile rouge qui lui desséchait la cornée.

Mon Dieu ! Sa grand-mère ! La vieille femme était étendue devant la cheminée, près de la table sur laquelle elle s'était si souvent penchée. La table avait été renversée et il y avait des herbes et les clayettes, utilisées pour les sécher, éparpillées partout sur le sol. Cassie s'élança vers son aïeule. Mais il y avait quelque chose d'autre, à côté de la vieille femme, quelque chose dont son esprit se refusait à reconnaître l'existence. Parce qu'un truc pareil ne pouvait pas exister. Nick la retenait et Cassie regardait, muette d'horreur, la créature penchée sur la vieillarde.

C'était une créature de cauchemar : un être calciné, noir de suie, et d'une hideur sans nom. On aurait dit qu'il était recouvert d'une sorte de carapace craquelée. Il avait la forme d'un homme, mais n'avait ni yeux, ni cheveux, ni vêtements. Quand il se tourna vers eux, Cassie eut la terrifiante impression de voir un crâne d'argent étinceler à travers la noirceur ovoïde qui lui servait de tête.

Il les avait vus, à présent. Cassie eut la sensation qu'avec Nick et Deborah, ils étaient désormais soudés. Nick la retenait toujours et elle s'était agrippée à Deborah. Elle aurait voulu fuir, prendre ses jambes à son cou. Mais elle ne pouvait pas. Comment aurait-elle pu, alors que sa grand-mère gisait là, à ses pieds ? Elle ne pouvait quand même pas laisser sa grand-mère toute seule avec ce monstre tout droit sorti des enfers.

Cependant, elle ne pouvait pas l'affronter non plus. Elle ne savait même pas comment on combattait une pareille créature. Et, malheureusement, elle ne se sentait plus du tout en phase avec les éléments. À l'intérieur de cet irrespirable brasier, elle avait l'impression d'avoir été enfermée dans un four, coupée de tout ce qui se trouvait hors de la pièce.

Avec quelles armes pouvaient-ils se défendre ? Son hématite ? Elle était si froide que peut-être… Quand elle plongea la main dans sa poche pour la toucher, la pierre lui brûla les doigts : rien à attendre de ce côté-là. Ils avaient l'Air, la Terre et le Feu contre eux. Il leur fallait quelque chose que la créature ne pouvait pas contrôler.

— Pensez à l'Eau, cria-t-elle à Nick et à Deborah, sa voix devenue presque inaudible, dans la chaleur oppressante qui leur desséchait les poumons. Pensez à la mer… à de l'eau froide… à de la glace !

Tout en leur disant ça, elle s'y appliquait déjà, tentant de se rappeler à quoi l'eau ressemblait : fraîcheur… bleu… écoulement sans fin… Elle se revit soudain debout, au sommet de la falaise, ce premier jour où elle s'était réveillée dans la maison de sa grand-mère. Elle avait alors vu une étendue d'un bleu si intense qu'elle en avait eu le souffle coupé. L'océan, incommensurable, étalé à ses pieds. Elle pouvait se le représenter, maintenant. Bleu et gris, comme les yeux d'Adam. Le soleil ricochait sur la crête des vagues et les prunelles d'Adam pétillaient de rire…

Un vent violent secoua les fenêtres et le robinet de l'évier se mit à trembler. Il dut se dessouder quelque part, à sa base, parce qu'un petit geyser d'eau mousseuse gicla subitement. Une fuite dut se déclarer aussi dans le lave-vaisselle parce que de l'eau se mit à couler par terre. On entendit alors le sifflement caractéristique d'une canalisation percée sous l'évier.

— Maint'nant ! brailla Deborah. Allez ! Tous sur lui !

À l'instant même où elle entendit ces mots, Cassie sut que c'était une erreur. Ils n'étaient pas assez puissants – loin de là ! – pour s'attaquer à une telle créature de front. Mais, fidèle à elle-même, Deborah fonçait déjà tête baissée, sans se soucier du danger, et il n'était plus temps de la mettre en garde ni de l'arrêter. Cassie sentit le cœur lui manquer et ses jambes se dérober, alors même qu'entraînés par la motarde casse-cou, ils chargeaient tous les trois, tels de vaillants soldats.

Ce monstre allait les réduire en cendres. Un simple effleurement de ces mains de braise pouvait tuer. Mais… il reculait devant eux. Elle n'en croyait pas ses yeux. Ils étaient encore vivants ! Ils respiraient encore ! Le monstre cédait du terrain. Il se recroquevillait. Il courait ! Mieux encore : il se retournait d'un bond pour prendre la fuite, franchissant la porte de ce qui avait été l'entrée de la maison originelle, carbonisant la poignée au passage. Il se fondit alors dans l'obscurité et… disparut.

Le vantail de chêne claqua au vent. Le rougeoiement infernal s'éteignit. Par la porte ouverte, Cassie pouvait voir la douce lumière argentée de la lune.

Elle prit une grande bouffée d'air frais, juste pour le plaisir de respirer.

— On a réussi ! s'exclama Deborah en riant. (Elle bourrait le bras et le dos de Nick de coups de poing.) On a réussi ! Ha ! On l'a eu, l'enflure ! Il s'est sauvé la queue entre les jambes ! Ha !

« Il est parti, rectifia intérieurement Cassie. Il est parti de son plein gré. On n'a rien réussi du tout. »

Et puis elle se retourna brusquement vers Nick.

— Ma mère ! Mélanie et Laurel ! Elles sont dehors, toutes seules !

— J'y vais. Mais je crois qu'il est parti – pour le moment.

« Pour le moment. » Nick savait, lui aussi. Le monstre n'avait pas capitulé : il s'était seulement replié.

Les jambes flageolantes, Cassie alla s'agenouiller auprès de sa grand-mère.

— Mamie ?

Elle craignait d'arriver trop tard. Mais non, la vieille femme respirait – péniblement, mais elle respirait. Et, si ses paupières fripées s'ouvraient, elle craignait que les yeux, en dessous, la regardent sans la voir, comme ceux d'une poupée. Mais ils s'ouvraient, justement, et ils la voyaient. Ils la reconnaissaient ! Les prunelles de sa grand-mère étaient noires de douleur, mais le regard était vif, brillant d'intelligence.

— Cassie, murmura-t-elle. La p'tite Cassie.

— Mamie, ça va aller. Ne bouge pas. Ça va aller.

Cassie essaya de se remémorer tout ce qu'elle avait entendu à propos des blessés. Qu'est-ce qu'il fallait faire, déjà ? Les réchauffer ? Leur surélever les pieds ?

— Tiens bon, mamie, l'encouragea-t-elle, avant de se tourner vers Deborah. Appelle une ambulance, vite !

— Non ! s'écria la vieille femme dans un souffle.

Comme elle tentait de se redresser, son visage se crispa et sa main noueuse empoigna son épaisse chemise de nuit. Juste à la place du cœur.

— Ne bouge pas, mamie ! la supplia Cassie, prise de panique. Ça va aller, ça va aller. Tout va s'arrang…

— Non, Cassie, répéta sa grand-mère. (Elle avait toujours du mal à respirer, mais parlait d'un ton étonnamment ferme.) Pas d'ambulance. Trop tard. Faut qu'tu m'écoutes. J'ai quelque chose à t'dire.

— Tu me le diras plus tard.

Elle pleurait comme une fontaine, à présent. Elle essayait cependant d'empêcher sa voix de trembler.

— Y aura pas de… plus tard, haleta sa grand-mère.

Et puis elle se laissa retomber en respirant lentement, à petits coups prudents, comme si elle économisait son souffle. Elle se mit alors à parler, distinctement, posément, en pétrissant la main de sa petite-fille qu'elle serrait toujours dans la sienne. Mais son regard était si noir, si débordant d'angoisse et… d'affection.

— Cassie, il me reste plus beaucoup d'temps. Il faut qu'tu m'écoutes. C'est très important. Regarde sur le côté droit d'la cheminée et cherche une brique qui bouge. Juste au niveau du manteau. Tire dessus et apporte-moi c'que tu trouveras dans l'trou.

Cassie s'approcha de la cheminée d'un pas chancelant. Une brique qui bougeait… Elle pleurait tellement qu'elle n'y voyait plus rien. Elle tâtonna du bout des doigts, s'égratignant sur le ciment granuleux… Quelque chose remua…

Celle-là ! Elle enfonça ses ongles dans le ciment effrité et imprima à la brique descellée un mouvement de va-et-vient jusqu'à ce qu'elle puisse la déloger. Dès qu'elle parvint à la sortir, elle la jeta à terre et plongea la main dans le trou noir.

Elle touchait un truc lisse et doux. Elle le tira à elle pour l'extraire de sa cachette.

Un Livre des Ombres !

Celui de son rêve, celui avec une couverture rouge ! Cassie l'apporta à sa grand-mère et, de nouveau, s'agenouilla à son chevet.

— Il a pas réussi à me faire dire où il était. Il a pas réussi à me tirer les vers du nez, jubila la vieille femme avec un petit sourire satisfait. Ma propre grand-mère m'avait dit qu'c'était une bonne cachette. (Elle caressa le vieux grimoire. Soudain, sa main parcheminée s'agrippa de nouveau à celle de Cassie.) Il est à toi, Cassie. Ma grand-mère me l'a donné et j'te l'donne, ma p'tite-fille. Tu as le don de double vue et tu as le pouvoir. Comme moi. Comme ta mère. Mais tu peux pas t'enfuir comme elle. Il faut qu'tu restes ici pour l'affronter.

Elle se mit à tousser. Cassie jeta un coup d'œil à Deborah, qui n'en perdait pas une miette, puis reporta le regard sur son aïeule.

— Mamie, je t'en prie. Laisse-nous appeler une ambulance. Il ne faut pas renoncer à te battr…

— J'renonce pas : j'te passe le flambeau, Cassie. Pour que tu puisses continuer le combat. Laisse-moi au moins faire ça avant d'mourir. Sinon, ç'aura servi à rien. Tout ça aûra servi à rien, insista-t-elle. (Elle fut prise d'une violente quinte de toux.) Ça devait pas s'passer comme ça. Mais cette fille – Faye –, elle m'a eue. Je pensais pas qu'elle réagirait si vite. Je croyais qu'on aurait encore du temps – hélas non ! Alors, écoute-moi bien.

Elle inspira avec peine, se cramponnant si fort à la main de Cassie qu'elle lui broyait les doigts. Ses yeux noirs – au regard étonnamment perçant, dans ce visage de vieille pomme fripée – plongèrent dans les siens.

— Tu viens d'une longue lignée de sorcières, Cassie. Tu sais ça. Mais c'que tu sais pas, c'est que notre famille a toujours été la plus clairvoyante et la plus puissante de toutes. C'est notre lignée qui a toujours été la plus forte et on peut toutes voir l'avenir. Mais les autres le croient pas toujours. Même les nôtres.

Elle tourna les yeux vers Deborah.

— Vous, les jeunes, vous croyez avoir tout inventé, pas vrai ? (Sa face couturée de rides se plissa en un rire malicieux mais muet.) Vous respectez pas beaucoup les vieilles gens, pas même vos propres parents. Vous croyez qu'on a passé tout'not'vie à faire l'autruche, pas vrai ?

« Elle délire, songeait Cassie. Elle ne sait plus c'qu'elle dit. » Mais déjà sa grand-mère enchaînait :

— Votre brillante idée de ressortir les vieux grimoires et de faire revivre les vieilles coutumes… Vous croyez être les premiers à l'avoir eue, pas vrai ?

Cassie secouait la tête d'un air affligé. Mais, fronçant les sourcils, Deborah tendait l'oreille.

— Et alors ? On l'était pas ?

— Que non ! Dans mon temps, quand j'étais p'tite fille, on jouait déjà aux sorcières. On organisait des assemblées, des fois. Et celles qu'avaient le don notaient ce qu'elles voyaient. Et celles qu'avaient des talents de guérisseuses nous parlaient des plantes et tout ça. Mais c'est la génération de vos parents qu'a fondé un vrai coven.

— Nos remp... nos parents ! s'exclama Deborah, abasourdie. Mes parents ont tellement les j'tons de la magie qu'c'est tout juste s'ils dégueu... s'ils vomissent pas quand on leur en parle. Mes parents auraient jamais...

— Maint'nant, la coupa calmement la vieille femme, tandis que Cassie s'efforçait de faire taire la motarde. Maint'nant. Ils ont oublié – ils ont tout fait pour oublier. Ils étaient bien obligés : c'était une question de survie, pour eux. Mais les choses étaient différentes, quand ils étaient jeunes. Oh ! ils étaient pas beaucoup plus vieux qu'vous, les « enfants de Crowhaven Road » comme les autres les appelaient. Ta mère avait peut-être dix-neuf ans, Deborah, et la tienne, dix-sept, Cassie. C'est à c'moment-là que l'Homme en Noir est arrivé à La Nouvelle-Salem.

— Mamie..., murmura Cassie.

Des frissons glacés lui dégringolaient l'échine. Cette pièce, si étouffante encore, quelques instants plus tôt, lui glaçait le sang.

— Mamie, je t'en prie...

— Je sais que tu veux pas savoir. Je sais. Je comprends. Mais faut pourtant qu'vous m'écoutiez, tout' les deux. Faut qu'vous sachiez à qui vous avez affaire.

Étouffant une nouvelle quinte de toux, sa grand-mère changea de position. Ses yeux s'embuèrent du voile des souvenirs.

— C'était l'automne de 1974. Le plus froid mois d'novembre qu'on avait connu d'puis des dizaines d'années. Je l'reverrai toujours en train de secouer la neige de ses bottes, sur le pas d'ma porte. Il allait s'installer au 13, qu'il disait, et il avait besoin d'une allumette pour allumer le bois qu'il portait. Y avait pas d'autre source de chauffage, dans c'te vieille baraque. Elle était restée vide depuis qu'il l'avait quittée, la fois d'avant.

— Depuis quoi ? s'écria Cassie.

— Depuis 1696. Depuis qu'il l'avait quittée pour prendre la mer et se noyer quand son navire avait coulé. (Toujours plongée dans ses souvenirs, la vieille femme hocha la tête sans la regarder.) Eh oui ! C'était bien Black John. Mais on le savait pas, à c'moment-là. Que d'souffrances épargnées si on avait su ! Mais ça sert à rien, les regrets. (Elle tapota la main de sa petite-fille.) On lui a prêté des allumettes et les p'tits jeunes du quartier lui ont filé un coup d'main pour retaper la vieille baraque. Il avait quelques années de plus qu'eux et il les impressionnait. Ils l'admiraient, avec tous les voyages qu'il avait faits – c'est qu'il pouvait en raconter, des histoires ! Et il savait s'y prendre, le bougre ! Sans compter qu'il était beau – de cette beauté du diable qui cache la laideur intérieure. On s'est tous fait avoir : on est tous tombés sous son charme. Même moi.

» Je sais pas comment ça a commencé, quand il s'est mis à parler aux jeunes des anciens rites. Il a pas perdu d'temps, j'imagine. Il allait vite en besogne. Et ils demandaient qu'à l'écouter, les p'tits. Et si leurs parents s'avisaient de les contrarier, ils les traitaient de vieux croûtons rassis. Et pour rien vous cacher, on a pas été bien nombreux à protester. Y avait du bon, dans les vieilles coutumes, et on pouvait pas savoir c'qu'il avait derrière la tête.

Cassie avait des frissons partout, à présent. Mais elle ne pouvait pas bouger. Seule la voix de sa grand-mère existait – en dehors du léger sifflement de l'eau qui fuyait quelque part dans la cuisine.

— Il a pris les plus prometteurs et les a accouplés. Oui, oui, on peut aller jusque-là – bien qu'les parents en aient rien su, à l'époque. Il faisait des croisements, donnant cette fille-ci à c'garçon-là et c'garçon-ci à cette fille-là et, je sais pas comment il s'y est pris, mais il a réussi à leur faire croire que c'était le bon choix. Il a même brisé des couples qui s'étaient déjà formés : ta mère, Deborah, devait épouser le père de Nick, mais c'est lui qu'a empêché l'mariage. Il a interverti les frères. Et ils l'ont laissé faire ! Il avait acquis une telle emprise sur eux qu'ils auraient dit amen à tout c'qu'il disait.

» Ils ont célébré les mariages à l'ancienne : par l'union des mains. Dix mariages en mars. Et on a tous fait la fête, idiots qu'on était. Tous ces jeunes gens si heureux, et jamais un mot plus haut qu'l'autre, qu'on s'disait. Quelle chance ils avaient ! On aurait juste dit une grande famille : que des frères et sœurs. Bon, la famille en question était trop grande pour former un seul coven. Mais on pensait pas à ça, nous autres.

» C'était bien beau de voir le respect qu'ils avaient pour la tradition, ces braves enfants. Ils avaient allumé le feu de Beltane en mai et cueilli l'gui et l'millepertuis à la Saint-Jean. Et, en septembre, j'les revois encore tous rire et chahuter en portant l'John Barleycorn – l'épouvantail en gerbes d'orge pour représenter la moisson. Ils savaient pas c'que l'autre John tramait.

» Mais c'qu'on savait, à c't'époque-là, c'était qu'les naissances étaient pour bientôt : une nouvelle cause de réjouissances. Pourtant, en octobre, certaines, parmi les plus anciennes, ont commencé à s'inquiéter. Les petites étaient si pâles et ces grossesses semblaient tellement les épuiser. La pauvre Carmen Henderson ! On lui voyait plus qu'la peau sur les os ! Enfin, en dehors de ce ventre énorme qu'elle avait. On aurait dit qu'elle allait accoucher d'éléphants jumeaux ! On a pas beaucoup célébré Samain, cette année-là : les p'tites étaient bien trop malades.

» Et puis, le 3 novembre, ça a commencé. Ton oncle Nicholas, Deborah – celui qu't'as jamais connu –, il m'a appelée au chevet d'sa femme. J'ai aidé Sharon à mettre au monde le p'tit Nick, ton cousin. Ah ! C'était un battant, dès l'début, çui-là. J'oublierai jamais comment il braillait. Mais y avait quelqu'chose dans les yeux du bébé… J'ai pas arrêté d'y penser sur le chemin du r'tour. Du pouvoir. Un pouvoir comme j'en avais jamais vu avant.

» Et, deux jours plus tard, on r'mettait ça. Elizabeth Conant accouchait d'un p'tit gars, les cheveux qu'on aurait dit le vin de Bacchus et des yeux qu'on aurait dit la mer. Le bébé m'a regardée – oui oui, regardée – et j'ai senti son pouvoir.

— Adam, souffla Cassie.

— C'est ça. Et, trois jours plus tard, Sophia Burke entrait en couches – celle qu'avait gardé son nom d'fille, tout'mariée qu'elle était. Son bébé, Mélanie, était comme les autres : on lui aurait donné quinze jours à la naissance. Et elle m'a vue, avec ses p'tits yeux d'loupiotte, comme j'vous vois.

» Mais les plus curieux bébés de tous, c'étaient Faye et Diana. Leurs mères étaient sœurs et elles ont eu leur petite en même temps, dans deux maisons différentes. Un des bébés était blond comme les blés – un rayon d'soleil – et l'autre, noir comme la nuit. Mais y avait un lien entre eux. Ça s'voyait, dès c't âge-là.

Cassie eut le cœur serré en pensant à Diana, mais elle s'empressa de chasser cette idée pour reporter toute son attention sur sa grand-mère. La voix de la vieille femme semblait faiblir.

— Pauvres petits… C'était pas d'leur faute. C'est pas d'vot'faute, affirma-t-elle soudain avec force, son regard voilé se braquant brusquement sur Cassie et sur Deborah. Personne peut vous blâmer. Mais, le 3 décembre, onze bébés étaient nés, et tous avaient quelqu'chose de pas catholique. Leurs mères voulaient pas l'admettre, mais, déjà, en janvier, y avait plus moyen d'se voiler la face. Ces minuscules créatures pouvaient invoquer les Éléments et ils pouvaient vous faire une peur bleue, les chenapans, s'ils obtenaient pas c'qu'ils voulaient.

— J'le savais ! souffla Cassie. Je savais bien que c'était trop bizarre, tous ces enfants nés en moins d'un mois… J'en étais sûre.

— Leurs parents l'savaient aussi, dame ! Mais ils savaient pas c'que ça voulait dire. C'est le père d'Adam, y m'semble, qu'a découvert le pot aux roses. Onze bébés, qu'il a dit – il avait deviné qu'il en manquait plus qu'un pour faire un coven. Et qui était le douzième ? Eh ben, celui qu'avait arrangé la naissance des onze autres, pardi ! celui qui allait devenir leur leader : Black John était rev'nu pour former le Cercle le plus puissant qu'ce pays ait jamais porté – oh ! pas d'sa génération, dame non ! Mais avec la suivante, qu'il a dit, le père d'Adam. Avec les « enfants de Crowhaven Road ».

» Personne a voulu croire à son histoire, au début. Certains des parents, parce qu'ils avaient trop peur. D'autres, parce qu'ils étaient juste trop bêtes. Et d'autres encore, parce qu'ils voyaient pas comment Black John pourrait rev'nir d'entre les morts après toutes ces années. C'est toujours un mystère aujourd'hui.

» Mais, peu à peu, l'idée a fait son ch'min et certains se sont laissé convaincre. Le père de Nick – qu'avait vu sa fiancée mariée à son propre frère –, il a écouté. Et Mary Meade, la mère de Diana – aussi futée qu'elle était jolie, la mignonne. Et le père de Faye, Grant Chamberlain… C'était un homme qu'avait la tête froide, mais il savait que son bout d'fille pouvait mettre le feu aux rideaux sans y toucher et il savait bien qu'c'était pas normal. À force de discuter, ils ont fini par en convertir d'autres et, par une froide nuit de février – c'était le 1er, j'me souviens bien –, un p'tit groupe d'entre eux s'en est allé le trouver. Lui. Pour… lui parler…

16

— Lui parler ! Humpf ! (La grand-mère de Cassie secouait la tête.) S'ils étaient v'nus nous voir, nous, les anciennes, on les aurait prév'nus. Moi et la grand-mère de Laurel, et la grand-mère d'Adam, et la grand-tante de Mélanie, Constance, on aurait pu leur dire deux trois p'tites choses, peut-être même qu'on aurait pu les sauver. Mais ils y sont allés tout seuls, sans rien dire à personne. À Imbolc[1], plus d'la moitié de ceux qu'il avait appariés s'en sont allés lui d'mander des comptes. Pas un qu'en est rev'nu.

Les larmes dévalaient les sillons des joues ravinées.

— Alors, vous voyez, c'est les plus braves qui sont partis, les plus forts. Ceux qui sont restés, c'est ceux qu'ont eu trop

1. Samain (1er novembre), Imbolc (1er février) et Beltane (1er mai) sont les trois premières fêtes qui jalonnent le calendrier des wiccans (adeptes de la Wicca qui respectent les « anciennes coutumes », c'est-à-dire les pratiques « païennes » antérieures au christianisme). *(N.d.T.)*

peur ou qu'ont été trop bêtes pour voir le danger – j'm'excuse, Deborah, mais c'est vrai.

Cassie se souvint alors que Deborah avait encore ses deux parents.

— Tout c'que Crowhaven Road avait de meilleur est allé combattre Black John, c'te nuit-là, soupira sa grand-mère.

— Oui mais, comment… ? chuchota Cassie, en repensant à cet alignement de pierres tombales dans le cimetière. Comment ils sont morts, mamie ?

— J'sais pas, mon p'tit. Je doute qu'il reste quelqu'un d'vivant pour le dire. À moins que… (La vieille femme s'interrompit et secoua la tête en marmottant.) Y a eu du feu dans l'ciel, et puis une tempête : un ouragan venu d'la mer. Les anciennes ont rassemblé les bébés, qu'on leur avait confiés, et les jeunes parents qu'étaient pas allés avec les autres et on a réussi à les sauver. Mais, le lend'main, la maison du numéro 13 était en cendres et tous ceux qu'étaient allés voir Black John étaient morts.

» La plupart des corps ont jamais été r'trouvés. Ils ont dû être emportés par la mer, j'suppose. Mais y a une chose qu'on a bel et bien r'trouvée. Et c'est le cadavre calciné du numéro 13. On l'a reconnu à cause de la bague qu'il portait : une pierre noire comme un miroir qu'on appelait « pierre de sang » – j'ai oublié l'nom moderne. On l'a emmené dans l'vieux cimetière et on l'a mis dans l'bunker. Charles Meade – le père de Diana –, c'est lui qu'a mis ce bloc de béton par-dessus. On s'était dit que, s'il était rev'nu une fois, il pourrait bien essayer de rev'nir un d'ces jours et on entendait bien l'en empêcher si on pouvait. Et, après ça, les parents survivants ont caché les Livres des Ombres et ont fait d'leur mieux pour garder leurs enfants d'la magie. Et c'est drôle mais, ils ont presque tous oublié les pouvoirs qu'ils avaient. Parce qu'ils pouvaient pas se souvenir sans dev'nir fous, j'imagine. N'empêche, c'est drôle quand même, comment, maint'nant, il leur en reste presque rien.

La voix éraillée n'avait cessé de faiblir et, tout à coup, la vieille femme agrippa Cassie au poignet de toutes ses maigres forces.

— Maint'nant, écoute, mon p'tit. C'est grave. Certains ont pas oublié – parce qu'on pouvait pas. J'ai donné à ma fille un nom de prophétesse et elle a fait pareil pour la sienne, parce qu'on a toujours eu le don de double vue, dans la famille. Ta mère pouvait pas supporter c'que son don lui montrait. Alors elle a fui La Nouvelle-Salem. Elle a traversé tout l'continent, jusqu'à l'aut'côte. Mais je suis restée, moi, et j'ai vu toutes mes prédictions se réaliser, une à une. Les « enfants de Crowhaven Road », tous nés le même mois de cette année-là, sont pas dev'nus comme les autres, en dépit de tout c'que leurs parents ont pu faire pour l'éviter. Dès l'départ, ils ont été attirés par le Pouvoir et les anciennes coutumes. Ils sont tous dev'nus grands et… puissants – et, pour certains qu'ont mal tourné, mauvais.

» J'ai vu tout ça s'faire et, dans ma tête, j'ai entendu le rire de Black John. Ils avaient brûlé son corps, mais ils avaient pas pu brûler son esprit. Et il a toujours été là, lui, attendant son heure, rôdant autour du vieux cimetière et du terrain vague, au numéro 13. Il attendait son coven, celui qu'il avait programmé, celui qu'il avait fait naître. Il attendait que ses membres soient en âge d'être initiés. Il attendait qu'ils le fassent rev'nir.

» Je savais qu'ça devait arriver – et je savais aussi qu'une seule chose pouvait se dresser contre lui quand ça se pass'rait : toi, Cassie. T'as la force de notre lignée, et la clairvoyance, et le Pouvoir. J'ai supplié ta mère de rentrer parce que je savais que, sans toi, les « enfants de Crowhaven Road » étaient perdus. Ils le suivraient, comme leurs parents l'avaient fait avant eux, et il deviendrait leur leader et leur maître. T'es la seule à pouvoir l'en empêcher.

— Alors c'est à cause de ça que vous vous êtes fâchées, maman et toi ! s'exclama Cassie dans un souffle. À cause de moi !

— On s'est disputées sur une question de… d'courage. Elle voulait t'protéger. Et je savais qu'en t'protégeant, on condamnait tous les autres. Ton destin était écrit avant même qu'tu sois née, Cassie. Et le pire, c'était qu'on devait s'taire. C'était c'que les prophéties avaient dit. Il fallait qu'tu viennes ici sans rien savoir et que tu traces tout' seule ton ch'min, innocente et pure comme une jeune vierge qu'on offre en sacrifice. Et c'est c'que t'as fait. T'as fait tout c'qu'on pouvait attendre de toi. Et le moment arrivait où on aurait pu t'expliquer. Mais elle nous a bien eues, la Faye. Au fait, comment elle s'y est prise ?

— Je… (Comment lui dire ?) Je l'ai aidée, mamie, avoua-t-elle finalement. On a trouvé le crâne de cristal qui avait appartenu à Black John. Et il était plein d'énergie maléfique. Chaque fois qu'on l'activait, quelqu'un mourait. Et puis… (Elle prit une profonde inspiration, un peu saccadée.) Et puis, ce soir, Faye nous a dit d'apporter le crâne au cimetière. Et, quand elle l'a dévoilé… je sais pas… il y a eu tout ce truc noir qui sortait…

Sa grand-mère hochait la tête.

— Il commandait aux forces obscures. Exactement comme le véritable Homme en Noir, le Maître du Royaume des Ombres. Mais, Cassie, est-ce que t'as bien compris ? (Au prix d'un suprême effort, la vieille femme tenta de s'asseoir pour regarder sa petite-fille en face.) Quand vous avez apporté l'crâne jusqu'à sa tombe et qu'vous avez libéré cette énergie, ça a suffi à l'ramener. Il est ici, maint'nant. Il est rev'nu. Et je parle pas d'un fantôme, ni d'un pur esprit, Cassie, mais d'un homme. Un homme en chair et en os. Il sera différent, la prochaine fois que tu l'verras – quand il aura eu l'temps de se r'faire une beauté. Et il essaiera d'te rouler.

Elle se laissa retomber, épuisée.

— Mais… Oh ! mamie, c'est moi qui… Sans moi… J'ai aidé Faye à le libérer. Oh ! j'regrette tellement. J'regrette tellement…

Sa vue se brouilla.

— Tu savais pas, mon p'tit chat. Moi, j'te pardonne, en tout cas. Et puis ce qui est fait est fait. Mais faut qu'tu sois prête à…

Les paupières toutes fripées se fermaient et sa grand-mère faisait un drôle de bruit en respirant. Un bruit… effrayant.

— Mamie ! s'alarma Cassie, en la secouant.

Les vieilles paupières parcheminées se soulevèrent lentement.

— Pauvre p'tite Cassie ! C't'un bien gros défi. Mais t'as la force, si tu sais où la puiser. Et, maint'nant, t'as ça. (Elle poussa péniblement le *Livre des Ombres* vers sa petite-fille.) La sagesse de not' lignée et les prophéties. Lis-le. Apprends-le. Il répondra aux questions auxquelles j'ai pas eu l'temps d'répondre. Tu trouveras ton ch'min…

— Mamie ! Mamie ! J't'en prie, j't'en supplie…

Les yeux de sa grand-mère étaient toujours ouverts, mais ils se voilaient comme s'ils ne voyaient déjà plus.

— Ça m'fait rien d'partir maint'nant que j't'ai raconté mon histoire… Mais y a encore… aut' chose… Il faut qu'tu saches…

— Cassie !

La voix provenant de l'entrée la surprit tellement qu'elle se retourna d'un bond. Laurel se tenait dans l'encadrement de la porte, son fin visage d'elfe blême d'inquiétude.

— Cassie, qu'est-ce qui s'passe ici ? Ça va ? Tu veux que j'appelle un médecin ?

La pâle sylphide brune regardait fixement la vieille femme étendue sur le sol.

— Pas maint'nant, Laurel ! hoqueta Cassie. (Elle pleurait à chaudes larmes, à présent, et ne s'en cramponnait que davantage aux doigts noueux de sa grand-mère.) Mamie, j't'en supplie, t'en va pas. J'ai peur, mamie. J'ai besoin d'toi.

Les lèvres de la vieille femme remuaient, mais seul un souffle en sortait :

— … jamais peur… Rien d'effrayant dans l'noir si t'y fais face…

— S'te plaît, mamie, s'te plaît. Oh non ! … non ! (Elle laissa sa tête tomber sur la poitrine de la vieille femme et éclata en sanglots. Les doigts noueux ne la serraient plus.) Tu as dit… que t'avais… encore quelque chose à me dire, hoqueta-t-elle. Tu peux pas m'laisser…

Un chuintement presque inaudible s'échappa de la poitrine de la vieille femme. Cassie crut reconnaître le mot « John ». Et puis…

— … la mort est pas éternelle, Cassie…

Sous le front de Cassie, la poitrine se souleva encore une fois et ne bougea plus.

Une lune jaunâtre se retenait au bord du ciel.

— La Lune du Deuil, murmura Laurel. C'est le nom qu'on lui donne.

« C'est d'circonstance », pensa Cassie. Mais elle avait les yeux secs, à présent. Les larmes qu'elle sentait encore monter devraient attendre. Elle avait quelque chose à faire avant, avant de pouvoir enfin se reposer et pleurer en paix. Même après le récit que sa grand-mère venait de lui faire, il lui restait tant de questions, tant d'énigmes à résoudre... Mais, d'abord, elle avait ce devoir à accomplir.

Il y avait quelques voitures garées à proximité : le reste du coven était là. Non, pas tout à fait. Elle aperçut Suzan et Sean, les Henderson, Adam et Diana. Mais elle ne vit pas celle qu'elle cherchait.

— Mélanie et Nick ont emmené ta mère chez la tante de Mélanie, tante Constance, lui annonça Laurel, d'une voix incertaine. Ils ont pensé que ce serait l'endroit le plus sûr pour elle cette nuit. Elle était encore un peu... space. Mais je suis certaine que ça va s'arranger.

Cassie déglutit avec peine et hocha la tête. Elle en était moins sûre, elle. Mais elle n'était plus sûre de rien, de toute façon. Elle ne savait qu'une seule chose : ce qu'elle avait à faire, là, maintenant.

« "... jamais peur... Rien d'effrayant dans l'noir si t'y fais face..." Eh bien, fais face, Cassie, se dit-elle. Fais face et relève la tête. »

C'est alors qu'elle la repéra.

Faye se tenait dans l'ombre, à l'écart de la lumière des phares. Son fourreau noir et sa chevelure de jais se fondaient dans la pénombre, mais la pâleur de son teint et les emblèmes d'argent qu'elle arborait signalaient sa présence dans la nuit.

Cassie se dirigea vers elle sans hésiter. Sur le moment, elle l'aurait bien giflée. Elle aurait voulu l'étrangler, la tuer. Mais elle se contenta d'un :

— C'est fini.

— Quoi ?

Un étrange éclat zébra les yeux de Faye, jaunes, comme la lune. Elle semblait plutôt mal en point et un peu perturbée – et d'autant plus dangereuse : un baril de poudre prêt à exploser.

— C'est fini, Faye, répéta-t-elle. Le chantage, les menaces… c'est fini, tout ça. Je n'suis plus ta prisonnière.

Le frémissement de narines de la sculpturale brune l'alerta.

— Je te préviens, Cassie : c'est vraiment pas l'moment. Il ne faudrait pas me pousser beaucoup. Je suis toujours à la tête de ce coven. L'élection a été régulière. Tu n'peux plus rien y changer maint…

— Je n'essaie pas d'y changer quoi que ce soit – pas maint'nant, en tout cas. Pour l'instant, je te dis seulement que tu n'as plus aucune emprise sur moi. C'est fi-ni.

— C'est fini quand je décide que c'est fini ! gronda Faye.

Cassie se rendit alors compte de l'extrême état de tension de la sculpturale brune : ses nerfs étaient à deux doigts de lâcher. Et, vu l'humeur dans laquelle elle se trouvait, elle était capable de tout : une vraie grenade dégoupillée. Eh bien, tant pis ! Peut-être même que ce n'était pas plus mal. Au moins, comme ça, l'abcès serait crevé une bonne fois pour toutes.

— Je ne plaisante pas, Cassie, s'échauffait de plus en plus la grande brune. Si tu te retournes contre moi, je peux aussi me retourner contre toi…

Cassie respira un bon coup et répondit :

— Eh bien, vas-y.

« Rien d'effrayant dans l'noir si t'y fais face… »

— D'accord, siffla Faye entre ses dents. Je n'vais pas m'gêner.

Elle pivota d'un bloc et se dirigea à grandes enjambées vers l'endroit où Adam et Diana se tenaient enlacés. Adam supportait pratiquement Diana, s'aperçut Cassie, et, pendant un instant, le cœur lui manqua. Mais il fallait trancher dans le vif. Malgré le serment, malgré la peine que ça ferait à Diana, il fallait trancher dans le vif.

Faye lui jeta un dernier coup d'œil par-dessus son épaule. Un regard qui signifiait clairement : « Tu vas le regretter. » Soudain prise de panique, Cassie se prit à douter : est-ce qu'elle allait vraiment le regretter ? Est-ce qu'elle faisait exactement ce qu'il ne fallait pas, finalement, en défiant Faye pile au mauvais moment ? Est-ce que ce ne serait pas mieux d'attendre un peu ? De réfléchir avant d'agir ?...

Mais déjà Faye se retournait vers Diana, une jubilation malsaine sur le visage. Le coven n'était pas content de son leader, ce soir. Mais Faye était toujours à sa tête et on ne pouvait rien y changer. Et, maintenant, Faye allait commencer son règne en se vengeant de ceux qu'elle haïssait plus que tout.

— Diana, dit-elle d'une voix doucereuse. J'ai une petite surprise pour toi.

Elle pivota d'un bloc et se dirigea à grandes enjambées vers l'endroit où Adam et Diana se tenaient enlacés. Adam supportait pratiquement Diana, s'aperçut Cassie, et, pendant un instant, le cœur lui manqua. Mais il fallait trancher dans le vif. Malgré le serment, malgré la peine que ça ferait à Diana, il fallait trancher dans le vif.

Faye lui jeta un dernier coup d'œil par-dessus son épaule. Un regard qui signifiait clairement : « Tu vas le regretter. » Soudain prise de panique, Cassie se prit à douter : est-ce qu'elle allait vraiment le regretter ? Est-ce qu'elle faisait exactement ce qu'il ne fallait pas, finalement, en défiant Faye pile au mauvais moment ? Est-ce que ce ne serait pas mieux d'attendre un peu ? De réfléchir avant d'agir ?…

Mais déjà Faye se retournait vers Diana, une jubilation malsaine sur le visage. Le coven n'était pas content de son leader, ce soir. Mais Faye était toujours à sa tête et on ne pouvait rien y changer. Et, maintenant, Faye allait commencer son règne en se vengeant de ceux qu'elle haïssait plus que tout.

— Diana, dit-elle d'une voix doucereuse. J'ai une petite surprise pour toi.

CE ROMAN VOUS A PLU ?

Donnez votre avis
et retrouvez la communauté
jeunes adultes sur le site

www.Lecture-Academy.com

Découvrez un extrait du roman

Journal de Stefan

Tome 1

de L.J. Smith

1.

Le jour où mon destin bascula débuta comme n'importe quel autre. C'était en août 1864, un jour de chaleur si oppressante que même les mouches avaient cessé de grouiller autour des écuries. Les enfants des domestiques, qui d'ordinaire batifolaient et se pourchassaient en criant entre deux corvées, restaient silencieux. Tout était calme, l'air semblait suspendu au fil d'un orage fortement attendu. L'après-midi, j'avais prévu de monter ma jument, Mezzanotte, dans la fraîcheur de la forêt qui bordait le domaine de Veritas où j'habitais avec ma famille. J'avais glissé un livre dans ma sacoche, bien décidé à m'éclipser, en toute simplicité.

Mon été avait pour l'essentiel été rythmé par ces escapades. Du haut de mes dix-sept ans, je ne tenais pas en place et n'étais disposé ni à partir au combat aux côtés de mon frère, ni à écouter mon père m'expliquer comment diriger la propriété. Tous les après-midi, le même espoir m'habitait : à savoir que plusieurs heures de solitude m'aideraient à découvrir qui j'étais vraiment et, surtout, ce que je voulais devenir. J'avais terminé ma scolarité au lycée de garçons au printemps et mon père m'avait contraint à repousser mon inscription à l'université de Virginie jusqu'à ce que la guerre soit terminée. Depuis, j'avais étrangement louvoyé dans un entre-deux – n'étant plus un garçon mais pas encore un homme non plus, j'ignorais quoi faire de ma vie.

Le pire, c'est que je n'avais personne à qui me confier. Mon frère Damon avait rallié les troupes du général Groom à Atlanta ; la majeure partie de mes amis d'enfance, quand ils n'avaient pas eux-mêmes rejoint de lointains champs de bataille, s'apprêtaient à se fiancer ; quant à mon père, il passait le plus clair de son temps enfermé dans son bureau.

— Va faire encore bien chaud ! cria Robert, notre contremaître, depuis l'entrée de l'écurie où il observait deux lads qui essayaient de brider l'un des chevaux que Père avait acquis à une vente aux enchères la semaine précédente.

— Ouais ! grommelai-je.

Autre problème : alors que je mourais d'envie de trouver quelqu'un à qui parler, face à un interlocuteur je n'étais jamais satisfait. J'aurais voulu pouvoir rencontrer une personne qui me comprendrait, avec laquelle je pourrais discuter de la vie en général et de la littérature en particulier et pas seulement de météorologie. Robert était gentil et c'était l'un des conseillers de Père les plus respectés, mais il ne parlait pas, il criait, avec une exubérance telle que même une conversation de dix minutes risquait de m'épuiser.

— Vous avez entendu la dernière ? me demanda-t-il, abandonnant le cheval pour marcher vers moi.

Intérieurement, je lâchai un grognement, puis fis non de la tête.

— Je n'ai pas lu les journaux. Qu'est-ce que le général Groom a encore fait ? répondis-je malgré moi.

Les conversations sur la guerre me mettaient toujours mal à l'aise.

D'une main, Robert protégea ses yeux du soleil tandis qu'il secouait la tête.

— Rien à voir avec la guerre. Des animaux ont été attaqués. Les Griffin ont perdu cinq poulets. Tous présentaient une entaille au cou.

Je me figeai sur place, les cheveux hérissés sur la nuque. Tout l'été, nous avions entendu parler d'étranges attaques d'animaux survenues dans des plantations voisines. Le plus souvent, les bêtes étaient petites – des poulets ou des oies pour la plupart – mais, au cours des dernières semaines, quelqu'un, Robert probablement, après quatre ou cinq verres de whisky, avait lancé une rumeur selon laquelle les attaques étaient perpétrées par des êtres démoniaques. Personnellement, je n'en croyais pas un mot. Cette histoire ne servait qu'à me rappeler encore une fois que le monde dans lequel je vivais ressemblait de moins en moins à celui de mon enfance. Tout changeait, que ça me plaise ou non.

— Probablement un chien errant, conclus-je avec un geste impatient de la main pour paraphraser Père, que j'avais surpris en pleine discussion avec Robert à ce propos quelques jours plus tôt.

Une brise souffla soudain et les chevaux frappèrent du pied avec nervosité.

— Eh bien, j'espère qu'un de ces chiens errants ne s'en prendra pas à vous pendant une de vos balades quotidiennes.

Sur ces paroles, Robert s'éloigna à grands pas en direction du pâturage.

Je pénétrai dans l'écurie, fraîche et sombre. La respiration régulière des animaux et leurs ébrouements me détendirent aussitôt. J'empoignai la brosse de Mezzanotte accrochée au mur et commençai à lisser sa douce robe couleur de charbon. Elle poussa un petit gémissement de plaisir.

Au même moment, la porte du bâtiment s'ouvrit et Père entra. De haute stature, il dégageait une telle force, un tel charisme, que toute personne croisant sa route s'en trouvait facilement intimidée. Son visage strié de rides n'en paraissait que plus autoritaire ; en dépit de la chaleur ambiante, il portait un complet gris.

— Stefan ? appela-t-il en balayant les stalles du regard.

Bien qu'il ait vécu à Veritas toute sa vie d'homme, il n'avait dû mettre les pieds dans les écuries que de rares fois, car il préférait qu'on lui prépare son cheval et qu'on le lui amène à la porte.

Je sortis du box de Mezzanotte et Père avança prudemment vers le fond de la bâtisse. Ses yeux se posèrent soudain sur moi : j'étais gêné qu'il me voie ainsi, couvert de sueur et de crasse.

— Si nous avons des garçons d'écurie, ce n'est pas pour rien, fils !

— Je sais, dis-je avec l'impression de l'avoir déçu.

— Il y a un temps pour tout, y compris pour s'amuser avec des chevaux. Vient un jour où un garçon doit devenir un homme.

Père donna un coup sec à Mezzanotte au niveau du flanc. Elle s'ébroua et recula d'un pas.

Je serrai les mâchoires et me préparai au traditionnel récit : à mon âge, il avait quitté l'Italie pour s'installer en Virginie, n'emportant avec lui que les vêtements qu'il avait sur le dos. Et il s'était battu, marchandant jusqu'au dernier *cent*, pour pouvoir acheter une petite parcelle de terrain d'un demi-hectare environ qu'il avait transformée par la suite en un domaine deux cents fois plus grand, baptisé Veritas (« vérité », en latin). D'après lui, tant qu'un homme cherchait la vérité dans sa vie et combattait le mensonge, il n'avait besoin de rien d'autre.

Père s'appuya contre la porte de la stalle.

— Rosalyn Cartwright vient de fêter son seizième anniversaire. Elle cherche un mari.

— Rosalyn Cartwright ? répétai-je.

À l'époque de nos douze ans, Rosalyn était partie dans une école de jeunes filles près de Richmond ; je ne l'avais pas vue depuis une éternité. C'était une fille effacée, aux cheveux châtains et aux yeux marron. Dans mes souvenirs, elle portait toujours une robe de la même couleur que ses iris. Elle ne m'avait jamais fait l'effet d'être une fille joyeuse, rieuse comme Clementine Haverford, ou charmeuse et pleine d'entrain comme Amelia Hawke, ou encore avec la vivacité d'esprit et la personnalité taquine de Sarah Brennan. Ce n'était qu'une ombre à l'arrière du tableau. Si elle s'était toujours montrée disposée à nous suivre dans nos aventures tout au long de notre enfance, jamais elle n'en avait initié la moindre.

— Oui. Rosalyn Cartwright. (Père m'adressa un de ses rares sourires, le coin de ses lèvres si pincé que ceux qui ne le connaissaient pas auraient pu croire qu'il affichait une sorte de mépris.) Son père et moi nous sommes entretenus et nous sommes d'avis qu'il s'agit de l'union parfaite. Elle t'a toujours beaucoup aimé, Stefan.

— Je ne suis pas certain que Rosalyn Cartwright et moi formerions un bon couple, dis-je entre mes dents, avec la sensation que les murs des écuries se refermaient sur moi.

Évidemment, Père et M. Cartwright avaient parlé ensemble : l'homme était propriétaire d'une banque en ville. Si

Père formait une quelconque alliance avec lui, il lui serait plus facile de continuer à étendre Veritas. Et, étant donné qu'ils avaient discuté, autant marier leurs enfants tant qu'ils y étaient.

— Bien sûr que non, tu n'en es pas certain, fils ! s'esclaffa Père en me donnant une tape dans le dos.

Il était d'extrêmement bonne humeur. Moi, en revanche, je sentais mon moral chuter en flèche à mesure qu'il parlait. J'ai pressé les paupières avec l'espoir que tout ça ne soit qu'un mauvais rêve.

— Je ne connais aucun garçon de ton âge qui sache ce qui est bon pour lui. C'est bien pour cette raison que tu dois me faire confiance. J'organise un dîner en votre honneur la semaine prochaine. Entre-temps, rends-lui visite. Apprends à mieux la connaître. Complimente-la. Qu'elle tombe amoureuse de toi.

Pour finir, Père prit ma main et enfonça une boîte dans ma paume.

« Et moi alors ? Et si je n'ai pas envie qu'elle tombe amoureuse de moi ? » avais-je envie de répliquer. Je m'en abstins et fourrai l'écrin dans ma poche arrière sans regarder à l'intérieur avant de retourner m'occuper de Mezzanotte, que je brossai si fort qu'elle secoua la tête et fit quelques pas en arrière en signe d'indignation.

— Bien content que nous ayons eu cette conversation, fils !

J'attendis que Père remarque que j'avais à peine ouvert la bouche pour parler et qu'il se rende compte de l'absurdité de la situation : me demander d'épouser une fille que je n'avais pas vue depuis des années.

— Père ? commençai-je, dans l'espoir que cela le pousserait à ajouter quelque chose qui me délivrerait du destin qu'il m'avait déjà tout tracé.

— Je pense qu'octobre serait parfait pour un mariage, déclara-t-il finalement et la porte se referma dans un « clac » derrière lui.

Des larmes de colère me piquèrent les yeux. Je repensai à mon enfance, aux fois où on nous forçait, Rosalyn et moi, à nous asseoir l'un à côté de l'autre lors des barbecues du dimanche ou des fêtes paroissiales. Le rapprochement forcé n'avait jamais fonctionné et, dès que nous fûmes assez grands pour choisir nous-mêmes nos compagnons de jeux, Rosalyn et moi prîmes des routes divergentes. Notre relation ne serait en rien différente de ce qu'elle avait été dix ans plus tôt, quand nous nous ignorions l'un l'autre tout en obéissant à nos parents pour leur faire plaisir. Sauf qu'à présent, m'aperçus-je avec horreur, nous serions liés l'un à l'autre pour toujours.

« Pour l'éditeur, le principe est d'utiliser des papiers composés de fibres naturelles, renouvelables, recyclables et fabriquées à partir de bois issus de forêts qui adoptent un système d'aménagement durable. En outre, l'éditeur attend de ses fournisseurs de papier qu'ils s'inscrivent dans une démarche de certification environnementale reconnue. »

Édité par la Librairie Générale Française - LPJ
(43 quai de Grenelle, 75905 Paris Cedex 15)

Composition Nord Compo
Achevé d'imprimer en Italie par ROTOLITO LOMBARDA
32.3524.9/01 - ISBN : 978-2-01-323524-2
Dépôt légal 1re publication janvier 2013
Loi n° 49-956 du 16 juillet 1949 sur les publications destinées à la jeunesse
Dépôt légal : janvier 2013